唐宋小令三百首

罗仲鼎 周菁齐 选注

浙江古籍出版社

图书在版编目(CIP)数据

唐宋小令三百首 / 罗仲鼎，周菁齐选注. --杭州：浙江古籍出版社，2024.7. -- ISBN 978-7-5540-3031-8

Ⅰ.I222.84

中国国家版本馆CIP数据核字第2024BA4967号

唐宋小令三百首

罗仲鼎　周菁齐 选注

出版发行	浙江古籍出版社
	（杭州市环城北路177号　邮编：310006）
网　　址	https://zjgj.zjcbcm.com
责任编辑	周　密
封面设计	吴思璐
责任校对	吴颖胤
责任印务	楼浩凯
照　　排	浙江大千时代文化传媒有限公司
印　　刷	浙江海虹彩色印务有限公司
开　　本	850mm×1168mm　1/32
印　　张	9.875
字　　数	257千
版　　次	2024年7月第1版
印　　次	2024年7月第1次印刷
书　　号	ISBN 978-7-5540-3031-8
定　　价	58.00元

如发现印装质量问题，影响阅读，请与市场营销部联系调换。

前　言

（一）

　　词这种文学体裁，原本是配合乐曲演唱的歌词，随乐曲分为令、引、近、慢。但由于词的音乐曲调失传已久，后来词就成了脱离音乐的独立诗体。明代嘉靖年间顾从敬《类编草堂诗余》就根据词调字数多少，把词分为小令、中调和长调。这种分类，一直沿用至今。宋翔凤《乐府余论》说："则令者，乐家所谓小令也。曰引、曰近者，乐家所谓中调也。曰慢者，乐家所谓长调也。不曰令、曰引、曰近、曰慢，而曰小令、中调、长调者，取流俗易解，又能包括众题也。"虽然令、引、近、慢原本是乐曲的分类，但是在词谱失传的情况下，按照字数分类，"流俗易解，又能包括众题"，相对合理。不过以字数分类的方法，也不能过于机械和死板。清人毛先舒曾说："五十八字以内为小令，五十九字至九十字为中调，九十一字以外为长调"，并且自称为"定例"。但是这一说法并不完全恰当。万树在《词律·凡例》中就提出了质疑，说："所谓'定例'，有何所据？若以少一字为短，多一字为长，必无是理。如《七娘子》，有五十八字者，有六十字者，将名之曰小令乎，抑中调乎？"其实这样的例子还有很多，例如《临江仙》，就有五十四字、五十八字、六十字、六十二字等十多种体格；《一剪梅》既有五十九字，又有六十字两体。正因为如此，《词律》一书对各种词调，只标明字数，而不分小令、中调与长调。因此不必拘泥于毛先舒所谓的"定例",而把六十字的《蝶恋花》、《钗头凤》,六十二字的《渔家傲》《定风波》,以及《青玉案》《江城子》等等剔除在小令之外。

词和音乐是孪生子,发轫于盛唐,兴盛于唐季五代,极盛于两宋。唐代音乐之繁盛,远超前代,既有古代流传的乐曲,也有当代音乐机构收集和新创的乐曲,还有国外传入的乐曲。彬彬之盛,令人叹为观止。据吴熊和先生统计,仅在开元、天宝期间,官方音乐机构教坊就拥有乐曲多达三百二十四曲。当然并非所有音乐曲调都适用于词调,乐曲之所以能够转换为词调,是有一定条件的。首先,规模不能太大,那种需要数十人、上百人合唱表演,多至数十遍的宫廷乐曲,自然无法整体用于词调。只可截取其中一段,作为词乐。例如小令《破阵子》,就是截取大型舞曲《秦王破阵乐》中一段为之。《水调歌头》就是截取大曲《水调歌》首段为之。其次,要为人们所喜闻乐见,内容平板单调,脱离人民日常生活,旋律古板沉重的曲调,也不宜用为词调。选好了曲子,再根据曲调的旋律节拍,填入适合的文辞,这种音乐和文辞的结合过程,就叫填词。因此词在唐五代时被称为"曲子词",宋代或称"乐章",或称"歌词",或称"乐府",或称"歌曲",都是强调词与音乐的这种密切关系的。

几乎每一种艺术形式的发展,均由小到大,由简单到复杂。词这种文学体裁也是如此,先有小令,再有中调和长调,这种发展嬗变,历经数百年之久。唐代张志和、王建、戴叔伦、白居易、刘禹锡等人的作品,不仅数量很少,而且都是短调,所用曲调种类也很有限。直到唐代末期的温庭筠和韦庄才开始大规模地填词,采用曲调也逐步增多,并且渐渐形成风气。因此把温庭筠和韦庄看作词这种文学体裁的奠基人,似乎是恰当的。一般说来,唐五代词人,填词都以小令为主,长调很少见。据吴熊和统计,唐五代长调(包括敦煌曲子词在内),总共不超过十首。唐代词人,温庭筠一枝独秀,他是晚唐著名诗人,也是第一个花大力气填词的人,词作数量和质量都大大超越了前辈。他那十五阕《菩萨蛮》,不仅闻名于当时,传入禁宫,得到帝王称赏喜爱,而且对后世影响巨大。直至清代,还被常州词派祖师张惠言奉为词作的典范①。到了五代,词体文学更加流行,不过主要流行地域却只有两个,一个是以成都为中心的西蜀,另一个是以建业(今江苏南京)为中心的南唐。前蜀的开国之君王建,虽然是一个无赖出身的军阀,但他在称帝以后却能够励精图治,重视人才,尊重文人。晚唐著名诗人韦庄,就在天复元年(901)入蜀,为王建掌书记,官至蜀国宰相。韦庄与温庭筠一样,也是唐末诗人中花大力气填词的人,他的词风格自然清新,与温庭筠迥异,不沾染花间词人的华艳风气。由于晚年出仕前蜀,并且终老蜀地,遂成为以蜀国为中心的花间词派词人的领袖人物。前蜀末帝王衍,虽然荒淫奢靡,不恤国事,终成亡国之君,被杀害时年仅二十八岁。不过他颇有文才,喜作浮艳之词,也有作品传世。他的这种爱好,对花间词派绮靡华艳词风的形成,也会产生一定影响。后蜀高祖孟知祥,称帝不足四月就去世了,由三子孟昶继位。孟昶在位三十二年,早期颇有作为,能够整顿吏治,劝农兴教,并且重视文化建设。但后期生活奢靡,以致身死国灭。孟昶同样爱好填词,可惜作品基本佚失,只留下一首词句待考证的《玉楼春》②。南唐的情况与前后蜀大不一样,中主李璟、后主李煜加上宰相冯延巳就是当时国内最优秀的词人,余子碌碌,皆不足数,这是一种非常奇特的文学现象。冯延巳在南唐烈祖李昪时步入仕途,担任秘书郎。在中主李璟时代,曾数度为相。他不是一个称职的宰相,却是一位出色的词人,尤其他的《鹊踏枝》十四阕,受到后人极高评价,影响深远,模仿者绵绵不绝,一直到清代末期的词学名家谭献、王鹏运都有和作。在词学发展史上，冯延巳还是一位承前启后的人物，陈廷焯评论说："自冯正中出，始极词人之工，上接飞卿，下开欧、晏，五代词人，断推巨擘。"（《词则》卷一）王国维也说："冯正中词，虽不失五代风格，而堂庑特大，开北宋一代风气。"南唐中主李璟，也是一位极具天赋的优秀词人，可惜所存作品不多。就仅存的作品而言，尤其是《摊破浣溪沙》两首，哀婉沉至，格调之高，或超过李后主前期之作。李后主继位之时，南唐政权已处于风雨飘摇之中。后主并不是一位堪当中兴大任的君主，却是一位天赋异禀的艺术家，一位在词学史上占有重要地位的词人。后主前期的作品，多写男女情事，虽然摹写细腻熨帖，表达生动传神，但也并无十分过人之处。在经历了国破家亡、身为囚虏的创痛以后，他的词风发生了根本性的变化。这种变化在词学发展史上具有重要意义。正如王国维所说："词至李后主而眼界始大，感慨遂深，遂变伶工之词而为士大夫之词。"（《人间词话》）前后蜀与南唐之所以成为当时词文化的中心，并非偶然。西蜀是西南地区经济文化中心，成都平原土地肥沃，农业发达，加之地理形势相对封闭，数十年境内基本没有发生战争，而且两代君主都是文学艺术的爱好者，这为词文化的繁荣提供了政治和经济的基础。南唐位于两淮及江南经济文化繁荣地区，版图辽阔，为十国之首，中主和后主又都具备极高的文化艺术修养，在他们的倡导之下，国内文化艺术繁荣，填词绘画尤为突出。西蜀和南唐两个词文化中心，前者虽然词人数量众多，而且有专集传世[3]，但就总体而言（温、韦除外），南唐词人文化艺术素养更高，作品的内容也更加丰富充实，对后世的影响可能还超过西蜀[4]。宋太祖赵匡胤虽然出身行伍，自身文化素养不高，但在统一了中国以后，坚决实行

"右文抑武"的基本国策,通过设立誓牌⑤,尊孔崇儒,扩大完善科举制度,厚禄养廉等一系列重大举措,使他成为我国历史上最受推崇的一代文治之君,使宋朝成为封建时代士人境遇最好,自由度最大的"文人乐园"。经济的发展,文化艺术的繁荣,加之宽松的政治环境,为词文化的发展创造了良好的条件。北宋继唐五代之余绪,填词之风大盛,上至王公贵族、大臣官吏,下至落魄文人、市井细民,无不热衷于此。词的曲调数量,作者人数,流行范围,大大超越前代。在宋代文坛,诗歌虽然仍旧占据主流地位,规模远超唐代。在文学历史上,宗唐、宗宋之争,历千年而不衰。但是被某些正统文人称为"诗之余"的词,却成为宋代文坛最重要、最有特色的文体,唐诗、宋词、元曲、明清小说的称谓,已经成为后人的共识,宋词作为宋代文学标牌的地位,已经不可动摇。

北宋早期,大臣寇准、王禹偁、钱惟演、范仲淹,隐士林逋,均有佳作传世,但是数量不多。真正开始大量创作小令的词人是晏殊父子和欧阳修等人。他们继承了南唐遗风,基本摆脱了花间词人的绮靡之习,或感叹年华易逝,或表现离别之情,或描写自然之美,或抒发家国之忧,创作了许多优秀词篇。晏殊在宋仁宗时官至宰相,有《珠玉词》;欧阳修比晏殊小十六岁,是晏殊的门生,有《六一词》。二人填词均以小令为主。晏殊为官于天下承平之时,仕途通泰;欧阳修因为卷入庆历革新的政治漩涡,为革新派范仲淹、韩琦等人辩护,政治上屡遭打击,虽然也曾官至宰执,但很多时间都在被贬谪之中。有人说二人均学冯延巳,也有人说"晏氏父子,仍步温、韦"。平心而论,二人虽没有完全摆脱温、韦影响,但主要是学习冯延巳。欧阳修词每每与冯词相混,难以分辨,足见二人词风确有近似之处。晏殊词风婉丽,欧阳修词风秀逸。由于境遇经历不同,欧词较晏词内容更加丰富深刻,对后世的影响也更大。冯煦《蒿庵论词》指出:"即以词言,(欧词)亦疏隽开子瞻,深婉开少游。"比晏、欧年齿稍长、被人称为"张三影"的张先,也是这一时期的重要词人。他没有担任过重要官职,经常出入于歌楼妓馆,为歌伎作词,颇有温、韦遗风。他既作小令,又作中、慢词,而以小令为优。比晏、欧稍后的晏幾道与贺铸,也是这一时期的著名词人。晏幾道《小山词》,以小令为主,有个别中调,不作长调。他是晏殊晚年所生的儿子,后家道中落,"陆沉于下位"。但"仕宦连蹇,而不能一傍贵人之门"(黄庭坚《小山词序》)。陈廷焯《词坛丛话》评曰:"晏小山词,风流绮丽,独冠一时。"夏敬观《映庵词评》也说:"叔原以贵人暮子,落拓一生,华屋山丘,身亲经历。哀丝豪竹,寓其微痛纤悲,宜其造诣又过于父。"都给出极高评价。贺铸因《青玉案》一词,被人称"贺梅子",名盛一时。但对他的《东山词》,后人评价不一。陈廷焯《白雨斋词话》卷一评曰:"方回词胸中眼中,另有一种伤心说不出处,全得力于楚骚,而运以变化,允推神品。"而王国维却说:"北宋名家以方回为最次。其词如历下、新城之诗,非不华赡,惜少真味。"(《人间词话删稿》)两种意见,都不无偏颇之处。《东山词》既有小令,也作长调。长调次于柳永、秦观,小令虽不及晏、欧,但也颇有可观。

小令由于篇幅短小,限制了更加丰富复杂的社会内容与个人感情的表达,随着音乐曲调的发展丰富,以柳永为代表的许多词人,开始"变旧声为新声",还引进和自创了许多新的曲调。柳永的《乐章集》,小令已经很少,大部分为中调和长调。风气一开,从此近、慢词逐渐取代小令,成为宋代词坛的主体。但是终宋之世,大多数词家都是两者并举,既作长调,也不废小令。即使像柳永、周邦彦、姜夔、吴文英、张炎等以创作长调为能事的词人,也有许多写得非常精彩、广为人知的小令作品。更不用说苏轼、秦观、黄庭坚、辛弃疾、陆游、张元幹、张孝祥、刘辰翁等著名词人了。宋代女词人魏夫人、李清照、朱淑真填词都以小令为主。直到宋代末年,在王沂孙、张炎等人的作品中,小令才渐渐变得星光暗淡,不像长调那么出色。而宋词也逐渐与音乐脱离,失去了在广大市民中演唱的机会,成为文人们自娱自乐的书面文学,最终连曲调也几乎完全失传,生命力慢慢衰亡。而另一种为民众所喜爱的艺术——戏曲杂剧,代之兴起。

(二)

当然,与词中的中长调相比,小令也有自己的优势和特色。小令的第一个特点是篇幅短小,易于演唱流传。小令是配乐短曲,对表演场地和听众要求不高,既可在歌楼舞馆演唱,也可在酒宴筵席高歌;既可在离亭驿馆送别,也可在朋友聚会时表演。在很多场合,词人可以即席赋词,也可以彼此唱和,请歌女配曲当场演唱,方式灵活多样。吴文英的长调《莺啼序》固然写得很好,可以书写在酒店的墙壁上,供人观赏,博得一片赞叹之声[6]。但要歌伎们即席配曲演唱,恐怕很难办到。

小令的另一个特点是纯粹的抒情性,极少掺杂叙事因素,这一点与唐人绝句非常相似。但小令是配曲的歌词,随着音乐节奏的快慢,旋律的高低,歌词必须与之适应,句式长短不齐,参差错落,韵律高低抑扬,富于变化。不像唐绝句一律五字四句或七字四句,因而更便于表达委婉曲折的思想感情。从温庭筠到花间词派多数作者,他们的作品,大多以华丽的词藻,抒写个人内心的感受。韦庄及花间后期的作者孙光宪和李珣,词风虽然变浓丽为清新,但是大多离不开一个"情"字。这种情首先就是男女之情,也就是爱情。男女之情,是人人必经之事,故描写爱情中的喜怒哀乐、离合悲欢,最能引起广泛共鸣。其次是离别之痛。古代交通不便,别易会难,故有"生离死别"之叹。无论是士人出仕,军人戍边,商人远行或者夫妻、好友离别,都能触发人们内心的悲痛。与这两者相联系,还有羁旅之恨,思乡之痛,怀才不遇之感慨,仕途沦落之悲哀。小令中很多优秀的抒情佳作,都与这些与人们生活最贴近的主题有关。

小令的第三个特点是,词情蕴藉,风格以婉约为基调。明人张綖在《诗余图谱·凡例》中说:"词体大略有二:一体婉约,一体豪放,婉约者欲其辞情蕴藉,豪放者欲其气象恢弘,盖亦存乎其人。如秦少游之作,多是婉约;苏子瞻之作,多是豪放。大抵词体以婉约为正,故东坡称少游为'今之词手',后山评东坡词'虽极天下之工,要非本色'。""大抵词以婉约为正",张綖这一判断,与唐宋词坛的总体面貌基本吻合。原因很简单,既然词是配乐的歌词,那就必须符合曲调的风格、旋律和节拍,除非另选或另创曲调。在这一点上,李清照对苏轼等人作品不合律的批评是有一定道理的。对合律的要求,小令更容易做到。即使豪放派的主要代表人物苏轼和辛弃疾,他们也有不少既符合声调格律,风格又委婉缠绵的小令作品。宋朝经历了两次亡国之灾,许多人为此痛心不已,因此亡国之痛,黍离之悲,在小令词中也有很多表现,陆游和辛弃疾就是两个典型。但即便如此,人们大多也是以哀吟低唱的方式表达悲情,而把大音镗鞳的慷慨悲歌,留给长调去完成[7]。

小令的第四个特点是更多采用寄托象征的表现方法表情达意,造成一种意内言外的艺术效果。或借香草美人以写情,或绘风光景物而抒慨。这种方法虽然古已有之,诗歌中也经常采用,但在小令词中用得更加普遍频繁。寓意比较明显的,如苏轼《西江月》(玉骨那愁瘴雾),借梅花悼念侍妾朝云,陆游《卜算子》(驿外断桥边)托咏梅表明初心不变,鹿虔扆《临江仙》(金锁重门荒苑静)用写景抒写亡国之痛,邓剡《唐多令》(雨过水明霞)以怀古表达黍离之悲。有的却比较隐晦曲折。最典型的如温庭筠的《菩萨蛮》和冯延巳的《鹊踏枝》,以致后人在理解时发生很大分歧。温庭筠《菩萨蛮》十四首,表面内容都写女子离别相思之恨,但是清人张惠言和谭献却认为:"此感士不遇也。"陈廷焯进一步发挥说:"写怨夫思妇之怀,寓孽子孤臣之感。凡交情之冷淡,身世之飘零,皆可于一草一木发之。而发之又必若隐若现,欲露不露,反复缠绵,终不许一语道破。非独体格之高,亦见性情之厚。"(《白雨斋词话》卷一)今人夏承焘先生也认为:"全词描写女性,这里面也可能暗寓这位没落文人自己的身世之感。"(《唐宋词欣赏》)但是另一部分人看法相反,刘熙载《艺概·词曲概》认为:"温飞卿词精妙绝人,然类不出乎绮怨。"王国维指出:"飞卿《菩萨蛮》、永叔《蝶恋花》、子瞻《卜算子》,皆兴到之作,有何命意?皆被皋文深文罗织。"今人吴世昌、詹安泰等人大多也不同意张惠言的寄托说。温庭筠出身世家,才情横溢。他是晚唐著名诗人,与李商隐并称"温李"。但是终生沦落下僚,饱受痛苦和屈辱。借"绮怨"之事,托寓自己悲苦心情,也并非没有可能。冯延巳的情况与温庭筠不同,他仕途通泰,在南唐曾数度为相,他的《鹊踏枝》(即《蝶恋花》)也不像温庭筠那样,以秾丽的笔调,写男女之情,而更多用闲婉雅丽的笔致,抒发内心的苦闷。虽然其中也有男女之情,但是时有时无,若隐若现,仿佛在写别人,实际在说自己的"闲情"。这种所谓"闲情",并不完全等同于爱情。试想,冯延巳为相之时,南唐外有强敌窥视,内有弱主难扶,争权内斗又非常激烈,内心时时感到痛苦,托之于小词抒慨,也不难理解。

与古代诗歌一样,为了更好地表达词人的思想感情,小令词也非常重视字句的锤炼。一字之炼,一句之佳,往往使全篇生色,甚至传为佳话。例如冯延巳《谒金门》"风乍起,吹皱一池春水",曾被帝王李璟称赏;冯延巳《南乡子》"细雨湿流光"和李中主《浣溪沙》"细雨梦回鸡塞远,小楼吹彻夜笙寒"得到王安石赏识;宋祁《玉楼春》"红杏枝头春意闹",被王国维称为"着一'闹'字,而境界全出"。宋祁也被当时著名词人张先戏称为"红杏枝头春意闹"尚书,而张先也因为《天仙子》等词中有"云破月来花弄影"的佳句,被宋祁称为"云破月来花弄影"郎中,并获得"张三影"的美名。晏殊《浣溪沙》"无可奈何花落去,似曾相识燕归来"两句,备受后人称赞,杨慎评曰"天然奇偶"(《词品》),卓人月评曰"对法之妙无两"(《词统》)。晏几道《临江仙》"落花人独立,微雨燕双飞"被谭献赞为"名句千古,不能有二"(《复堂词话》)。被陈廷焯赞为"既闲婉,又沉着,当时更无敌手"。《鹧鸪天》之"舞低杨柳楼心月,歌尽桃花扇底风"被胡仔称为"词情婉丽","不愧六朝宫掖体"。欧阳修《踏莎行》"平芜近处是春山,行人更在春山外",被王世贞赞为"淡语之有情者也"。《蝶恋花》"面旋落花风荡漾",被王国维评为:"字字沉响,殊不可及。"至于李清照"人比黄花瘦"(《醉花阴》)之妙比,蒋捷"红了樱桃,绿了芭蕉"(《一剪梅》)之美句,当时就为人称赏不已。例子很多,举不胜举。小令词重视修辞炼句,使不少作品像美丽精致的艺术品,足以令人反复把玩不厌。

当然小令词也存在一定的不足,主要是由于篇幅短小,不能容纳更加丰富的社会内容和复杂多变的思想感情。尽管不少词人在表现手法、修辞炼句方面努力创新,力图超越前人,有所改变。但是并不能完全改变小令词这一缺陷。

(三)

与唐人绝句相比,词的异文更多,有时作者归属难辨。此书原文主要根据孔范今《全唐五代词释注》、四部丛刊《花间集》、唐圭璋《全宋词》、四部备要本《宋六十名家词》。若有异文，则参照各种专集、别集及选本，在注释中列出，以供读者参阅。在本书的注释说明过程中，曾经参考杨景龙《花间集校注》，周笃文《全宋词评注》，王兆鹏、吴熊和《唐宋词汇评》，以及各种专著和选本。若有称引，则一一标明，不敢掠人之美。

为了让广大读者更好地理解作品的思想艺术特点，我们对入选作品做了简单的注解。注解分《注释》和《说明》两部分。《注释》主要解释词语典故，若有重要异文，也同时列出，不另出校记。化用前人诗句入词，是历代词人通用的方法之一，为了使读者更好地理解词意，我们在注释中尽可能列出原诗句子。《说明》侧重分析作品的主旨和艺术特点。若有本事，也加以记录。对某些重要作家和作品，还简要介绍其在词学史上的地位和影响，以及后人的评价，以供读者参阅。限于水平，错误和纰漏也一定难免，敬请专家和读者给予批评指正，不胜感激。

二○二○年秋末罗仲鼎于杭州紫藤书屋

【注释】

①张惠言《词选序》："自唐之词人李白为首，其后韦应物、王建、韩翃、白居易、刘禹锡、皇甫松、司空图、韩偓并有述造，而温庭筠最高，其言深美闳约。"

②唐圭璋先生《词学论丛·唐宋两代蜀词》：至孟昶则有《玉楼春》词云"冰肌玉骨清无汗。……"此《苕溪渔隐丛话》引杨元素《本事曲》中词。但据东坡《洞仙歌序》所谓足成首两句语，与此词首句不同。故孟氏原词究竟若何，殊难断定。

③赵崇祚所辑《花间集》，集中收录晚唐至五代十八位作家的作品，其

中除温庭筠、皇甫松、和凝、孙光宪四位与蜀国无涉外,其余十五位皆活跃于蜀国。

④况周颐《历代词人考略》卷四:"《阳春》一集,为临川、珠玉所宗,愈瑰丽,愈纯朴。南渡名家沾丐膏馥,辄臻上乘。"

⑤王夫之《宋论》卷一《太祖》:"太祖勒石,锁置殿中,使嗣君即位,入而跪读。其戒有三:一保全柴氏子孙;二不杀士大夫;三不加农田之赋。呜呼!若此三者,不谓之盛德也不能。"

⑥周密《武林旧事》卷五"丰乐楼"条:"吴梦窗尝大书所赋《莺啼序》于壁,一时为人传诵。"

⑦小令词中虽也有慷慨豪放的作品,如苏轼《江城子》(老夫聊发少年狂)、辛弃疾《破阵子》(醉里挑灯看剑)等,但为数不多,影响不大。而苏轼的《念奴娇》(大江东去)等词作,大音镗鞳,悲凉慷慨,内容更加丰富,影响也更加广泛。

目　录

李　白二首 ·· 1
　　菩萨蛮（平林漠漠烟如织） ··················· 1
　　忆秦娥（箫声咽） ······························· 1
张志和一首 ·· 3
　　渔歌子（西塞山前白鹭飞） ··················· 3
韩　翃一首 ·· 4
　　章台柳（章台柳） ······························· 4
柳　氏一首 ·· 5
　　杨柳枝（杨柳枝） ······························· 5
戴叔伦一首 ·· 6
　　调笑令（边草） ·································· 6
韦应物二首 ·· 7
　　调笑令（胡马） ·································· 7
　　又（河汉） ·· 7
王　建二首 ·· 8
　　调笑令（团扇） ·································· 8
　　又（蝴蝶） ·· 9
刘禹锡二首 ·· 9
　　忆江南（春去也） ······························· 10
　　潇湘神（斑竹枝） ······························· 11

· 1 ·

白居易三首 …… 11
　忆江南(江南好) …… 12
　长相思(汴水流) …… 12
　花非花(花非花) …… 13
皇甫松三首 …… 13
　梦江南(兰烬落) …… 14
　又(楼上寝) …… 14
　摘得新(酌一卮) …… 15
韩　偓一首 …… 15
　生查子(侍女动妆奁) …… 15
无名氏一首 …… 16
　菩萨蛮(牡丹含露珍珠颗) …… 16
温庭筠十首 …… 17
　梦江南(千万恨) …… 17
　又(梳洗罢) …… 18
　菩萨蛮(小山重叠金明灭) …… 18
　又(水精帘里玻璃枕) …… 19
　又(玉楼明月长相忆) …… 20
　又(南园满地堆轻絮) …… 21
　又(竹风轻动庭除冷) …… 21
　更漏子(柳丝长) …… 22
　又(玉炉香) …… 23
　河传(湖上) …… 24
司空图一首 …… 25
　酒泉子(买得杏花) …… 25

韦　庄八首 ·· 26
　　菩萨蛮(红楼别夜堪惆怅)··························· 26
　　又(人人尽说江南好)································ 27
　　又(如今却忆江南乐)································ 28
　　又(洛阳城里春光好)································ 28
　　荷叶杯(绝代佳人难得)······························ 29
　　又(记得那年花下)·································· 30
　　女冠子(四月十七)·································· 30
　　又(昨夜夜半)······································ 31

冯延巳十二首 ··· 32
　　鹊踏枝(梅落繁枝千万片)···························· 32
　　又(谁道闲情抛掷久)································ 33
　　又(六曲阑干偎碧树)································ 34
　　又(几日行云何处去)································ 35
　　又(萧索清秋珠泪坠)································ 36
　　采桑子(马嘶人语春风岸)···························· 37
　　又(花前失却游春侣)································ 37
　　谒金门(风乍起)···································· 38
　　虞美人(碧波帘幕垂朱户)···························· 38
　　薄命女(春日宴)···································· 39
　　南乡子(细雨湿流光)································ 40
　　玉楼春(雪云乍变春云簇)···························· 41

李　璟二首 ·· 41
　　摊破浣溪沙(手卷真珠上玉钩)························ 42
　　又(菡萏香消翠叶残)································ 42

李　煜九首 … 43
　　浪淘沙(帘外雨潺潺) … 43
　　相见欢(林花谢了春红) … 44
　　又(无言独上西楼) … 45
　　虞美人(春花秋月何时了) … 45
　　乌夜啼(昨夜风兼雨) … 46
　　破阵子(四十年来家国) … 47
　　望江南(多少恨) … 48
　　又(多少泪) … 48
　　临江仙(樱桃落尽春归去) … 49
和　凝二首 … 50
　　江城子(竹里风生月上门) … 50
　　又(斗转星移玉漏频) … 50
张　泌二首 … 51
　　浣溪沙(钿毂香车过柳堤) … 51
　　又(独立寒阶望月华) … 52
牛　峤二首 … 53
　　菩萨蛮(玉炉冰簟鸳鸯锦) … 53
　　更漏子(星渐稀) … 54
牛希济二首 … 55
　　临江仙(峭碧参差十二峰) … 55
　　生查子(春山烟欲收) … 56
尹　鹗一首 … 56
　　满宫花(月沉沉) … 57
毛文锡一首 … 57

巫山一段云(雨霁巫山上) ………………………… 58
薛昭蕴二首 …………………………………………… 58
　　谒金门(春满院) …………………………………… 59
　　又(倾国倾城恨有余) ……………………………… 59
欧阳炯二首 …………………………………………… 60
　　三字令(春欲尽) …………………………………… 60
　　浣溪沙(相见休言有泪珠) ………………………… 61
顾　夐三首 …………………………………………… 61
　　诉衷情(永夜抛人何处去) ………………………… 62
　　醉公子(岸柳垂金线) ……………………………… 62
　　河传(棹举) ………………………………………… 63
鹿虔扆一首 …………………………………………… 63
　　临江仙(金锁重门荒苑静) ………………………… 64
毛熙震二首 …………………………………………… 65
　　清平乐(春光欲暮) ………………………………… 65
　　后庭花(莺啼燕语芳菲节) ………………………… 65
孙光宪三首 …………………………………………… 66
　　浣溪沙(蓼岸风多橘柚香) ………………………… 66
　　清平乐(愁肠欲断) ………………………………… 67
　　虞美人(红窗寂寂无人语) ………………………… 68
李　珣四首 …………………………………………… 68
　　巫山一段云(古庙依青嶂) ………………………… 69
　　渔歌子(楚山青) …………………………………… 69
　　南乡子(烟漠漠) …………………………………… 70
　　又(渔市散) ………………………………………… 70

孟　昶一首 ·· 71
　　玉楼春(冰肌玉骨清无汗) ·· 71
敦煌曲子词二首 ··· 73
　　望江南(莫攀我) ·· 73
　　又(天上月) ·· 73
王禹偁一首 ··· 74
　　点绛唇(雨恨云愁) ·· 74
寇　准二首 ··· 75
　　踏莎行(春色将阑) ·· 75
　　江南春(波渺渺) ·· 76
钱惟演一首 ··· 76
　　木兰花(城上风光莺语乱) ·· 76
林　逋二首 ··· 77
　　点绛唇(金谷年年) ·· 78
　　相思令(吴山青) ·· 78
杨　亿一首 ··· 79
　　少年游(江南节物) ·· 79
夏　竦一首 ··· 80
　　鹧鸪天(镇日无心扫黛眉) ·· 80
范仲淹一首 ··· 81
　　渔家傲(塞上秋来风景异) ·· 81
柳　永三首 ··· 82
　　蝶恋花(伫倚危楼风细细) ·· 82
　　少年游(长安古道马迟迟) ·· 83
　　又(参差烟树灞陵桥) ·· 84

张　先五首 ··· 85
　　醉垂鞭(双蝶绣罗裙) ····················· 85
　　天仙子(水调数声持酒听) ··············· 86
　　菩萨蛮(哀筝一弄湘江曲) ··············· 87
　　一丛花令(伤高怀远几时穷) ··········· 88
　　青门引(乍暖还轻冷) ····················· 89
晏　殊六首 ··· 89
　　浣溪沙(一曲新词酒一杯) ··············· 90
　　又(一向年光有限身) ····················· 90
　　蝶恋花(槛菊愁烟兰泣露) ··············· 91
　　清平乐(红笺小字) ························· 91
　　踏莎行(祖席离歌) ························· 92
　　又(小径红稀) ································ 93
韩　琦一首 ··· 93
　　点绛唇(病起恹恹) ························· 94
宋　祁一首 ··· 94
　　玉楼春(东城渐觉风光好) ··············· 94
欧阳修八首 ··· 95
　　采桑子(轻舟短棹西湖好) ··············· 96
　　又(群芳过后西湖好) ····················· 96
　　踏莎行(候馆梅残) ························· 97
　　蝶恋花(庭院深深深几许) ··············· 98
　　朝中措(平山阑槛倚晴空) ··············· 99
　　玉楼春(别后不知君远近) ··············· 100
　　临江仙(柳外轻雷池上雨) ··············· 100

少年游(栏干十二独凭春) …………… 101
王安石一首 …………………………… 102
　渔家傲(平岸小桥千嶂抱) …………… 102
王安国一首 …………………………… 103
　清平乐(留春不住) …………………… 104
晏幾道八首 …………………………… 104
　临江仙(梦后楼台高锁) ……………… 105
　蝶恋花(梦入江南烟水路) …………… 106
　又(醉别西楼醒不记) ………………… 106
　鹧鸪天(彩袖殷勤捧玉钟) …………… 107
　又(小令尊前见玉箫) ………………… 108
　木兰花(秋千院落重帘幕) …………… 109
　阮郎归(旧香残粉似当初) …………… 110
　又(天边金掌露成霜) ………………… 110
王　观一首 …………………………… 111
　卜算子(水是眼波横) ………………… 111
张舜民一首 …………………………… 112
　卖花声(木叶下君山) ………………… 112
魏夫人二首 …………………………… 113
　阮郎归(夕阳楼外落花飞) …………… 113
　减字木兰花(西楼明月) ……………… 114
王　诜二首 …………………………… 115
　蝶恋花(钟送黄昏鸡报晓) …………… 115
　忆故人(烛影摇红) …………………… 116
苏轼十二首 …………………………… 117

· 8 ·

卜算子（缺月挂疏桐）………………………… 117

　　临江仙（夜饮东坡醒复醉）…………………… 118

　　定风波（莫听穿林打叶声）…………………… 119

　　西江月（三过平山堂下）……………………… 120

　　又（玉骨那愁瘴雾）…………………………… 121

　　蝶恋花（花褪残红青杏小）…………………… 122

　　江城子（十年生死两茫茫）…………………… 123

　　又（老夫聊发少年狂）………………………… 124

　　青玉案（三年枕上吴中路）…………………… 125

　　浣溪沙（山下兰芽短浸溪）…………………… 126

　　又（软草平莎过雨新）………………………… 126

　　木兰花（霜余已失长淮阔）…………………… 127

李之仪三首…………………………………………… 128

　　卜算子（我住长江头）………………………… 129

　　采桑子（相逢未几还相别）…………………… 129

　　南乡子（绿水满池塘）………………………… 130

王　雱一首…………………………………………… 130

　　眼儿媚（杨柳丝丝弄轻柔）…………………… 131

黄庭坚四首…………………………………………… 131

　　定风波（万里黔中一漏天）…………………… 132

　　鹧鸪天（黄菊枝头生晓寒）…………………… 133

　　清平乐（春归何处）…………………………… 134

　　虞美人（天涯也有江南信）…………………… 135

秦　观八首…………………………………………… 135

　　江城子（西城杨柳弄春柔）…………………… 136

鹊桥仙(纤云弄巧) ……………………… 137

　　减字木兰花(天涯旧恨) ……………… 137

　　踏莎行(雾失楼台) ……………………… 138

　　浣溪沙(漠漠轻寒上小楼) …………… 139

　　阮郎归(湘天风雨破寒初) …………… 140

　　好事近(春路雨添花) ………………… 140

　　鹧鸪天(枝上流莺和泪闻) …………… 141

赵令畤一首 ……………………………………… 142

　　清平乐(春风依旧) …………………… 142

贺　铸四首 ……………………………………… 143

　　青玉案(凌波不过横塘路) …………… 143

　　鹧鸪天(重过阊门万事非) …………… 145

　　蝶恋花(几许伤春春复暮) …………… 145

　　踏莎行(杨柳回塘) …………………… 146

僧仲殊二首 ……………………………………… 147

　　南歌子(十里青山远) ………………… 147

　　诉衷情(涌金门外小瀛洲) …………… 148

晁补之二首 ……………………………………… 149

　　临江仙(谪宦江城无屋买) …………… 149

　　盐角儿(开时似雪) …………………… 150

陈师道一首 ……………………………………… 151

　　木兰花(湖平木落摇空阔) …………… 151

周邦彦六首 ……………………………………… 152

　　浣溪沙(楼上晴天碧四垂) …………… 153

　　少年游(并刀如水) …………………… 153

菩萨蛮(银河宛转三千曲) ………… 154
　　蝶恋花(月皎惊乌栖不定) ………… 155
　　点绛唇(辽鹤归来) ………………… 156
　　玉楼春(桃溪不作从容住) ………… 157
陈　瓘一首 ……………………………… 158
　　卜算子(身如一叶舟) ……………… 158
谢　逸二首 ……………………………… 159
　　蝶恋花(豆蔻梢头春色浅) ………… 159
　　江城子(杏花村馆酒旗风) ………… 160
晁冲之一首 ……………………………… 161
　　临江仙(忆昔西池池上饮) ………… 161
苏　庠一首 ……………………………… 162
　　临江仙(本是白𬞞洲畔客) ………… 162
毛　滂一首 ……………………………… 163
　　惜分飞(泪湿阑干花着露) ………… 163
司马槱一首 ……………………………… 164
　　黄金缕(家在钱塘江上住) ………… 165
谢克家一首 ……………………………… 166
　　忆君王(依依宫柳拂宫墙) ………… 166
米友仁一首 ……………………………… 166
　　阮郎归(碧溪风动满文漪) ………… 167
徐　俯一首 ……………………………… 167
　　卜算子(天生百种愁) ……………… 168
叶梦得二首 ……………………………… 168
　　虞美人(落花已作风前舞) ………… 168

· 11 ·

点绛唇(缥缈危亭) ·················· 169
李　光一首 ························ 170
　　减字木兰花(芳心一点) ·············· 170
汪　藻一首 ························ 171
　　点绛唇(新月娟娟) ·················· 171
万俟咏一首 ························ 172
　　长相思(一声声) ···················· 172
田　为一首 ························ 173
　　南柯子(梦怕愁时断) ················ 173
陈　克二首 ························ 174
　　临江仙(四海十年兵不解) ············ 174
　　菩萨蛮(绿芜墙绕青苔院) ············ 175
朱敦儒五首 ························ 176
　　临江仙(直自凤凰城破后) ············ 176
　　鹧鸪天(唱得梨园绝代声) ············ 177
　　浪淘沙(圆月又中秋) ················ 178
　　相见欢(金陵城上西楼) ·············· 178
　　采桑子(扁舟去作江南客) ············ 179
周紫芝二首 ························ 179
　　鹧鸪天(一点残红欲尽时) ············ 180
　　踏莎行(情似游丝) ·················· 180
李清照五首 ························ 181
　　如梦令(昨夜雨疏风骤) ·············· 181
　　醉花阴(薄雾浓云愁永昼) ············ 182
　　一剪梅(红藕香残玉簟秋) ············ 183

武陵春(风住尘香花已尽) ………… 183
　　鹧鸪天(寒日萧萧上琐窗) ………… 184
吕本中二首 ……………………………… 185
　　采桑子(恨君不似江楼月) ………… 185
　　减字木兰花(去年今夜) …………… 186
赵　鼎二首 ……………………………… 186
　　点绛唇(香冷金炉) ………………… 187
　　鹧鸪天(客路那知岁序移) ………… 187
向子諲二首 ……………………………… 188
　　阮郎归(江南江北雪漫漫) ………… 188
　　秦楼月(芳菲歇) …………………… 189
蔡　伸二首 ……………………………… 190
　　柳梢青(数声鶗鴂) ………………… 190
　　又(子规啼月) ……………………… 191
李　甲一首 ……………………………… 191
　　忆王孙(萋萋芳草忆王孙) ………… 192
吴淑姬一首 ……………………………… 192
　　小重山(谢了荼蘼春事休) ………… 192
聂胜琼一首 ……………………………… 193
　　鹧鸪天(玉惨花愁出凤城) ………… 193
乐　婉一首 ……………………………… 194
　　卜算子(相思似海深) ……………… 195
陈与义二首 ……………………………… 195
　　临江仙(忆昔午桥桥上饮) ………… 195
　　又(高咏楚词酬午日) ……………… 196

· 13 ·

张元幹二首 ·· 197
　　浣溪沙(山绕平湖波撼城) ·· 197
　　虞美人(菊坡九日登高路) ·· 198
岳　飞一首 ·· 199
　　小重山(昨夜寒蛩不住鸣) ·· 199
韩元吉二首 ·· 200
　　好事近(凝碧旧池头) ·· 201
　　鹧鸪天(不惜黄花插满头) ·· 201
朱淑真三首 ·· 202
　　生查子(年年玉镜台) ·· 203
　　蝶恋花(楼外垂杨千万缕) ·· 203
　　减字木兰花(独行独坐) ··· 204
袁去华一首 ·· 205
　　虞美人(娟娟缺月梧桐影) ·· 205
陆　游六首 ·· 206
　　卜算子(驿外断桥边) ·· 206
　　鹊桥仙(茅檐人静) ··· 207
　　诉衷情(当年万里觅封侯) ·· 207
　　渔父(镜湖俯仰两青天) ··· 208
　　又(湘湖烟雨长莼丝) ·· 208
　　钗头凤(红酥手) ··· 209
唐　婉一首 ·· 210
　　钗头凤(世情薄) ··· 211
范成大三首 ·· 211
　　忆秦娥(楼阴缺) ··· 212

眼儿媚(酣酣日脚紫烟浮) ………… 212
　　南柯子(怅望梅花驿) ………………… 213
杨万里二首 ……………………………… 214
　　好事近(月未到诚斋) ………………… 214
　　昭君怨(午梦扁舟花底) ……………… 215
李　泳一首 ……………………………… 215
　　定风波(点点行人趁落晖) …………… 215
沈端节一首 ……………………………… 216
　　虞美人(去年寒食初相见) …………… 216
张孝祥二首 ……………………………… 217
　　浣溪沙(霜日明霄水蘸空) …………… 217
　　西江月(问讯湖边春色) ……………… 218
赵长卿一首 ……………………………… 219
　　临江仙(过尽征鸿来尽燕) …………… 219
赵汝愚一首 ……………………………… 220
　　柳梢青(水月光中) …………………… 220
辛弃疾八首 ……………………………… 221
　　鹧鸪天(枕簟溪堂冷欲秋) …………… 221
　　蝶恋花(谁向椒盘簪彩胜) …………… 222
　　南乡子(何处望神州) ………………… 223
　　丑奴儿(少年不识愁滋味) …………… 224
　　青玉案(东风夜放花千树) …………… 225
　　破阵子(醉里挑灯看剑) ……………… 226
　　菩萨蛮(郁孤台下清江水) …………… 227
　　浪淘沙(身世酒杯中) ………………… 228

· 15 ·

程 垓二首 …………………………………… 228
　　卜算子(独自上层楼) …………………… 229
　　南乡子(几日诉离尊) …………………… 229
章良能一首 ………………………………… 230
　　小重山(柳暗花明春事深) ……………… 230
刘 过二首 …………………………………… 231
　　唐多令(芦叶满汀洲) …………………… 231
　　四字令(情深意真) ……………………… 232
姜 夔五首 …………………………………… 233
　　点绛唇(燕雁无心) ……………………… 233
　　踏莎行(燕燕轻盈) ……………………… 235
　　鹧鸪天(肥水东流无尽期) ……………… 235
　　又(巷陌风光纵赏时) …………………… 236
　　小重山令(人绕湘皋月坠时) …………… 237
俞国宝一首 ………………………………… 238
　　风入松(一春长费买花钱) ……………… 239
史达祖二首 ………………………………… 240
　　杏花天(软波拖碧蒲芽短) ……………… 240
　　蝶恋花(二月东风吹客袂) ……………… 241
卢祖皋二首 ………………………………… 242
　　江城子(画楼帘幕卷新晴) ……………… 242
　　鹧鸪天(庭绿初圆结荫浓) ……………… 243
严 仁一首 …………………………………… 243
　　玉楼春(春风只在园西畔) ……………… 244
刘克庄二首 ………………………………… 244

玉楼春（年年跃马长安市） ………………… 245

　　临江仙（落魄长官江海客） ………………… 245

吴　潜二首 ………………………………………… 246

　　唐多令（白鹭立孤汀） ……………………… 246

　　浪淘沙（家在敬亭东） ……………………… 247

淮上女一首 ………………………………………… 248

　　减字木兰花（淮山隐隐） …………………… 248

吴文英六首 ………………………………………… 249

　　浣溪沙（门隔花深梦旧游） ………………… 249

　　点绛唇（卷尽愁云） ………………………… 250

　　风入松（听风听雨过清明） ………………… 251

　　踏莎行（润玉笼绡） ………………………… 251

　　鹧鸪天（栖鸦常带夕阳还） ………………… 253

　　唐多令（何处合成愁） ……………………… 253

潘　牥一首 ………………………………………… 255

　　南乡子（生怕倚栏杆） ……………………… 255

陈允平三首 ………………………………………… 256

　　清平乐（凤城春浅） ………………………… 256

　　唐多令（休去采芙蓉） ……………………… 257

　　南乡子（归雁转西楼） ……………………… 258

刘辰翁四首 ………………………………………… 258

　　江城子（涌金门外上船场） ………………… 259

　　西江月（天上低昂似旧） …………………… 260

　　柳梢青（铁马蒙毡） ………………………… 260

　　唐多令（明月满沧洲） ……………………… 261

周　密四首	262
鹧鸪天（燕子时时度翠帘）	263
南楼令（开了木芙蓉）	264
踏莎行（远草情钟）	264
杏花天（金池琼苑曾经醉）	265
邓　剡二首	266
浪淘沙（疏雨洗天晴）	266
唐多令（雨过水明霞）	267
汪元量二首	268
唐多令（莎草被长洲）	268
一剪梅（十年愁眼泪巴巴）	269
章丽贞一首	270
长相思（吴山秋）	270
陶明淑一首	270
望江南（秋夜永）	271
周容淑一首	271
望江南（春去也）	271
王沂孙二首	272
如梦令（妾似春蚕抽缕）	272
踏莎行（白石飞仙）	273
罗志仁一首	274
虞美人（君王曾惜如花面）	275
蒋　捷二首	275
一剪梅（一片春愁待酒浇）	276
虞美人（少年听雨歌楼上）	276

张　炎二首 …………………………………… 277
　　风入松(小窗晴碧飐帘波) …………………… 277
　　浪淘沙(香雾湿云鬟) ………………………… 278

无名氏二首 ………………………………… 279
　　青玉案(年年社日停针线) …………………… 279
　　更漏子(鬓慵梳) ……………………………… 280

后记………………………………………………… 281

李　白二首

　　李白(701—762),字太白,号青莲居士。祖籍陇西成纪(今甘肃秦安),出生地异说纷纭,迄无定论。天宝元年(742),应诏入京师,为供奉翰林。三年(744),"赐金放还",漫游江湖。安史之乱中,入永王李璘幕。李璘兵败,被捕入狱,流放夜郎。中途遇赦还,无所归依,常年漂泊。后投靠族叔当涂令李阳冰,不久病卒。有《李太白文集》。

菩萨蛮

　　平林漠漠烟如织[①]。寒山一带伤心碧。暝色入高楼[②]。有人楼上愁。　　玉阶空伫立。宿鸟归飞急[③]。何处是归程？长亭连短亭[④]。

【注释】
①平林,平展的树林。烟如织,形容烟雾浓密。
②暝色,暮色。
③玉阶,对台阶的美称。伫立,久立。宿鸟,傍晚归巢的鸟。
④长亭、短亭,古代大路旁供行人休息的地方。庾信《哀江南赋》:"十里五里,长亭短亭。"二句说归人路途遥远。连短亭,又作"更短亭"。

忆秦娥

　　箫声咽。秦娥梦断秦楼月[①]。秦楼月。年年柳色。灞陵伤别②。　乐游原上清秋节③。咸阳古道音尘绝④。音尘绝。西风残照,汉家陵阙⑤。

【注释】

①咽,悲咽。秦娥,秦地美女。梦断,梦醒。

②灞陵,西汉文帝陵墓,在长安东三十里处,傍灞水。又附近有灞桥,《三辅黄图》卷六:"汉人送客至此桥,折柳赠别。"后遂以"灞陵折柳"为送客离别之辞,故言"伤别"。李白诗《灞陵行送别》:"送君灞陵亭,灞水流浩浩。"

③乐游原,在长安东南,秦称宜春苑,汉称乐游园,唐称乐游原,为当时长安游赏胜地。清秋节,重阳节。

④音尘绝,音信断绝。

⑤汉家陵阙,汉代帝王的陵墓。

【说明】

这两首冠名李白的词,见于宋代黄昇《唐宋诸贤绝妙词选》,并且被称为"百代词曲之祖",但是作者存疑。宋代文莹《湘山野录》卷上:"'平林漠漠烟如织,寒山一带伤心碧,暝色入高楼,有人楼上愁。　玉梯空伫立,宿雁归飞急。何处是归程,长亭连短亭。'此词不知何人写在鼎州沧水驿楼,复不知何人所撰。魏道辅泰见而爱之。后至长沙,得古集于子宣内翰家,乃知李白所作。"释文莹的记载,前半段比较明白,后半段却言焉不详。他在长沙曾布家所见"古集",究竟是一本什么书,是《李太白集》吗?还是古人的一个选本? 并未明确交代。明人胡应麟,对本词作者提出怀疑,但也没有确切证据,只是认为"太白在当时直以风雅自任……宁屑事此?"表现了明代复古派对词曲的鄙视。胡氏的看法,遭到大多数人的批评反对,但是批评者也都是分析性的意见,拿不出可靠的史料依据。至于《忆秦娥》,邵博《邵氏闻见后录》说是"李太白词也"。刘克庄《后村先生大全集》泛称"唐人之词",显然意见也有不同。对此后人一直争论不休。可能还是近人詹安泰先生的意见比较平实,他说:"彼此都没有甚么证据,仍应在存疑之列。"

这两首词的作者虽然不能完全确定,但是并不应影响人们对它的阅读和欣赏。两首都是思妇之词,由于作者可能是李白,艺术上又非常成功,被誉为"千载词曲之祖",刘熙载甚至认为:"太白《菩萨蛮》《忆秦娥》两阕,足抵少陵《秋兴》八首。"陈廷焯评论说:"音调凄断,对此茫茫,百端交集,如读《黍离》之诗。后世名作虽多,无出其右者。"尤其是《忆秦娥》,有人认为乃作者借闺怨以抒写自己的身世之慨和沧桑之感,言外别有寄托。下阕"西风残照,汉家陵阙"八字,也得到了王国维的高度评价。他在《人间词话》中说:"太白纯以气象胜,'西风残照,汉家陵阙',寥寥八字,遂关千古登临之口。"

张志和一首

张志和(732—774),本名龟龄,字子同,自号烟波钓徒,又号玄真子,婺州金华(今浙江金华)人。年十六游太学,擢明经。肃宗授左金吾卫录事参军。后坐事贬南浦尉,会赦还,不复仕,隐居会稽(今浙江绍兴),著有《玄真子》等,

渔歌子[①](选一)

西塞山前白鹭飞[②]。桃花流水鳜鱼肥。青箬笠,绿蓑衣。斜风细雨不须归。

【注释】
①渔歌子,又名《渔父》《渔父乐》《渔父词》。原共五首,这是第一首。
②西塞山有两处,一在湖北黄石市;一在浙江湖州市,词中指后者。按《新唐书·隐逸列传》:"颜真卿为湖州刺史,志和来谒,真卿以舟敝漏,请更之。志和曰:'愿为浮家泛宅,往来苕、雪间。'"

【说明】

词写隐逸者的潇洒闲适心情,由于画面之美丽形象,风格之自然清新,当时广为传唱,和者纷纷不绝,作者之兄(一曰弟)松龄以及颜真卿、柳宗元、徐士衡等,均有和作。据夏承焘先生说,这些唱和之作,后来被编成一本专集,这是当时文人中最早的一本词的唱和集。原作共五首,五首之中,尤以第一首写得最好,流传最广,故刘熙载《艺概》赞其"风流千古""妙通造化"。宋代苏东坡、黄山谷等人努力模仿,或移用其成句入己词,但是终难企及。

韩 翃一首

韩翃(生卒年不详),字君平,南阳(今河南南阳)人。"大历十才子"之一。天宝十三载(754)进士。宝应年间,入淄青节度使侯希逸幕为从事,希逸遭逐,韩翃闲居长安十年。建中初,因《寒食》诗被唐德宗所赏识,征为驾部郎中,知制诰,官终中书舍人。有《韩君平集》。

章台柳①

章台柳。章台柳。昔日青青今在否②?纵使长条似旧垂,也应攀折他人手。

【注释】

①韩翃与柳氏悲欢离合的故事,始见于许尧佐《柳氏传》,孟棨《本事诗》卷一节录其事,曰:后数年,淄青节度侯希逸奏为从事。以世方扰,不敢以柳自随,置之都下,期至而迓之。连三岁,不果迓,因以良金买练囊中

寄之,题诗曰:"章台柳,章台柳,……"柳复书,答诗曰:"杨柳枝,芳菲节,……"柳以色显,独居恐不自免,乃欲落发为尼,居佛寺。后翃随侯希逸入朝,寻访不得。已为立功番将沙咤利所劫,宠之专房。翃怅然不能割。会入中书,至子城东南角,逢犊车,缓随之。车中问曰:"得非青州韩员外邪?"曰:"是。"遂披帘曰:"某柳氏也。失身沙咤利,无从自脱。明日尚此路还,愿更一来取别。"韩深感之。明日,如期而往。犊车寻至,车中投一红巾包小合子,实以香膏,呜咽言曰:"终身永诀。"车如电逝。韩不胜情,为之雪涕。……(后翃得虞候将许俊之助,从沙咤利处将柳氏劫回,二人得以团圆。)

②章台,秦代宫观之一,故址在今陕西咸阳。柳,喻指柳氏。

柳　氏一首

柳氏(生卒年不详),原为李某宠姬,后归韩翃。

杨柳枝

杨柳枝,芳菲节①。可恨年年赠离别。一叶随风忽报秋,纵使君来岂堪折②。

【注释】
①芳菲节,春天。
②"可恨"句双关,古人有折柳赠别之风,而柳氏此时已为沙咤利所劫,故云。

【说明】
这是两首赠答词,背后又有一个悲惋的爱情故事,两首都用比喻手法表情达意,读来更加委婉曲折,凄恻动人。

戴叔伦一首

戴叔伦(732—789),字幼公,一作次公,润州金坛(今江苏常州)人。早岁师事萧颖士。至德间,登进士第。避乱居鄱阳,为刘晏所辟,授秘书省正字。兴元间,官抚州刺史。贞元二年,辞官还乡。四年,起为容管经略使兼御史中丞。五年,以疾受代,上表请度为道士,寻卒。有《戴叔伦集》。

调笑令[①]

边草。边草。边草尽来兵老[②]。山南山北雪晴。千里万里月明。明月。明月。胡笳一声愁绝[③]。

【注释】

①《调笑令》,又名《古调笑》《宫中调笑》《调啸词》《转应曲》《三台令》等。

②边,指边塞。兵老,将士戍边已久,已经疲惫厌战。

③胡笳,西北少数民族的一种管乐器。愁绝,悲哀之极。

【说明】

按题名李陵《答苏武书》:"凉秋九月,塞外草衰。夜不能寐,侧耳远听,胡笳互动,牧马悲鸣,吟啸成群,边声四起。晨坐听之,不觉泪下。"本词隐括其内容,写成边将士厌战思归的心情,望明月而相思,听胡笳而生悲,不直接说破,笔法简洁含蓄。

韦应物二首

韦应物(生卒年不详),京兆万年(今陕西西安)人。早年为唐玄宗侍卫,安史之乱以后失职。广德时为洛阳丞,后闲居洛阳。建中二年(781),除比部员外郎,出为滁州刺史,转江州刺史。贞元三年(780)入为左司郎中。四年(788),出为苏州刺史。七年(791)退职,居苏州以终。有《韦苏州集》。

调笑令

胡马。胡马。远放燕支山下①。跑沙跑雪独嘶②。东望西望路迷。迷路。迷路。边草无穷日暮。

【注释】

①胡马,古代西北少数民族所产马匹,指骏马。杜甫诗《房兵曹胡马》:"胡马大宛名。"燕支山,亦称焉支山、胭脂山,祁连山支脉之一,在今甘肃山丹县东南四十公里处。

②跑,通"刨"。

又

河汉。河汉。晓挂秋城漫漫①。愁人起望相思。江南塞北别离②。离别。离别。河汉虽同路绝③。

【注释】

①河汉,银河。漫漫,广远无际。

②江南塞北,指江南之思妇,塞北之征人。

③路绝,道路不通。

【说明】

第一首写独嘶迷路之骏马,或许寄托了失意士人穷途之感叹。第二首写江南思妇离别之悲痛。似远而近,似淡而深,和韦应物诗歌风格相近。

王　建二首

王建(生卒年不详),字仲初,颍川(今河南禹州)人。曾任昭应县丞、太常寺丞等职。官至秘书丞,后出为陕州司马。与张籍皆善乐府诗,世称"张王乐府"。有《王建集》。

调笑令

团扇。团扇。美人病来遮面①。玉颜憔悴三年。谁复商量管弦②。弦管。弦管。春草昭阳路断③。

【注释】

①题名班婕妤《怨歌行》:"新制齐纨素,皎洁如霜雪。裁作合欢扇,团圆似明月。出入君怀袖,动摇微风发。常恐秋节至,凉风夺炎热。弃捐箧笥中,恩情中道绝。"病来,一作"并来"。

②商量,准备、打算。管弦,指代音乐。此句意谓无心奏乐。

③昭阳,汉代昭阳殿,汉成帝时昭仪赵合德曾居住于此,唐代借指宠妃所居,白居易《长恨歌》:"昭阳殿里恩爱绝。"昭阳路断,喻指宫妃失宠。

又

蝴蝶。蝴蝶。飞上金枝玉叶①。君前对舞春风。百叶桃花树红②。红树。红树。燕语莺啼日暮。

【注释】

①金枝玉叶,指帝王家族。

②百叶桃,一种名贵的桃花。韩愈《题百叶桃花》:"百叶双桃晚更红,窥窗映竹见玲珑。"

【说明】

原词共四首,现选二首。第一首写宫怨,以失宠的班婕妤自喻。王建曾经创作《宫词》一百首,当时颇负盛名。但与王昌龄不同,王建宫词的内容,大多记叙描写宫中后妃、宫女的日常生活状况,很少写怨情。而本词却用含蓄的笔法,表现失宠后妃的幽怨情怀,艺术上更加成功。是否像王昌龄一样别有寄托,不得而知。第二首写春怨,采用先扬后抑的方法,开篇极言春光之美丽,春花之繁盛。末句轻轻一点,说在热闹异常的莺啼燕语声中,春天悄然而逝了。怅惘之情,见于言外。

刘禹锡二首

刘禹锡(772—842),字梦得,洛阳(今河南洛阳)人。贞元九年(793)进士,为淮南节度使杜佑幕从事,后随杜佑入朝,为监察御史。贞元末,与柳宗元等参与王叔文集团革新。叔文败,贬连州刺史、朗州司马。元和十年(815)召还,因作诗讽刺权贵,复刺播州。后历夔州、和州刺史。久之召还,又以诗获罪,分司东都。裴度荐为礼部郎中、集贤直学士。度罢,复出为苏州、汝州、同州刺史。开成元年(836),为太子宾客,加检校礼部尚书。卒年七十一。有《刘宾客集》。

忆江南[①]

和乐天春词,依《忆江南》曲拍为名

春去也,多谢洛城人[②]。弱柳从风疑举袂,丛兰裛露似沾巾[③]。独坐亦含颦。

【注释】

①《忆江南》,本为唐教坊曲名,后用作词牌。又名《望江南》《梦江南》《江南好》《望江梅》《春去也》《梦游仙》《安阳好》《步虚声》《壶山好》《望蓬莱》《江南柳》等等,异名繁多。又《乐府诗集》卷八十二引《乐府杂录》曰:"《望江南》本名《谢秋娘》,李德裕镇浙西,为妾谢秋娘所制。后改为《望江南》。"

②洛城,今河南洛阳市。

③从风,随风。裛露,沾露。裛(yì)同浥,沾湿。

④颦(pín)同颦,因忧伤而皱眉。

【说明】

原作有两首,这是第一首。这首是惜春之词,故直接以"春去也"领起,中间两句用拟人笔法写春景之美,而结尾有"独含颦"之叹。唐文宗开成元年(836),刘禹锡以太子宾客分司东都洛阳,词大约作于此时。题后小记说为和白居易《忆江南》而作,此时白居易也在洛阳任职和生活,"刘白"并称,两人交谊深厚,唱和频繁,仅次于"元白"。此词虽以《忆江南》为名,但内容与江南无涉,所以说依其曲拍而已。

· 10 ·

潇湘神

斑竹枝。斑竹枝。泪痕点点寄相思①。楚客欲听瑶瑟怨,潇湘深夜月明时②。

【注释】

①斑竹,张华《博物志》卷八:"尧之二女,舜之二妃,曰湘夫人。帝崩,二妃啼,以涕挥竹,竹尽斑。"

②楚客,本指诗人屈原,词中为作者自称。屈原"信而见疑,忠而被谤,"因而遭到贬谪;刘禹锡因参与"永贞革新"而被流贬,二人命运近似,故用以自比。瑶瑟,对瑟的美称。《楚辞·远游》:"使湘灵鼓瑟兮。"潇、湘,潇水和湘江,泛指屈原流放和舜二妃死亡之地,在今湖南中部。

【说明】

唐宪宗贞元二十一年(805)十一月,再贬刘禹锡为朗州司马,朗州是今湖南常德市,诗人在那里生活了十年之久。本词乃怀古伤今之作,通过对湘夫人、屈原等神话和历史人物的追念,抒发了自己蒙冤受屈,常年流放中的幽怨心情,感情沉痛。

白居易三首

白居易(772—846),字乐天,晚号香山居士,又号醉吟先生。祖籍太原,曾祖时迁居下邽(今陕西渭南),生于新郑(今河南新郑)。贞元十六年(800)进士。元和元年,授盩厔尉。三年官左拾遗,翰林学士。十年,贬江州司马,量移忠州刺史。穆宗即位,召为主客郎中、知制诰,中书舍人。后出为杭州、苏州刺史。会昌二年(842),以刑部尚书致仕。与元稹、刘禹锡交厚,世称"元白",又称"刘白"。有《白氏长庆集》。

忆江南①(选一)

江南好,风景旧曾谙②。日出江花红胜火,春来江水绿如蓝③。能不忆江南?

【注释】
①作者自注:"此曲亦名《谢秋娘》,每首五句。"
②谙,熟悉。
③蓝,蓼蓝,一年生草本植物,叶可制染料靛蓝。

【说明】
本词明白如话,一如其诗。唐宪宗元和十年(815),白居易因事得罪朝中权贵,被贬江州(今江西九江)司马,三年后,移任忠州(今重庆市忠县)刺史。加上七年后任杭州刺史,晚年任苏州刺史,诗人曾经长期在江南生活,江南的美丽风光,历史文化,经常引起他的美好回忆。与中原地区不同,江南的第一个特点是多水,故第一首就从江水写起,形象地表现了江南水乡的特色。

长相思

汴水流。泗水流。流到瓜洲古渡头。吴山点点愁①。　　思悠悠。恨悠悠。恨到归时方始休。月明人倚楼②。

【注释】
①汴水、泗水均为古水名,一发源于河南,一发源于山东,汇入淮河后,至江都流入长江。瓜洲渡,位于扬州市古运河下游与长江交汇处,隔江与镇江相对,是当时著名渡口。
②归时,指游子归时。人倚楼,指思妇。此句取义于曹植《七哀诗》:

"明月照高楼,流光正徘徊。上有愁思妇,悲叹有余哀。借问叹者谁?言是宕子妻。君行逾十年,孤妾常独栖。"

【说明】

本篇为思妇之词,写得含蓄蕴藉,情韵悠远。陈廷焯评曰:"香山词,不求高而自高,骨高故也。看他只是信笔写去,绝不着力,而意思往复无尽。"指出了本词的主要特点。

花非花[①]

花非花,雾非雾。夜半来,天明去。来如春梦几多时,去似朝云无觅处。

【注释】

①录自《白氏长庆集》。

【说明】

对这首词有两种不同看法,明人杨慎和卓人月,都认为是白居易自度曲(见《词品》卷一、《古今词统》卷一)。而清人万树却认为,这是一首变体的七言绝句(见《词律》卷一)。但后来选家大多把它归类入词。如朱彝尊《词综》、谭献《复堂词录》、陈廷焯《云韶集》等,并且给予很高评价。如《复堂词录》卷一引杨慎语曰:"因情生文,虽《高唐》《洛神》,奇丽不及也。"《云韶集》评曰:"起二语奇妙。看他分写'去''来'二字,不着人力,而神妙天然。"

皇甫松三首

皇甫松(生卒年不详),字子奇,自号檀栾子,睦州新安(今浙江淳安)人。所作分别见《全唐诗》及《花间集》。

梦江南

兰烬落,屏上暗红蕉①。闲梦江南梅熟日,夜船吹笛雨潇潇②。人语驿边桥③。

【注释】

①兰烬,蜡烛的灰烬。李贺《恼公》诗:"蜡泪垂兰烬。"王琦注:"兰烬,谓烛之余烬,状似兰心也。"红蕉,指画屏上所绘红色美人蕉。俞平伯先生认为,红蕉是指颜色,犹言"蕉红"。亦可。

②梅熟日,梅子成熟季节,此时江南进入了雨季,亦称黄梅季节,所以说"雨潇潇"。驿,驿站,驿亭。

又

楼上寝,残月下帘旌①。梦见秣陵惆怅事,桃花柳絮满江城②。双髻坐吹笙③。

【注释】

①帘旌,泛指帘幕。

②秣陵,金陵,即今南京市。南京紧傍长江,故称江城。

③双髻,古时一种发髻,词中指代女子。

【说明】

两首都写梦境,背景是江南春尽,梅子将熟的雨季,写得迷离恍惚,韵味悠长。实际上是通过梦境,抒发词人的怀乡之情,词中似乎还寄寓着对逝去的一段感情生活的回忆,那"夜船吹笛""双髻吹笙"者又是何人?是否为词人怀恋的女子?"秣陵惆怅事"又为何事?作者并未说明,读者不妨推想。王国维认为,二阕"情味深长",比白居易、刘禹锡的《忆江南》写得更好,的确如此。

摘得新

酌一卮,须教玉笛吹①。锦筵红蜡烛,莫来迟②。繁红一夜经风雨,是空枝③。

【注释】
①卮(zhī),古代酒器。
②锦筵,美盛的筵席。
③繁红,盛开的鲜花。

【说明】
词将人生比作一席盛筵和一树繁花。盛筵易尽,繁花易谢,透露出古代士人对生命易逝的悲哀。陈廷焯评论说:"及时勿失,感慨系之。"(《云韶集》卷一)况周颐评论说:"语淡而沉痛欲绝。"(《餐樱庑词话》),即是此意。

韩 偓一首

韩偓(生卒年不详),字致尧,一曰致光,晚号玉山樵人。京兆万年(今陕西西安)人。唐昭宗龙纪元年(889)进士,为翰林学士。官至兵部侍郎、翰林承旨。朱全忠恶之,贬濮州司马。有《玉山樵人集》。

生查子

侍女动妆奁,故故惊人睡①。那知本未眠,背面偷垂泪。　　懒卸凤凰钗,羞入鸳鸯被②。时复见残灯,和烟坠金穗③。

【注释】
①妆奁,化妆盒。故故,故意。
②凤凰钗,凤形头钗。鸳鸯被,绣着鸳鸯的被子。
③时复,时常。金穗,指灯花。

【说明】
词写女子孤独相思情怀。词人善于通过细节描写来表现人物的心理活动,细腻、含蓄而生动。陈廷焯评论说:"柔情蜜意,五代两宋闺阁词之祖也。"韩偓是李商隐的外甥,乳名冬郎,也是晚唐著名的诗人之一。本词见于韩偓《香奁集》(一说为和凝所作),《香奁集》为韩偓早期作品,风格华丽绮靡,内容大多写男女恋情,一时盛行于海内。但韩偓又是唐昭宗的近臣和忠臣,因得罪军阀朱全忠而屡遭贬谪远州。朱全忠杀害昭宗后,韩偓携家眷逃亡江西抚州,不久被威武军节度使王审知招募,自赣入闽。朱全忠篡位,王审知向朱献表纳贡。韩偓即离开官场,归隐于南安葵山,自称"玉山樵人"。韩偓后期的作品,颇多沧桑之感和黍离之悲,与其早期作品有很大不同。也许正因为如此,也有人认为,本词"托忠愤于丽语,自有其兴寄寓焉"。

无名氏一首

菩萨蛮

牡丹含露真珠颗。美人折向庭前过。含笑问

檀郎。花强妾貌强①。　　檀郎故相恼。须道花枝好②。一面发娇嗔,碎挼花打人③。

【注释】

①檀郎,晋潘岳美姿容,小名檀奴。后称美男子为檀郎。

②故相恼,故意气我。须道,却说。

③嗔,生气。挼(ruó),搓揉。

【说明】

本词描写一对情人打情骂俏的情景,采用白描手法,构思新巧曲折,笔致细腻传神,据说曾获得唐宣宗李忱的称赏。不过也有人批评本词"不韵"且"暴戾",有失温柔敦厚之旨(李渔),甚至直斥为"恶劣已极,无足置喙"(陈廷焯)。这种批评明显受到封建时代妇女观的影响,现在看来,非常可笑。

温庭筠十首

温庭筠(812—870),本名岐,字飞卿,太原祁(今山西祁县)人。恃才傲物,放浪不羁,每讥讽权贵,故屡试不第。执政鄙其所为,留长安中待除,后谪方城尉。唐懿宗咸通七年(866),官国子助教,"竟流落而死"。著作多不传,有《温飞卿诗集》。

梦江南

千万恨,恨极在天涯①。山月不知心里事,水风空落眼前花。摇曳碧云斜②。

【注释】

①天涯,指所思之人远在天涯。

②江淹《休上人怨别》:"日暮碧云合,佳人殊未来。"词用江淹诗意,暗喻所思未归。

又

梳洗罢,独倚望江楼①。过尽千帆皆不是,斜晖脉脉水悠悠②。肠断白蘋洲③。

【注释】

①望江楼,泛指江边的楼阁。

②斜晖,夕阳。李商隐《落花》:"参差连曲陌,迢递送斜晖。"脉脉,连绵不断貌。

③白蘋洲,泛指江边洲渚,或为望江楼所在之处。

【说明】

两首均为思妇之词。第一首写所思之人远在天涯海角,音信杳渺,所以说"恨极"。第二首说,倚楼远望,终不见所思归来,唯见千帆过尽,夕阳流水而已,故而伤心"肠断"。写得低回婉转,情韵无穷,艺术上十分成功,超过了前人同体之作。

菩萨蛮①(选五)

小山重叠金明灭②。鬓云欲度香腮雪③。懒起画蛾眉。弄妆梳洗迟④。 照花前后镜。花面交相映⑤。新帖绣罗襦,双双金鹧鸪⑥。

【注释】

①《菩萨蛮》十五首(据说原有二十首,另五首已经失传),是温庭筠的代表作,从一定的意义上说,也是成就他作为词坛奠基人地位的作品。在这组词的背后,还隐藏着一个造成词人悲剧命运的故事。据孙光宪《北梦

琐言》记载:"(唐)宣宗爱唱《菩萨蛮》词,令狐相国(绹)假其新撰密进之,戒令勿他泄,而遽言于人,由是疏之。"

②小山,唐代女子的一种眉饰,又称远山眉。见明杨慎《丹铅续录·十眉图》。重叠,皱眉状。金,额黄,唐代女子涂于眉际的装饰。明灭,原指忽明忽暗,词中描写晨起之时额黄涂布不均匀状。

③鬓云,云鬓。欲度,言头发散乱,遮蔽了双颊。香腮雪,如雪之香腮。

④弄妆,化妆。

⑤前后镜,梳妆台之镜与手上所持之镜,两镜相交,才能看清鬓后之插花。

⑥新帖,周汝昌先生认为,是"新鲜之'花样子'也,剪纸为之,贴于绸帛之上,以为刺绣之'蓝本'者也"。襦,短袄。金鹧鸪,指纸上图案。

【说明】

这首词是温庭筠现存十五首《菩萨蛮》的第一首,最能代表温词的风格特点。词的内容很简单,就是描写一位女子晨起梳妆之情状,但用词之华美,描写刻画之细腻生动,都达到了极高的水平。结尾见物思怀,轻轻一点,含蓄地表现了女子的怀春之情。

又

水精帘里颇黎枕。暖香惹梦鸳鸯锦①。江上柳如烟。雁飞残月天。　藕丝秋色浅。人胜参差剪②。双鬓隔香红。玉钗头上风③。

【注释】

①水精帘,泛指华美的帘子,水精,即水晶。颇黎,玻璃。惹,引起。鸳鸯锦,绣有鸳鸯的锦被。

②"藕丝"句,言纱衣如藕丝之洁白透明。秋色,白色。人胜,古代妇女于人日(农历正月初七日)剪彩或镂刻金箔为人形,贴于屏风或戴在鬓发上,以讨取吉利。见宗懔《荆楚岁时记》。词中泛指女子之头饰。

③香红,鲜花。双鬟插花,故曰"隔"。末句意谓玉钗在风中摇颤。

【说明】

张惠言认为,全篇都写梦境。后人多承其说,大约因为第二句有"惹梦"二字,故陈廷焯评曰:"梦境凄凉。"俞陛云评曰:"低回不尽,其托寓梦境者,寄其幽眇之思也。"但是也有不同意见。近人浦江清认为:"张惠言谓是梦境,大误。"詹安泰也说:"自这评语出(指张惠言评),越发使人莫名其妙。"按本词或写恋情,表现词人对所爱女子的无限思怀,写得非常含蓄,"悲愁深隐,几似无迹可求。"但是细味词意,其抒情脉络依旧清晰。一二句言相聚之乐,三四句抒离别之悲。下片是通过对女子美好丰姿的描摹,节序风物之点染,表现了词人对情人的深深怀念与别后的悲怀。不直接言情而深情自见,更觉低回无尽。

又

玉楼明月长相忆。柳丝袅娜春无力①。门外草萋萋。送君闻马嘶②。　画罗金翡翠。香烛销成泪③。花落子规啼,绿窗残梦迷④。

【注释】

①玉楼,对楼阁的美称,女子所居之处。明月,月明之夜。此句得意于曹植《七哀》"明月照高楼"。袅娜,细长柔软貌。梁简文帝《赠张缵》诗:"洞庭枝袅娜,澧浦叶参差。"

②萋萋,草盛貌。《楚辞·招隐士》:"王孙游兮不归,春草生兮萋萋。"

③"画罗"句,绣有翡翠鸟的罗帐。"香烛"句,杜牧《赠别》:"蜡烛有心还惜别,替人垂泪到天明。"

④子规,杜鹃鸟,暮春啼鸣,其声悲苦,犹言"行不得也哥哥"。迷,迷离恍惚。

【说明】

本词也写女子离别之情。陈廷焯评论说:"音节凄清,字字哀艳,读之消魂。"唐圭璋先生也说:"此首写怀人,亦加倍深刻。"为什么?因为作者最大限度地采用了情景交融的写法,全篇除第一句"长相忆"三字之外,没有一句直接写到离别,但是通过袅娜之柳丝、萋萋之芳草、消融之烛泪、悲鸣之杜鹃这些充满离愁别绪的意象,组成一幅完整的暮春离别图,离愁满纸。结句残梦迷离,更表现出女子别情之难遣,心绪之谜离,所以陈廷焯又说:"低回欲绝。"

又

南园满地堆轻絮。愁闻一霎清明雨①。雨后却斜阳。杏花零落香。 无言匀睡脸。枕上屏山掩②。时节欲黄昏。无憀独倚门③。

【注释】

①轻絮,柳絮;一霎,片刻,犹言一阵。

②匀睡脸,涂饰脸上脂粉,意谓重新梳妆。屏山,屏风。掩,遮蔽。

③无憀,心情苦闷,百无聊赖。

【说明】

本首写女子的春情,春情即相思之情,相思的对象何在?故意藏而不说。但词中"愁""无憀""独倚门"等词语,却含蓄地表述了这层意思,闻春雨有何可愁,春将尽也;倚门而自感孤独,有所待也。沈际飞《草堂诗余》评曰:"隽逸之致,追步太白。"给予极高评价。

又

竹风轻动庭除冷。珠帘月上玲珑影①。山枕隐浓妆。绿檀金凤凰②。 两蛾愁黛浅。故国吴宫远③。春恨正关情。画楼残点声④。

【注释】

①庭除,庭院。

②山枕,古代枕头多用木、瓷等制作,中凹,两端突起,其形如山,故名山枕。隐,依凭。浓妆,浓妆之美女。"绿檀"句,描写山枕之华美,以檀香木为材质,上绘金色凤凰。此二句语序倒置,意谓浓妆女子倚靠于华美的枕头之上。

③两蛾,双眉。愁黛浅,愁眉不展。吴融《玉女庙》诗:"愁黛不开山浅浅,离心长在草萋萋。"故国,故乡。吴宫,吴王宫殿。西施越人,居于吴宫,并非己愿,故言故乡遥远。此女身居画楼,情人离去,寂寞无眠,因以为喻。

④春恨,相思之恨。

【说明】

本词也写女子春情,从"珠帘月上"一直写到残点声声,可见通宵不寐。陈廷焯评曰:"缠绵无尽。"温庭筠的《菩萨蛮》,是古代词学史上的绝构,艺术上十分成功,对此人们似乎并无异议;但是对其内容的理解,历来就有两种完全不同的看法。一种以清代常州词派始祖张惠言为代表,他对第一首评论说:"此感士不遇也。篇法仿佛《长门赋》,而用节节逆叙。此章从梦晓后领起'懒起'二字,含后文情事;'照花'四句,《离骚》初服之意。"另一种以王国维为代表,他在《人间词话》中说:"固哉!皋文之为词也!飞卿《菩萨蛮》、永叔《蝶恋花》、子瞻《卜算子》皆兴到之作,有何命意?皆被皋文深文罗织。"前人每附和张惠言之说,今人多同意王国维之见。孰是孰非,难以遽断。不过,我国古代诗歌从来就有托物言志的传统,屈原之《离骚》,曹植之《美女》《七哀》,以至王昌龄之《宫怨》诗,无不有所寄托。温庭筠乃名门之后,才高八斗,由于种种原因,却始终沦落下僚,郁郁而终。因此我们也不能完全排除这样的可能性:即作者通过一组描写爱情悲剧的词作,多少寄托了个人的忧愁郁思。

更漏子(选二)

柳丝长,春雨细。花外漏声迢递①。惊塞雁,起城乌。画屏金鹧鸪②。　　香雾薄。透帘幕。

惆怅谢家池阁③。红烛背,绣帘垂,梦长君不知④。

【注释】

①漏声,更漏声。迢递,遥远。

②此句意谓塞雁、城乌、闺中女子,均被漏声惊起。女子睡眼蒙眬之时,忽见屏风上所绘"双双金鹧鸪",因起怀人之念。

③谢家,谢秋娘家。唐李德裕曾为爱姬谢秋娘建立华屋。或曰谢家指晋人谢道韫家。后谢娘泛指所爱女子。

④此句说明为何惆怅。

又

玉炉香,红蜡泪。偏照画堂秋思①。眉翠薄,鬓云残。夜长衾枕寒②。　　梧桐树。三更雨。不道离情正苦③。一叶叶,一声声。空阶滴到明。

【注释】

①玉炉飘香,红烛垂泪,烛光偏照画堂中悲秋之人。思,读去声。

②翠眉褪色,鬓发散乱。寒,既言秋气侵人,亦写心中悲感。

③不道,不顾、不管。李白《长干行》:"相迎不道远,直至长风沙。"

【说明】

温庭筠《更漏子》共六首,今选二首,都是描写女子深夜不眠相思怀人之事。唐人称夜间为"更漏",杜甫《江边星月》:"余光隐更漏,况乃露华浓。"据胡仔《苕溪渔隐丛话》记载,温庭筠就是《更漏子》这一词调最早的创作者。因为事情都发生在晚上,所以用"更漏"这个意象贯穿各首。这组词在艺术上非常成功,陈廷焯认为"后来无人为继"。事实也的确如此。从字面上看,各首都写女子的离愁别怨,这也是现今多数研究者的意见。不过也有人认为,这组词与《菩萨蛮》一样,也别有寄托,陈廷焯就说:"思君之词,托于弃妇,以自写哀怨。"这种看法明显继承常州词派始祖张惠言的寄托说。

河　传

　　湖上。闲望。雨萧萧。烟浦花桥路遥。谢娘翠蛾愁不消①。终朝。梦魂迷晚潮②。　　荡子天涯归棹远。春已晚。莺语空肠断③。若耶溪。溪水西。柳堤。不闻郎马嘶④。

【注释】

①浦,水边。翠蛾,翠眉。

②终朝,整天。杜甫《冬日有怀李白》:"寂寞书斋里,终朝独尔思。"

③荡子,指辞家远出、羁旅忘返的男子。古诗《青青河畔草》:"荡子行不归,空床难独守。"李善注:"《列子》曰:有人去乡土游于四方而不归者,世谓之为狂荡之人也。"棹,指船。

④若耶溪,溪名。出浙江省绍兴市若耶山,北流入运河。相传为西施浣纱之所。词中是泛指。郎,即前文所称之荡子。

【说明】

本篇亦思妇之词,极委婉曲折之能事。陈廷焯评曰:"凄怨而深厚,最是高境。此调最不易合拍,五代而后,几成绝响。"(《云韶集》卷一)又曰:"'梦魂迷晚潮'五字警绝。用蝉连法更妙,直是化境。"(《词则·大雅集》卷一)唐圭璋先生曰:"此首二、三、四、五、七字句错杂用之,故声情曲折宛转,或敛或放,真似'大珠小珠落玉盘'也。""湖上"点明地方。"闲望"两字,一篇之主。烟雨模糊,是望中景色;眉锁梦迷,是望中愁情。换头,写水上望归,而归棹不见。末写堤上望归,而郎马不嘶。写来层次极明,情致极缠绵。白雨斋谓"直是化境",非虚誉也。

司空图一首

司空图(837—908),字表圣,晚号知非子、耐辱居士。河中虞乡(今山西永济)人。唐懿宗咸通十年(869)进士及第。卢携复其为相,召为礼部员外郎,迁郎中。僖宗还京,召拜中书舍人,知制诰。后归隐,居王官谷中,屡召不起。天复四年,朱全忠召其为礼部尚书,拒之。后梁开平二年,闻唐哀帝被弑,绝食呕血而死,终年七十二岁。有《司空表圣文集》《司空表圣诗集》。

酒泉子

买得杏花,十载归来方始坼①。假山西畔药阑东,满枝红②。　旋开旋落旋成空③。白发多情人更惜,黄昏把酒祝东风。且从容④。

【注释】

①坼,开裂,指花开。

②药阑,芍药花栏,泛指花栏。杜甫《宾至》:"不嫌野外无供给,乘兴还来看药栏。"

③旋,很快。

④祝,祝告。从容,逗留、盘桓。《楚辞·九章·悲回风》:"寤从容以周流兮,聊逍遥以自恃。"全句意谓祝告东风,望春天逗留少时,且勿匆匆离去。

【说明】

此词作于唐僖宗广明二年(881),司空图为避黄巢之乱,回归故乡河中(今山西永济)隐居之时。俞陛云先生曰:"表圣为唐末完人,此词借花以书感。明知花落成空,而酹酒东风,乞驻春光于俄顷,其志可哀。表圣有绝句云:'故国春归未有涯,小栏高槛别人家。五更惆怅回孤枕,犹自残灯照落花。'与此同慨,隐然有《黍离》之怀也。"

又刘毓盘《词史》曰:"司空图《酒泉子》词。按《词苑》曰:'此调始于温庭筠,有四十字、四十一字二体。'司空图始改作四十五字体,毛文锡仿之,首句曰'绿树春深','春'字改平声,宋人遂通用此体矣。"

韦 庄八首

韦庄(836—910),字端己,京兆杜陵(今陕西西安)人。乾宁元年进士,授校书郎。李询为两川宣喻和协使,召为判官,奉使入蜀,还迁左补阙。天复元年(901),入蜀为王建掌书记,自此终身仕蜀。天祐四年(907)王建称帝,为左散骑常侍,判中书门下事,官终吏部侍郎兼平章事。有《浣花集》。

菩萨蛮

红楼别夜堪惆怅。香灯半卷流苏帐①。残月出门时。美人和泪辞②。　　琵琶金翠羽。弦上黄莺语③。劝我早归家。绿窗人似花④。

【注释】
①红楼,女子所居之楼。半卷,指流苏帐。
②和泪,带泪。
③金翠羽,指琵琶上的装饰。黄莺语,比喻琵琶声音之美妙动听。白

居易《琵琶行》:"间关莺语花底滑。"

④"绿窗"与起首之"红楼"相对,亦指女子居处。

【说明】

追忆当年与美女离别之词。表达明白流畅,风格自然清新,与温庭筠之秾丽华艳迥异。许昂霄《词综偶评》曰:"语意自然,无刻画之痕。"谭献《词辨》亦云:"此亦填词中《古诗十九首》。"都是此意。韦庄《菩萨蛮》共五首,表面看来,多写男女离别之情,但对此常州词派始祖张惠言却有不同看法。他在《词选》中说:"此词盖留蜀后寄意之作,一章言奉使之志,本欲速归。"陈廷焯继续发挥说:"深情苦调,意婉词直,屈子《九章》之遗。"陈廷焯不仅指明本词艺术上"意婉词直"的特点,而且强调词人存在屈原一样的忠君之意。从韦庄在前蜀小朝廷的具体表现来看,张、陈的说法,与事实不尽相符。

又

人人尽说江南好。游人只合江南老①。春水碧于天。画船听雨眠②。　垆边人似月。皓腕凝霜雪③。未老莫还乡。还乡须断肠④。

【注释】

①只合,只应。

②二句写江南春景之美。

③二句写江南女子之美丽。垆,酒店安放酒瓮的土台子,借指酒店。皓,洁白。二句隐含汉代卓文君卖酒的典故。

④张惠言认为,中原鼎沸,故曰"还乡须断肠"。

【说明】

此词前六句均写江南风光之美,言游人理当终老江南。然末二句语意急转,唐圭璋先生曰:"谓江南纵好,我仍思还乡。但今日若还乡,目击乱离,只令人断肠。……情意宛转,哀伤之至。"按张惠言《词选》评曰:"此章述蜀人劝留之辞,即下章'满楼红袖招'也。江南指蜀中。中原沸乱,故曰'还乡须断肠'。"谭献《词辨》评曰："强作欢快语,怕肠断,肠亦断矣。"陈廷焯评曰："意中是思乡,笔下却说江南风景好,真是泪溢中肠,无人省得。结言风尘辛苦,不到暮年,不得回乡,预知他日还乡,必断肠也。"(《云韶集》卷一)诸评可供参考。

又

如今却忆江南乐。当时年少春衫薄①。骑马倚斜桥。满楼红袖招②。　翠屏金屈曲。醉入花丛宿③。此度见花枝。白头誓不归④。

【注释】

①却忆,回忆。当时,当年。

②红袖,女子,词中指歌伎。

③屈曲,俞平伯先生曰:"屈曲,疑即'屈戍',亦作'屈膝',《邺中记》:'石虎作金银屈膝屏风'是也。"按:屈戍,屏风上的环钮。花丛,喻指妓院。

④此度,这次、这回。花枝,比喻美女。

【说明】

唐圭璋先生说："此首陈不归之意,语虽决绝,而意实伤痛。"为什么?仅从文字表面看,词人"白头誓不归"的原因,是因为江南有与他相爱的女子。但如果联系作者生平以及前首末句"还乡须断肠"来理解,词人这种逢场作戏式的生活方式,其实质还是为了排遣家国之忧和"有家归不得"的痛苦。张惠言《词选》评曰："上云'未老莫还乡',犹冀老而还乡也。其后朱温篡成,中原愈乱,遂决劝进之志。故曰'如今却忆江南乐'。又曰'白头誓不归'。则此词之作,其在相蜀时乎?"俞平伯曰："张氏之言似病拘泥穿凿,唯大旨不误。"(《读词偶得》)

又

洛阳城里春光好。洛阳才子他乡老①。柳暗

魏王堤。此时心转迷②。　　桃花春水渌。水上鸳鸯浴③。凝恨对残晖。忆君君不知④。

【注释】

①洛阳才子,原指西汉洛阳人贾谊,词中或指女子意中人。

②魏王堤也称魏王池,是唐时洛阳名胜之一。迷,迷惘。

③渌,水清澈。

④凝恨,深恨。

【说明】

张惠言认为,"此章致思唐之意"。意谓,韦庄虽然身仕前蜀,但依旧念念不忘唐室。陈廷焯继续发挥说:"端己《菩萨蛮》四章,惓惓故国之思,而意婉词直,一变飞卿面目,然消息正自相通。"近人吴梅、俞平伯等先生,大多同意此见。但吴世昌先生独持异议,认为"此论中张惠言之毒,全无是处。其所列诸词,皆思妇之辞"。今人大多附和世昌先生意见,如孔范今、华钟彦等。著名学者叶嘉莹先生则调和两种意见,说:"私意以为,二者固不必如水火之不相容若此。韦庄即使忆念洛阳之'美人',而同时兼有故国之思,亦复有何不可乎?"

荷叶杯

绝代佳人难得。倾国①。花下见无期。一双愁黛远山眉。不忍更思惟②。　　闲掩翠屏金凤。残梦。罗幕画堂空③。碧天无路信难通。惆怅旧房栊④。

【注释】

①李延年诗:"北方有佳人,绝世而独立。一顾倾人城,再顾倾人国。……"

②远山眉,指女子眉毛。《西京杂记》卷二:"文君姣好,眉色如望远山。"思惟,思念。

③"闲掩"三句言人去楼空。
④房栊,泛指房屋。张协《杂诗》:"房栊无形迹,庭草萋以绿。"

又

记得那年花下。深夜。初识谢娘时①。水堂西面画帘垂。携手暗相期②。　惆怅晓莺残月。相别。从此隔音尘③。如今俱是异乡人。相见更无因④。

【注释】
①谢娘,称所爱女子。
②相期,相约。
③音尘,音信。
④无因,无凭、无法。

【说明】

两首爱情词,写得缠绵凄恻,一往情深。这背后可能隐藏着一个悲剧故事,但具体情节,已难确考。杨湜《古今词话》记载说,韦庄有爱姬,后被蜀主王建强夺而去。韦庄追念悒怏,作《荷叶杯》诸词。杨湜,宋人,生平不详,所言不知何据。因其不合情理,后人多有怀疑。夏承焘先生认为,王建夺姬之说不可信,"近于附会"。夏先生举出韦庄集中悼亡诗若干首,认为二词乃是悼亡之作。但是,夏先生之说也与文本意思不全切合,因为第二首结尾明明说:"如今俱是异乡人,相见更无因。""异乡人"云云,当然不是指阴阳之隔,生死之分,而是说两人均流落异乡,无由见面。但是第一首中称:"见无期","碧天无路","惆怅旧房栊"云云,的确颇有悼亡之意。第二首写情人离别之意甚明,非悼亡也。

女冠子

四月十七。正是去年今日。别君时①。忍泪

佯低面,含羞半敛眉②。　　不知魂已断,空有梦相随。除却天边月,没人知③。

【注释】

①三句语序颠倒,意谓与君离别,已经整整一年,具体时间正是四月十七。

②佯,假装。敛眉,皱眉。

③下片写别后相思之痛。梦相随,经常梦见。

又

昨夜夜半。枕上分明梦见①。语多时。依旧桃花面,频低柳叶眉②。　　半羞还半喜,欲去又依依。觉来知是梦,不胜悲③。

【注释】

①枕上,意谓睡觉时。以下写梦中情景。

②三句写梦中所见,女子依旧美丽非凡。

③下片先言依依惜别之情,末二句写醒后之悲痛失望。

【说明】

二词写同一题材:恋人离别之痛。语言虽然明白晓畅,表达却委婉曲折,描写也细腻生动。这正是韦庄词的主要艺术特色。第一首正面描写,从女方落笔,"别君时"三字可证。第二首以男方口吻,从梦见写到梦醒,以梦写情,更见离情之难遣难排。詹安泰先生评曰:"妙语生成,丝毫不见雕凿的痕迹,而款款深情,自然流露出来。……这二首应该是同时写的,前首由别时的情态,写到别后的难堪,'空有梦相随';后者紧接着由'梦相随'的情态写到梦觉后的难堪,'不胜悲',线索分明,结构严谨。"(《詹安泰词学论稿》)

冯延巳十二首

冯延巳(903—960),又名延嗣,字正中,五代江都府(今江苏扬州)人。南唐烈祖、中主二朝,官至左仆射同平章事,卒谥忠肃。有《阳春集》。

鹊踏枝①(选五)

梅落繁枝千万片。犹自多情,学雪随风转②。昨夜笙歌容易散。酒醒添得愁无限③。　　楼上春山寒四面。过尽征鸿,暮景烟深浅④。一晌凭栏人不见。鲛绡掩泪思量遍⑤。

【注释】

①冯延巳《鹊踏枝》(即《蝶恋花》)今存十四首。

②三句意谓梅花飘谢,在空中飞舞,仿佛不愿就此离去。多情,言其留恋树枝。

③笙歌,奏乐歌舞。泛指声色之娱乐。

④征鸿,飞过的大雁。暮景,傍晚的景色。

⑤人不见,不见所思之人。鲛绡,传说中鲛人所织的绡。亦借指薄绢、轻纱。词中指丝绸手帕。掩泪,掩面而泣。唐彦谦《无题》:"云色鲛绡拭泪颜。"

【说明】

冯延巳《鹊踏枝》,历来获得很高评价。王鹏运曰:"冯正中《鹊踏枝》十四阕,郁伊怆怳,义兼比兴。"(《半塘丁稿·鹜翁集》)张尔田曰:"正中身仕偏朝,知时不可为。所为《蝶恋花》诸阕,幽咽惝恍,如醉如迷,此皆贤人君子不得志发愤之所为作也。"(《曼陀罗䜭词序》)。陈秋帆曰:"愁苦哀伤之致动于中,蒿庵所谓'危苦烦乱,郁不自达,发于诗余'者。"(《阳春集笺》)。从末二句看,明显写女子相思之情,但前人大多不这么理解。冯煦《四印斋刻〈阳春集〉序》就说:"翁俯仰身世,所怀万端,缪悠其辞,若显若晦。揆之六义,比兴为多。若《三台令》《归国谣》《蝶恋花》诸作,其旨隐,其词微,类劳人思妇、羁臣屏子郁伊怆恍之所为。翁何致而然耶? 周师南侵,国势岌岌,中主既昧本图,汶暗不自强。强邻又鹰瞵而鹗睨之,而务高拱,溺浮采,芒乎芬乎,不知其将及也。翁负其才略,不能有所匡救,危苦烦乱之中,郁不自达者,一于词发之。其忧生念乱,意内而言外,迹之唐、五季之交,韩致尧之于诗,翁之于词,其义一也。世亶以靡曼目之,诬已!"这段话,具体描述了冯延巳所处的恶劣政治环境,认为冯延巳这类作品,表面写男女相思之情,实际上寄托了个人的家国之忧和身世之慨,世人把它看作靡曼之词,是不对的。冯煦的这段话,很有代表性,陈廷焯、王鹏运、张尔田,以及《阳春集笺》的作者陈秋帆,都持这种看法,并发表过类似的言论。这些意见,值得后人重视。

又

谁道闲情抛掷久。每到春来,惆怅还依旧①。日日花前常病酒。不辞镜里朱颜瘦②。　　河畔青芜堤上柳。为问新愁,何事年年有④。独立小桥风满袖。平林新月人归后⑤。

【注释】
①闲情,男女之情。陶渊明有《闲情赋》。
②病酒,醉酒成病。不辞,不惜。
③何事,为何。
④人归后,指游人皆已归去,而词人犹独立于寒风之中。

【说明】

冯延巳是五代时期最杰出的词人,正如陈廷焯所说:"冯正中词,极沉郁之致,穷顿挫之妙,缠绵忠厚,与温、韦相伯仲也。"龙榆生先生也认为:"延巳在五代为一大作家,与温、韦分鼎三足,影响北宋诸家尤巨。"而《鹊踏枝》(即《蝶恋花》)十四首,又是冯延巳的代表作。要读懂本词,首先要理解词人所说的"闲愁"是何含义。从表面意义说,闲愁就是无端的愁思,也就是爱情。但事实并没有这么简单。冯延巳在南唐烈主、中主时曾数度为相,又数度罢官。南唐国土面积虽大,且处于江南繁华之地,但军事上却是一个弱国,李璟也不是什么英主。在这样一个政权中主政,当然并非易事,其间一定充满担忧、争斗、阴谋和失败,这也是中国封建专制时代的共同特点。尤其在国力衰弱、政权腐败之时,这一特点就表现得更加明显。历史上对冯延巳的人品并无好评,称其"谄媚险诈",但对其文学才能,却无不称赞。人们往往认为:"文如其人。"这一判断其实并不全面。历史上文品与人品不统一的现象,比比皆是。何况人是立体多面的存在,也会因处境的不同而发生变化,不能用好或坏两字简单加以概括,否则,离实际情况可能会很远。作为一位文才出众的弱国宰相,冯延巳不可能没有亡国之忧,失宠之虑,失位之怨,以及乱世文人普遍存在的对生命无常的忧虑、人生苦短的慨叹。所有这些情绪,都会在其作品中表现出来,前代(如曹氏父子)如此,当时也是如此。因此本词中"闲愁"这一概念,外延虽然朦胧模糊,内涵却相当丰富复杂,故能令词人如此痛苦不堪,挥之不去,去而复来,年年常新,难以摆脱,一如河畔之青芜,堤上之垂柳。

又

六曲阑干偎碧树。杨柳风轻,展尽黄金缕①。谁把钿筝移玉柱?穿帘海燕双飞去②。　　满眼游丝兼落絮。红杏开时,一霎清明雨③。浓睡觉来莺乱语。惊残好梦无寻处④。

【注释】

①偎,偎依,紧靠。黄金缕,指柳丝。

②"谁把"句,指弹筝。钿筝、玉柱云云,都是对乐器的美称。海燕,词中指燕子。按:"双飞去",《阳春集》作"惊飞去"。

③一霎(shà),短时间、一会儿。孟郊《春后雨》:"昨夜一霎雨,天意苏群物。"

④浓睡,沉睡。张碧《美人梳头》诗:"玉容惊觉浓睡醒。"按:"莺乱语",《阳春集》作"慵不语"。惊残,惊破。

【说明】

此首一作欧阳修词,又作晏殊词。但《阳春集》《全唐诗》《词谱》均作冯延巳词,朱彝尊、张惠言、周济以及后之选家多将其归于冯延巳名下,故从之。本词的风格与欧阳修确有相似之处,所以陈廷焯说:"雅秀工丽,是欧公之祖。"但是,这首词的主旨比较模糊,因为通篇只写春景,并未涉及词人自己的心情,只有末句"惊残好梦无寻处"似乎有所暗示,透露出淡淡的哀愁。那么主人公"好梦"的具体内容究竟是什么呢?谭献评论说:"此正周氏(周济)所谓'有寄托入,无寄托出'也。"意思是说,本词虽有寄托,但却不直接表现出来。那么,作者寄托的具体内容又是什么呢?蔡嵩云《柯亭词论》给出了一个模棱两可的回答:"正中《鹊踏枝》十四首郁伊惝恍,究莫测其意旨。刘融斋(刘熙载)谓其词流连光景,惆怅自怜;冯梦华(冯煦)则以为有家国之感寓乎其中。然欤?否欤?"其实,刘、冯两说并不互相排斥,家国之忧促使其流连光景,而惆怅自怜也可能是家国之忧的一种表现。

又

几日行云何处去?忘却归来,不道春将暮①。百草千花寒食路。香车系在谁家树②。　　泪眼倚楼频独语。双燕来时,陌上相逢否③?撩乱春愁如柳絮。依依梦里无寻处④。

【注释】

①行云,流动的云,以比游子。不道,不觉。

②香车,对车子的美称。

③频独语,频频自言自语,表思念之情。"双燕"二句,意谓如逢双燕,当托其传书,故有此问。

④撩乱,纷乱。

【说明】

从文本看,此首确如唐圭璋先生所言,是女子"伤离念远"之作,上片写思念远人,下片言思妇相思之愁苦,低回曲折,一往情深。但张惠言等人看法不同,说:"忠爱缠绵,宛然《骚》《辩》之义。"谭献也认为此词"必有所托",连一向批评张惠言"寄托说"的王国维也认为"百草千花"二句,很像"诗人之忧世",当代学人刘永济先生,也赞成张惠言的看法。当然这层言外之意,从词的文字本身是看不出来的。不过如前所说,若结合作者的身世处境分析,这种看法也有一定合理性。

又

萧索清秋珠泪坠。枕簟微凉,展转浑无寐①。残酒欲醒中夜起。月明如练天如水②。　　阶下寒声啼络纬。庭树金风,悄悄重门闭③。可惜旧欢携手地。思量一夕成憔悴④。

【注释】

①簟,竹席。

②练,白色的绢。谢朓《晚登三山还望京邑》:"余霞散成绮,澄江静如练。"

③络纬,虫名,即莎鸡,俗称纺织娘。李白《长相思》:"络纬秋啼金井阑。"金风,秋风。

④携手地,相聚之地。

【说明】

秋夜怀人之作,所怀何人?乃是旧日情人。这种相思之情是如此浓烈,不仅使人泪流满面,辗转难眠;使人中夜起床,望月兴怀;甚至令人"一夕成憔悴"。但是言及具体人物,词人的笔法却十分含蓄,只用"旧欢"二字,轻轻带过,引人无限遐想。

采桑子[1]

马嘶人语春风岸,芳草绵绵。杨柳桥边。落日高楼酒旆悬[1]。　　旧愁新恨知多少,目断遥天[2]。独立花前。更听笙歌满画船。

【注释】

① 冯延巳《阳春集》及各家选本多题作《罗敷艳歌》。今据陈秋帆《阳春集笺》改为后来比较通行的词牌《采桑子》。酒旆,酒帘子,酒店的招牌。
② 目断,望断。

【说明】

此首为送别之词,但写得非常含蓄,"芳草""酒旆""目断"三句稍露离情别绪。下片首句"旧愁新恨知多少"值得细加品味,如此浓重的"愁恨"究竟因何而起?是离别之愁,是失职之恨,抑或如常州词派所言是家愁国恨?还是数者兼而有之?诗无达诂,词尤如此,不必过于拘执。

又

花前失却游春侣,独自寻芳[1]。满眼悲凉。纵有笙歌亦断肠。　　林间戏蝶帘间燕,各自双双[2]。忍更思量。绿树青苔半夕阳[3]。

【注释】

① 侣,伴侣。寻芳,游赏春日美景。姚合《游阳河岸》:"寻芳愁路尽,逢景畏人多。"

②戏蝶,蝴蝶。

③忍,不忍。

【说明】

此篇为怀念爱侣之作,"独自寻芳",已露端倪;下片"林间戏蝶帘间燕"二句,更足证明。至于所言失却之侣是何人？已难知其详。陈廷焯评论说:"缠绵沉着。"近人俞陛云认为,篇末"夕阳"句,寄慨遥深,不得以绮语目之。也就是说,本词寄托了家国之忧,不能单纯看成爱情诗。意见可供参考。

谒金门

风乍起。吹皱一池春水①。闲引鸳鸯香径里。手挼红杏蕊。　斗鸭阑杆独倚。碧玉搔头斜坠②。终日望君君不至。举头闻鹊喜③。

【注释】

①乍起,忽起。

②斗鸭阑杆,古代富贵人家养斗鸭于池中,围以栏杆。搔头,发簪。

③鹊喜,古人以鹊叫为喜讯。

【说明】

词写春日女子情怀,"终日望君君不至"句,表明是相思之情。写得细腻生动又含蓄蕴藉,此词因为得到中主李璟的赏识而更加闻名。据马令《南唐书·冯延巳传》记载:元宗乐府辞云"小楼吹彻玉笙寒",冯延巳有"风乍起,吹皱一池春水"之句,皆为警策。元宗尝戏延巳曰:"'吹皱一池春水',干卿何事？"延巳曰:"未若陛下'小楼吹彻玉笙寒'。"元宗悦。这当然是君臣之间戏谑的一段佳话,但的确也包含互相欣赏之意。

虞美人

碧波帘幕垂朱户。帘下莺莺语①。薄罗依旧

泣青春。野花芳草逐年新。事难论②。　　凤笙何处高楼月。幽怨凭谁说③。须臾残照上梧桐。一时弹泪与东风。恨重重④。

【注释】

①碧波帘幕,像碧波的帘幕,碧言其色,波言其飘动。

②薄罗,指身着薄罗之美人。泣青春,为青春空逝而悲泣。事难论,人事难言。

③凭谁说,向谁诉说。

④残照,夕阳。一时,同时、一齐。

【说明】

　　本词或借女子春愁抒写词人自身的人生感慨,情调异常低沉,究竟因何事而触发,难以详考。上片感叹青春易逝,世事人生难以逆料,所以发出"事难论"的喟叹;下片称自己满怀幽怨,却无人可以倾诉,故以"恨重重"作结。冯延巳在南唐虽数度为相,但此时的南唐政权,外有强敌窥伺,内部党争激烈,冯延巳受战争失败的牵连以及党人攻讦的影响,又曾经数度罢相。显德五年(958),冯延巳被迫再次罢相,不久即因病去世,年方五十八岁。在这样的处境之中,心灵敏感的诗人,一定会有种种矛盾和痛苦。而这种矛盾痛苦又无法向常人倾诉,词中反复说道"事难论""恨重重""幽恨凭谁说",也许就是这种复杂矛盾心情的表现。所以陈秋帆《阳春集笺》认为:"此阕似别有悲凉滋味,……蒿庵(冯煦)所谓'《黍离》、《麦秀》,周遗所伤;美人芳草,楚累所托'者非欤?"

薄命女①

　　春日宴。绿酒一杯歌一遍。再拜陈三愿②。一愿郎君千岁,二愿妾身常健。三愿如同梁上燕。岁岁长相见。

【注释】

①又名《长命女》。《全唐诗》作《薄命妾》。

②绿酒,萧衍《碧玉歌》:"碧玉奉金杯,绿酒助花色。"陈,陈述。

【说明】

本词以朴实无华的语言,表述了一位女子对美好爱情的无比向往。三愿之中,第一第二都是陪衬,第三愿才是词的主旨。沈雄《古今词话》曾批评本词格调"俚鄙",这是某些士大夫的偏见。其实这种朴实无华的表达方式,正是继承了风诗、古乐府的优良传统,也是作者重视学习传统的表现,值得珍视。

南乡子

细雨湿流光。芳草年年与恨长①。烟锁凤楼无限事,茫茫。鸾镜鸳衾两断肠②。 魂梦任悠扬。睡起杨花满绣床③。薄幸不来门半掩,斜阳。负你残春泪几行④。

【注释】

①草经雨湿,亮光闪动。此句前人多激赏之。王国维曰:"人知和靖《点绛唇》、圣俞《苏幕遮》、永叔《少年游》,为咏春草绝调,不知先有正中'细雨湿流光'五字,皆能摄春草之魂者。"

②鸳衾,鸳被。衾,被子。此句意谓见鸾镜与鸳衾二物,令人断肠。

③绣床,有两义,一指女子卧床,一指刺绣用的架子,两说皆可通。

④薄幸,负心男子。

【说明】

词写女子相思之情。上片托物起兴,抒写愁恨;下片慨叹梦亦难凭,青春将逝,因而恨及情郎。抒情委曲,而幽恨绵长。但也有人认为,词中别有寄托。刘永济先生曰:"此亦托为闺情以自抒己怨望之情。……言外必有具体事在,特未明言耳。"先父端启公亦曰:"不胜美人迟暮之感。"两说均可供参考。

玉楼春

　　雪云乍变春云簇。渐觉年华堪纵目①。北枝梅蕊犯寒开,南浦波纹如酒绿②。　芳菲次第长相续。自是情多无处足③。尊前百计得春归,莫为伤春眉黛蹙④。

【注释】

①乍变,初变。簇,簇拥,聚集。年华,春光。纵目,放眼远望。杜甫《登兖州城楼》:"东郡趋庭日,南楼纵目初。"

②犯寒开,冒着寒冷开花。浦,水边。

③芳菲,香花芳草。白居易《大林寺桃花》:"人间四月芳菲尽,山寺桃花始盛开。"次第,依次。无处足,无法满足。

④百计,用尽方法。得,《阳春集笺》作"见"。

【说明】

词写冬尽春来、年华易逝的感慨。作者的心情是矛盾的,既盼春来,又恐春逝,所以"自是多情无处足",因此只能处于矛盾痛苦之中。末句"莫为伤春眉黛蹙",其实只是自我安慰的话,"良辰美景奈何天",永远是敏感诗人不解的心结。王国维曰:"冯正中《玉楼春》词(词略),永叔一生似专学此种。"先父端启公评曰:"绝佳。"又曰:"北宋诸词家无不专学此种,不特永叔、少游而已。"

李　璟二首

　　李璟(916—961),字伯玉,南唐先主李昪长子。昪卒,璟继位,是为中主。好文学,尤善填词。作品大多散佚,今仅存词五首。

摊破浣溪沙①

　　手卷真珠上玉钩。依前春恨锁重楼②。风里落花谁是主,思悠悠③。　　青鸟不传云外信,丁香空结雨中愁④。回首绿波三楚暮,接天流⑤。

【注释】
①一作《浣溪沙》。
②真珠,镶嵌珍珠的帘子。依前,依旧。
③谁是主,落花随风飘飞,没有归宿。
④青鸟,泛指信使。云外,遥远之地。丁香结,丁香的花蕾,比喻愁心郁结。李商隐《代赠》:"芭蕉不展丁香结,同向春风各自愁。"
⑤三楚,指南楚、东楚、西楚,后多指长江中游两湖一带。

【说明】
表面看来,这是伤春之作。但詹安泰先生认为,当非一般的对景抒情之作,可能是南唐受到后周威胁之时,李璟借这样的小词,寄托自己的遭遇和怀抱。

又

　　菡萏香消翠叶残。西风愁起绿波间①。还与韶光共憔悴,不堪看②。　　细雨梦回鸡塞远,小楼吹彻玉笙寒③。多少泪珠无限恨,倚阑干。

【注释】
①菡萏,荷花的别名。翠叶,指荷叶。愁起,拟人笔法,西风无所谓愁,是人感到了愁。

②韶光,美好时光。不堪看,不忍看。看,读平声。
③鸡塞,即鸡鹿塞,在今陕西横山县西。亦可泛指边塞。吹彻,吹尽。

【说明】

　　这两首《浣溪沙》,是李璟的名作。后人好评无数,也有人认为优于其子李后主之作。前面一首写伤春,但不限于伤春;这一首写悲秋,同样不限于悲秋。王国维认为,此篇"大有众芳芜秽、美人迟暮之感"。南唐是五代十国中国土面积最大的国家,李璟初立,也曾有"经营四方之志",但是"邪臣阿谄,职为厉阶",晚年悔恨无及。这或许就是王国维所说的"众芳芜秽,美人迟暮"的历史政治背景。

李煜九首

　　李煜(937—978),南唐中主李璟第六子,初名从嘉,字重光,号钟隐、莲峰居士。嗣父璟帝位,史称后主。为人仁孝,善诗词,工书画,好声色,喜浮图,而不恤政事。为宋太祖所俘,服毒死。诗文大都散佚。有《南唐二主词》。

浪淘沙

　　帘外雨潺潺。春意阑珊。罗衾不耐五更寒①。梦里不知身是客,一晌贪欢②。　　独自莫凭栏。无限江山。别时容易见时难③。流水落花春去也,天上人间④。

【注释】

①潺潺,雨声。阑珊,凋零。阑珊,一作"将阑"。不耐,不能耐受,意

谓罗衾单薄,挡不住春寒。不耐,一作"不暖"。

②身是客,客居异地,做了俘虏。一晌,片刻。

③莫凭栏,一作"暮凭栏"。江山,一作"关山"。容易,轻易。

④春去也,喻指往事已经一去不返。春去,一作"归去"。天上人间,一在天上,一在人间,永难相见。

【说明】

蔡绦《西清诗话》卷下:"南朝李后主归朝后,每怀江国,且念嫔妾散落,郁郁不自聊。尝作长短句'帘外雨潺潺'(下略),含思凄婉,未几下世矣。"陈廷焯《云韶集》卷一:"凭栏远眺,百感交集,此词播之管弦,闻者定当流泪。"谭献《词辨》曰:"雄奇幽怨,乃兼二难,后起稼轩,稍伧父矣。"按,词写亡国之恨,现实与梦中对比,倍觉沉痛。

相见欢

林花谢了春红。太匆匆。无奈朝来寒雨晚来风①。　胭脂泪。相留醉。几时重。自是人生长恨水长东②。

【注释】

①春红,春花。

②相留醉,亦作"留人醉"。重(chóng),再次。

【说明】

本篇表面感叹春光无情流逝,实际抒发自己的身世之慨,"几时重"三字透露此中消息。盖春天来年必定如期而至,而自己曾经拥有的一切,已随着国破家亡而不可再得,所以说"无奈",所以说"几时重"。本词用自然明白的语言,表达深沉郁结的悲痛,借景言情,融情入景,这也是李后主许多优秀作品的共同特点。

又

无言独上西楼。月如钩。寂寞梧桐深院锁清秋①。　　剪不断。理还乱。是离愁。别是一般滋味在心头②。

【注释】

①锁清秋,被秋气所笼罩。

②离愁,离开故国之悲愁,即亡国之痛。一般,一种。

【说明】

本首也是亡国以后的作品。黄昇《唐宋诸贤绝妙词选》评曰:"此词最凄惋,所谓亡国之音哀以思也。"陈廷焯《云韶集》评曰:"凄凉况味,欲言难言,滴滴是泪。"词中"离愁"乃指亡国之恨,这种悲恨,"剪不断,理还乱";这种悲恨,与众不同,如五味杂陈,说不清,道不明,普通人难以体味,因此只能深藏在心头。

虞美人

春花秋月何时了。往事知多少①。小楼昨夜又东风。故国不堪回首月明中②。　　雕栏玉砌应犹在。只是朱颜改③。问君能有几多愁。恰似一江春水向东流④。

【注释】

①秋月,一作"秋叶"。了,完了,尽头。多少,非常多。

②故国,指南唐,后主此时身为俘虏已经一年多。

③雕栏玉砌,泛指南唐宫殿。应犹在,一作"依然在"。朱颜,红色面颜。

④"问君"二句,实为自问自答之辞。

【说明】

这首词是李后主词作中最著名,也是传诵最广的作品。谭献《词辨》评曰:"后主之词,足当太白诗篇,高奇无匹。"陈廷焯《云韶集》评曰:"一声恸歌,如闻哀猿,呜咽缠绵,满纸血泪。"王国维《人间词话》评曰:"后主之词,真所谓以血书者也。"关于这首词的写作时间,学界认识尚存分歧。李后主于宋太祖开宝九年(976)正月被俘,至宋太宗太平兴国三年(978)被毒死,整整过了两年半的囚徒生活。"诗穷而后工",此语不虚,他的大部分优秀作品,都作于这一时期。詹安泰先生认为,本词作于后主入宋后第二年(977)正月,而有的人认为,本词乃后主绝笔,但都是没有可靠史实依据的推断。李后主降宋后为何不到三年就被处死,而陈后主降隋十六年能得以善终,二人命运大相径庭,原因是多方面的。但念念不忘故国,而且还用优美的作品加以表现,传唱朝野,这令行伍出身的赵光义大为光火,肯定也是造成李后主悲剧命运的重要原因之一。

乌夜啼

昨夜风兼雨,帘帏飒飒秋声①。烛残漏断频欹枕,起坐不能平②。　　世事漫随流水,算来一梦浮生③。醉乡路稳宜频到,此外不堪行④。

【注释】

①帘帏,窗帘和帷幕。飒飒(sà),风雨声。

②漏断,漏水滴尽。烛残漏断,夜已深。欹枕,斜靠在枕头上。不能平,难以平息内心痛苦。

③漫随,空随。

④醉乡、频到,指终日醉酒。唐王绩有《醉乡记》。

【说明】

这首词的写作时间难以明确推断,也可能作于南唐亡国以前。李煜继位之时(961),北宋建国已经两年。李煜身为弱国之君,只能尊宋为正统,岁贡以保平安。开宝四年(971)十月,宋太祖灭南汉,李煜被迫去除南唐国号，改称"江南国主"。次年，又贬损仪制，撤去金陵台殿鸱吻，以示尊奉宋廷。在这样屈辱的处境下，后主内心的苦闷，当可想见。加之后主生性懦弱，又信奉佛教。面对如此险恶的环境，除了一味退让之外，似乎束手无策。因此只好用佛家浮生如梦的观念安慰内心的痛楚，以"终日常昏饮"来麻痹自己敏感的心灵。

破阵子

四十年来家国，三千里地山河①。凤阁龙楼连霄汉，玉树琼枝作烟萝。几曾识干戈②。　一旦归为臣虏，沈腰潘鬓消磨③。最是仓皇辞庙日，教坊犹奏别离歌。垂泪对宫娥④。

【注释】

①四十年来，南唐自开国(937)至亡国(975)，历时三十九年。三千里，南唐拥有三十五州之地，在十国中号称大国。

②凤阁龙楼，指宫殿。玉树琼枝，指奇花异树。几曾，何曾。干戈，战事。

③臣虏，俘虏。沈腰，指消瘦。沈约《与徐勉书》："……百日数旬，革带常应移孔；以手握臂，率计月小半分。以此推算，岂能支久？"潘鬓，指白发。潘岳《秋兴赋》序曰："余春秋三十有二，始见二毛。"又曰："斑鬓发以承弁兮，素发飒以垂领。"

④辞庙，辞别宗庙，意即辞别故国。教坊，宫廷中掌管音乐歌伎的官署。宫娥，宫女。

【说明】

本篇当为后主降宋以后，追忆昔年被俘时匆促离开金陵时的情景和感受之作。上片回忆南唐之建国历史，版图广大，以及首都金陵之美丽繁华；下片感叹被俘后之悲苦，以致"沈腰潘鬓消磨"，而其中最使人不堪的，是每当想起"仓皇辞庙"时的种种狼狈悲凉情景。

有人认为,后主就不该这样哭哭啼啼地离开首都,应与京城共存亡;又有人认为,后主当年曾经发出过"若社稷失守,当携血肉以赴火"的豪言,因此这首词一定是伪造的。但豪言可以不实践,那么多悲叹自己囚徒生活的作品斑斑在目,难道都是伪造的吗?至于哭哭啼啼,这也许就是造成李煜悲剧命运的性格弱点。李煜确实不是一个好帝王,却是一位无与伦比的艺术家;宋徽宗也不是一位好帝王,但也是一位优秀的艺术家,这也许是历史的误会,也可以说是历史的玩笑。其中原因复杂,不能一一具论。

望江南①

多少恨,昨夜梦魂中。还似旧时游上苑,车如流水马如龙①。花月正春风。

【注释】

① 上苑,供帝王游猎的林园。"车如"句,言车马之多。《后汉书·明德马皇后纪》:"见外家问起居者,车如流水,马如游龙。"

又

多少泪,断脸复横颐①。心事莫将和泪说,凤笙休向泪时吹②。肠断更无疑。

【注释】

① 此句言涕泪交流。颐,面颊。

【说明】

这两首词明显表露出后主身为亡虏的悲恨。第一首以"恨"字发端,痛惜往日豪华欢乐的日子一去不返;第二首以"泪"字开头,接连用三个"泪"字贯穿全篇,而以"肠断"结束,充分表达了后主囚徒生活中的悲痛心情。

临江仙

　　樱桃落尽春归去,蝶翻金粉双飞[①]。子规啼月小楼西。玉钩罗幕,惆怅暮烟垂[②]。　　别巷寂寥人散后,望残烟草低迷[③]。炉香闲袅凤凰儿。空持罗带,回首恨依依[④]。

【注释】

①蝶翻金粉,蝴蝶扇动金黄色的翅膀。韩偓《蜻蜓》:"碧玉眼睛云母翅,轻于粉蝶瘦于蜂。"

②啼月,李白《蜀道难》:"又闻子规啼夜月,愁空山。""玉钩"二句,一本又作"画帘珠箔,惆怅卷金泥"。朱箔,即珠帘。金泥,指珠帘的颜色。

③别巷,小巷子。别巷,一作"门巷"。望残,望尽。

④凤凰儿,或指凤形香炉。闲袅,形容香烟轻轻飘动。罗带,温庭筠《酒泉子》:"罗带惹香,犹系别时红豆。"

【说明】

　　据蔡绦《西清诗话》记载,李后主在围城时作此词,未完篇而城被攻破。这种说法有悖情理。围城的时间很长,几近一年,词作于这一时期是可能的,但说作于烽火连天、城将攻破之时,后主再痴,也不可能痴到如此地步。本篇显然是一首伤春伤别之作,从结句"空持罗带,回首恨依依"看,此时所爱之人已经离去。但伤春伤别只是表象,此时后主外惧强敌之临境,内忧家国之败亡,心情一定非常忧惧悲苦,故全词情调悲怨凄迷。上片说"春归去",下片说"恨依依",都有象征意义,表现出一种无限留恋又无可奈何的情绪。陈廷焯《词则》评曰:"低回留恋,宛转可怜,伤心语不忍卒读。"的确如此。

和　凝二首

和凝(898—955)，字成绩。郓州须昌(今山东东平)人。梁贞明三年(917)登进士第。历官后唐、后晋、后汉、后周四朝。好文学，长于短歌艳曲，人称"曲子相公"。文集已佚，《花间集》录其词二十首。

江城子

竹里风生月上门。理秦筝①。对云屏。轻拨朱弦、恐乱马嘶声②。含恨含娇独自语，今夜约，太迟生③。

【注释】
①理秦筝，弹奏秦筝。传说筝产于秦国。
②朱弦，琴弦。"轻拨"二句，特地轻轻弹拨筝弦，只怕听不到情郎的马嘶声。
③生，句末助词。

又

斗转星移玉漏频。已三更。对栖莺。历历花间、似有马蹄声①。含笑整衣开绣户，斜敛手，下阶迎②。

【注释】

①斗转星移,北斗星已经转向,谓夜已深。历历,分明。

②敛手,拱手。

【说明】

和凝仕途通达,曾历仕四朝,政治上也颇有建树。不过,和凝年轻时,"好为曲子词",所作大多是艳词,流传于汴、洛一带。其词集已佚失,今存词二十七首,分别见于《花间集》和《尊前集》。《江城子》原词共五首词,是联章体,今选两首。词写女子等待情郎约会的情状,描写少女心理状态惟妙惟肖,熨帖入微。陈廷焯评论说:"五词不少俚浅处,取其章法清晰,为后人联章之祖。"但近人吴梅却认为:"《江城》五支,为言情之祖。后人凭空结构,皆本此词。托美人以寓情,指落花而自喻,古人固有之,未可轻议也。"(《词学通论》)

张 泌二首

张泌(生卒年不详),字子澄,安徽淮南人。仕南唐,后主征为监察御史。随后主降宋,仍入史馆,迁郎中。《全唐五代词》录其词十八首。按张泌词见《花间集》,《花间》一书结集于940年,早于李后主继位二十余年;又《花间集》除温庭筠之外,例不录蜀国范围以外词人,此张泌恐非仕南唐之张泌。疑不能明。

浣溪沙(选二)

钿毂香车过柳堤。桦烟分处马频嘶。为他沉醉不成泥①。　　花满驿亭香露细,杜鹃声断玉蟾低。含情无语倚楼西②。

【注释】

①钿毂香车,对车子的美称。桦烟,桦烛之烟。桦烛,以桦树皮卷腊为烛,用以照明。白居易《行简初授拾遗同早朝入阁因示十二韵》:"宿雨沙堤润,秋风桦烛香。"

②玉蟾,月亮。

【说明】

张泌《浣溪沙》十首,词清句丽,韵味悠远,况周颐赞之为"蕴藉有韵致",的确如此。此篇似为女子送别情郎之作。香车当为女子所乘,马嘶说明男子即将远行。"为他"句极妙,说别酒并未喝得烂醉如泥,因此尚能乘香车前来送别。下片从送别处情景,一直写到归去后的思念。全篇以写景为主,只有上下两片末句"为他沉醉""含情无语",略微点到离愁和思念,含蓄蕴藉,耐人寻味。

又

独立寒阶望月华。露浓香泛小庭花。绣屏愁背一灯斜①。　　云雨自从分散后,人间无路到仙家。但凭魂梦访天涯②。

【注释】

①香泛,花香飘散。李峤《菊》:"香泛野人杯。"背,倚靠。

②云雨,指情人欢会。仙家,喻指情人所在处。曹唐《仙人洞中有怀刘阮》:"人间无路月茫茫。"

【说明】

此篇似写男子对旧情的回忆和怀念,前半写景,后半言情。风格温丽芊绵,语言自然流畅。谭献《词辨》评曰:"开北宋疏宕一派。"

牛峤二首

牛峤(生卒年不详),字松卿,一字延峰,陇西人。唐僖宗乾符五年(878)进士。官尚书郎。王建镇蜀,辟为判官。及建称帝,为给事中,人称"牛给事"。工诗词,尤以词名。《花间集》录其词三十二首。

菩萨蛮

玉炉冰簟鸳鸯锦。粉融香汗流山枕①。帘外辘轳声。敛眉含笑惊②。　　柳阴烟漠漠。低鬓蝉钗落③。须作一生拚。尽君今日欢④。

【注释】

①冰簟,凉席。鸳鸯锦,绣有鸳鸯的锦被。粉融香汗,脂粉与汗水相融。山枕,枕头。

②辘轳,井架上用于汲水的滑轮。王维《早朝》:"宫井辘轳声。"辘轳声响起,暗示天已拂晓。

③蝉钗,一种蝉形的发钗。

④须作,应作。拚,不惜。二句意谓,不顾一切,且尽今日之欢乐。

【说明】

此首写男女之间的热烈爱情,写得大胆而直白,这种笔法,在古代乐府民歌中常见,如汉乐府《上邪》《折杨柳枝》等等。尤其是末二句,后人批评之语不少,多是道学家迂腐之见。但王国维认为:"词家多以景寓情,其专作情语而绝妙者,如牛峤之'甘作一生拚,尽君今日欢'。……此等词求之古今人词中,曾不多见。"给予很高评价。

更漏子

星渐稀,漏频转。何处轮台声怨①。香阁掩,杏花红。月明杨柳风②。　挑锦字。记情事。惟愿两心相似③。收泪语,背灯眠。玉钗横枕边④。

【注释】

①轮台,唐玄宗时由西域传入的乐曲,多为戍边将士所歌,声调愁怨。轮台,地处新疆巴音郭楞蒙古自治州西部、天山南麓、塔里木盆地北缘,为古西域都护府所在地。

②香阁,闺房。

③挑锦字,用晋窦滔妻子苏蕙织回文诗寄远方丈夫的典故,意谓给丈夫写信。杜甫《江月》:"谁家挑锦字,灭烛翠眉颦。"仇兆鳌注:"挑锦字,挑锦线以刺字,欲寄征夫也。"

④"玉钗"句,玉钗滑落,头发散乱。

【说明】

怨妇思念征夫之词。上片写春天又至,而女子香闺寂寞,深夜无眠。下片写女子寄书远方,祝愿两心相守,永不离弃。笔法简洁,却能曲折传神,这是牛峤词风的重要特点。

牛峤是花间词派的重要词人之一,他的词可能同时受到温庭筠和韦庄的影响,既有藻丽精工之作,也不乏清疏淡雅之篇,故陈廷焯称其作品为"飞卿流亚","当与端己并驱",给出很高评价。

牛希济二首

牛希济(生卒年不详),狄道(今甘肃临洮)人,牛峤之侄。仕蜀,任起居郎。累官翰林学士、御史中丞。后唐庄宗同光三年(925),随蜀主降于后唐,拜雍州节度副使。《全唐五代词》录其词十四首。

临江仙

峭碧参差十二峰。冷烟寒树重重[1]。瑶姬宫殿是仙踪。金炉珠帐,香霭昼偏浓[2]。　　一自楚王惊梦断,人间无路相逢[3]。至今云雨带愁容。月斜江上,征棹动晨钟[4]。

【注释】

①峭碧,峭言山势,碧言山色。十二峰,指巫山十二峰。孟郊《巫山曲》:"巴江上峡重复重,阳台碧峭十二峰。"

②瑶姬宫殿,指巫山女神的宫殿。霭,雾气。

③二句意谓,自从楚王梦醒以后,再也无人得见神女踪迹。

④"征棹"句,意谓晨钟响起,行船起航。

【说明】

自从宋玉写了《神女》《高唐》两赋以后,巫山十二峰便被蒙上了一层神秘面纱,楚王与巫山女神的故事,遂成为历代文人反复咏叹的题材。本词大约也是作者坐船经过巫山时所作。全词充满了怀古之幽思,以及对美好情景难以再现的慨叹,"人间无路相逢""至今云雨带愁容",都表现了词人内心无限怅惘之情。《古今词话》引仇远语云:"牛公《临江仙》芊绵温丽极矣。自有凭吊凄怆之意,得咏史体裁。"给予很高评价。近人詹安泰先生则认为:"此词纯系比兴,寄亡国之感也。"牛希济在前蜀政权曾官翰林学士、御史中丞,后随蜀主王衍降于后唐,经历过亡国之痛。詹先生的说法,也有一定根据。

生查子(选一)

春山烟欲收,天淡星稀小。残月脸边明,别泪临清晓①。　　语已多,情未了。回首犹重道。记得绿罗裙,处处怜芳草②。

【注释】

①烟欲收,烟雾逐渐消散。

②重道,再说一遍。"记得"二句是"重道"的具体内容。江总妻《赋庭草》:"雨过草芊芊,连云锁南陌。门前君试看,是妾罗裙色。"又晏幾道《诉衷情》:"长因蕙草记罗裙。"芳草与罗裙同为绿色,见到芳草即应念及罗裙,念及罗裙也应怜惜芳草。也就是但愿彼此永不相忘之意。

【说明】

原词共四首,今选其一。本篇是爱情词,写一对情人清晨离别的景象。唐圭璋先生说:"上片写别时景,下片写别时情。"结尤痴情深挚,味之无尽。

尹　鹗一首

尹鹗(生卒年不详),字不详,锦城(今四川成都)人。仕蜀,为翰林校书,累官至参卿。人称"尹参卿",工诗词,《唐五代词》录其词十七首。

满宫花

月沉沉,人悄悄。一炷后庭香袅①。风流帝子不归来,满地禁花慵扫②。　　离恨多,相见少。何处醉迷三岛③。漏清宫树子规啼,愁锁碧窗春晓④。

【注释】

①悄悄,忧伤貌。《诗经·邶风·柏舟》:"忧心悄悄,愠于群小。"

②帝子,词中指帝王。禁花,宫禁中的花。

③三岛,传说中的海外仙山,词中暗示其他女人处。

④末二句意谓,漏声、鹃声传来,愁氛满屋,到晓难眠。

【说明】

词写宫怨,表现后宫嫔妃寂寞清冷的生活,也许是尹鹗词中写得最好的一首。张炎《词源》评曰:"参卿词,以明浅动人,以简净成句者也。"陈廷焯《白雨斋词话》评曰:"绮丽风华,仿佛仲初(王建)宫词。"也有人认为,本词寄托了作者的亡国之痛。例如宋尤袤《全唐诗话》就说:"尹鹗工小词,有《满宫花》'月沉沉,人悄悄'云云。盖伤蜀之亡也。"也不无道理。

毛文锡一首

毛文锡(生卒年不详),字平珪,高阳(今属河北)人,唐进士。仕蜀,官至司徒。随王衍降后唐,以词翰供奉内廷。未几,复事后蜀孟氏。《唐五代词》录其词三十二首。

巫山一段云

雨霁巫山上,云轻映碧天①。远风吹散又相连②。十二晚峰前。　　暗湿啼猿树,高笼过客船③。朝朝暮暮楚江边。几度降神仙④。

【注释】
①雨霁,雨止。巫山,山名,在今重庆与湖北、湖南交界处。
②十二峰,巫山有神女峰等十二峰,因为湿度很大,经常云雾弥漫。
③卢照邻《巫山高》:"莫辨啼猿树,徒看神女云。"笼,笼罩。过客船,过往的船只。
④楚江,指长江流经楚地的一段。神仙,指巫山女神。

【说明】
咏物之作,所咏的对象是巫山之云,这就不免使人联想起被历代文人反复咏叹的巫山女神的故事。本词末二句确实也提到了这点,但整首的主旨是写云而非写爱情。故卓人月《古今词统》引徐士俊评曰:"画云第一手。"对词人的描写技巧给予极高评价。

薛昭蕴二首

薛昭蕴(生卒年不详),字不详,号澄州,河中宝鼎(今山西万荣)人。仕蜀,官至侍郎。擅诗词。《花间集》录其词十九首。

谒金门

春满院。叠损罗衣金线①。睡觉水精帘未卷。帘前双语燕。　　斜掩金铺一扇。满地落花千片②。早是相思肠欲断。忍教频梦见③。

【注释】

①叠损,折坏。

②斜掩,半开。金铺,对门的美称。

③早是,久已。忍,怎忍。教,使。

【说明】

词写女子相思之情。前六句写暮春景象,情景交融,浑成一片,但全是为后文铺垫。结二句才托出主题:"相思肠欲断。"故陈廷焯《云韶集》评曰:"曰相思,曰肠断,曰梦见,皆成语也。看他分作二层,便令人爱不释手。"唐圭璋先生曰:"文字分两层申说,宛转凄伤之至。'梦见'应'睡觉','早是'与'忍教'二字呼应。此种情景交融之作,正与韦相(韦庄)同工。"

浣溪沙(选一)

倾国倾城恨有余。几多红泪泣姑苏。倚风凝睇雪肌肤①。　　吴主山河空落日,越王宫殿半平芜。藕花菱蔓满重湖②。

【注释】

①《浣溪沙》八首,是薛昭蕴的代表作品,绝大多数写男女之情,本篇例外。倾国倾城,指西施。姑苏,苏州,其地有吴王宫殿。倚风,临风。凝睇,注视。

②吴主,指吴王夫差。越王,指越王勾践。平芜,草木丛生的原野。

重湖,两湖相连。杜甫《宿青草湖》题注:"重湖,南青草,北洞庭。"

【说明】

怀古伤今之作,风格苍凉。李冰若评曰:"伯主雄图,美人韵事,世异时移,都成陈迹。三句写尽无限苍凉感喟。此种深厚之笔,非飞卿辈所企及者。"(《花间集评注》)姜方锬评曰:"此词伤心吊古,韵响调高,与陆太保《临江仙》分庭抗礼,当无愧色。"(《蜀词人评传》)

欧阳炯二首

欧阳炯(896—971),字不详,益州华阳(今四川成都)人,少事前蜀王衍。前蜀亡,归后蜀孟知祥,为中书舍人。官至户部尚书、同平章事。后随孟昶降宋。工诗文,尤长于词。《唐五代词》录其词四十八首。

三字令①

春欲尽,日迟迟。牡丹时。罗幌卷,翠帘垂。彩笺书,红粉泪,两心知②。　　人不在,燕空归。负佳期③。香烬落,枕函欹④。月分明,花淡薄,惹相思⑤。

【注释】

①此首一作张先词,今据《花间集》定为欧阳炯词。

②彩笺,彩色信笺。红粉泪,女子眼泪。

③人,指情郎。负佳期,辜负了旧约。

④枕函,枕头,中可藏物,故称枕函。

⑤分明,明亮。月色分明故花色浅淡。惹,引起。

【说明】

词写女子相思之情。唐圭璋先生曰:"此首每句三字,笔随意转,一气呵成。大抵上片白昼之情景,由外及内;下片午夜之情景,由内及外。"俞陛云曰:"十六句皆三字,短兵相接,一句一意,如以线贯珠,粒粒分明,仍一丝萦曳。"

浣溪沙

相见休言有泪珠。酒阑重得叙欢娱①。凤屏鸳枕宿金铺①。　兰麝细香闻喘息,绮罗纤缕见肌肤。此时还恨薄情无②。

【注释】

①叙欢娱,男欢女爱。

②无,否。朱庆余《近试上张水部》:"画眉深浅入时无。"

【说明】

就内容而言,这是一首表现男欢女爱的艳词,也是花间词人常常涉及的题材。但本词描写细腻生动,力透纸背,而不涉猥亵。况周颐说:"自有艳词以来,殆莫艳于此矣。"而王鹏运却认为:"奚翅(啻)艳而已?直是大且重。"对本词艺术表现之有力而不纤巧,给予肯定和赞扬。

顾　敻三首

顾敻(xiòng),字、里、生卒年均不详。历事前蜀、后蜀,累官至太尉。工词,《花间集》录其词五十五首。

诉衷情

永夜抛人何处去,绝来音①。香阁掩。眉敛。月将沉②。争忍不相寻。怨孤衾③。换我心、为你心。始知相忆深④。

【注释】
①永夜,长夜。绝来音,断绝来信。贾岛《寄友人》:"一别寂来音。"
②香阁,香闺。
③相寻,寻思。孤衾,喻独宿。
④王士禛《花草蒙拾》:"顾太尉'换我心,为你心,始知相忆深',自是透骨情语。"

【说明】
词写女子的相思之情,多用口语白描笔法,风格自然质朴。陈廷焯评曰:"元人小曲,往往脱胎于此。"(《云韶集》卷一)萧继宗评曰:"夹叙夹议,一片浑成。'换心'二语,过来人均有同感,但作者为道出第一人,所以可贵。元人小曲,精彩处往往类此。亦峰之见,颇具眼力。"(《评点校注花间集》)

醉公子

岸柳垂金线。雨晴莺百啭①。家住绿杨边。往来多少年。　马嘶芳草远。高楼帘半卷②。敛袖翠蛾攒。相逢尔许难③。

【注释】
①金线,比喻初生柳枝。施肩吾《禁中新柳》:"万条金线带春烟。"百啭,鸣声婉转多样。贾至《早朝大明宫呈两省僚友》:"千条弱柳垂青琐,百啭流莺绕建章。"

②"马嘶"二句,言男子骑马远去,女子卷帘目送。
③敛袖,收紧衣袖。翠蛾攒,皱眉。尔许,如此。
【说明】
词写女子的相思之情,上片回忆二人相聚之乐,下片抒发女子离别之痛。有李白乐府诗遗风。郑文焯评曰:"极古拙,极高淡,非五代不能有此词境。"(《花间集注》引)

河传(选一)

棹举。舟去①。波光渺渺,不知何处?岸花汀草共依依②。雨微。鹧鸪相逐飞。　　天涯离恨江声咽。啼猿切③。此意向谁说?舣栏桡。独无憀。魂销。小炉香欲焦④。

【注释】
①棹举,举起船桨。
②岸花汀草,江边花草。依依,留恋貌。
③咽,呜咽。切,悲切。
④舣兰桡,使船靠岸。无憀,无聊。香欲焦,炉香将要烧尽。
【说明】
顾敻《河传》共三首,这是其中第三首。词写羁旅漂泊之情,上片写景,笔力简劲。下片抒情,抒发天涯离别、寂寞无聊之痛。汤显祖认为,三首都可称"绝唱"。况周颐也说:"顾词毫不费力,自然清远。"

鹿虔扆一首

鹿虔扆,字、里、生卒年均不详。仕后蜀孟昶,为永泰军节度使,进检校太尉,加太保。国亡不仕,存词六首,多慷慨之音。见《全唐五代词》。

临江仙

金锁重门荒苑静,绮窗愁对秋空①。翠华一去寂无踪。玉楼歌吹,声断已随风②。　　烟月不知人事改,夜阑还照深宫③。藕花相向野塘中。暗伤亡国,清露泣香红④。

【注释】

①金锁,宫门上的金饰。绮窗,雕花的窗户。《古诗》:"交疏结绮窗。"

②翠华,天子仪仗中以翠羽为饰的旗帜或车盖。司马相如《上林赋》:"建翠华之旗。"李善注:"翠华,以翠羽为葆(车盖)也。"此指代帝王。歌吹,歌乐。已随风,已经随风飘散。

③烟月,朦胧月色。人事改,指后蜀灭亡。

④相向,相对。香红,此处指荷花。三句用拟人笔法,意谓荷花也为亡国而伤心哭泣。

【说明】

本篇写亡国之痛。陈廷焯评曰:"情深调苦,有黍离麦秀之悲。"(《云韶集》卷一)杨慎甚至认为,此词比李后主《浪淘沙》更胜。这样的作品,在以绮丽华艳之风为基调的花间词中,实属罕见。鹿虔扆在后蜀时,以工小词为蜀主孟昶所宠幸,并无令名,也不见何政绩。但在后蜀灭亡之后,却能守节不移,这是他与大多数花间词人不同之处,也是他能够写出这样优秀之作的主要原因。可惜其作品传世仅有六首,除本篇外,其余均不见精彩。

毛熙震二首

毛熙震(生卒年不详),字不详,蜀人。曾官后蜀秘书监。熙震善为词,词多秾丽,今存二十九首,见《全唐五代词》。

清平乐

春光欲暮。寂寞闲庭户①。粉蝶双双穿槛舞。帘卷晚天疏雨②。　　含愁独倚闺帏。玉炉烟断香微③。正是销魂时节,东风满院花飞④。

【注释】

①春光,犹言春天。

②晚天,傍晚、黄昏。

③闺帏,闺房的帷幕,借指妇女居住之处。香微,香气逐渐微弱。

④销魂时节,春天将尽而相思无着,故云。

【说明】

词写深闺女子的伤春之情,笔法自然而含蓄。尤其结尾两句,引起后人一片赞扬之声。沈雄《古今词话·词评》引《柳塘诗话》云:"试问今人弄笔,能出一头地否?"陈廷焯评曰:"情味宛然。"(《词则·别调集》)又曰:"'东风'六字,精湛凄艳。"(《云韶集》)

后庭花

莺啼燕语芳菲节。瑞庭花发①。昔时欢宴歌

声揭。管弦清越②。　自从陵谷追游歇。画梁尘黦③。伤心一片如珪月。闲锁宫阙④。

【注释】

①芳菲节,春天。瑞庭,对王宫或庭院之美称。万树《词律》认为,"瑞庭"应作"后庭",正合题意。

②歌声揭,歌声响起。清越,清脆悠扬。

③陵谷,喻指人世沧桑。《诗经·小雅·十月之交》:"高岸为谷,深谷为陵。"韩愈《乱后春日途经野塘》:"眼看朝市成陵谷,始信昆明是劫灰。"黦(yuè),玷污。

④珪,珪璋,古代礼器,用白玉制成。如珪月,比喻月光皎洁。

【说明】

吊古伤今之作。上片回忆"昔时"繁华景象;下片感叹如今繁华消歇,宫阙荒凉之沧桑变化。王国维认为,此词"不独意胜,即以调论,亦有隽上清越之致"(《毛秘监词辑本跋》)。萧继宗也说:"小词而大笔淋漓,远胜以前诸作。"(《评点校注花间集》)

孙光宪三首

孙光宪(901—968),字孟文,自号葆光子。陵州贵平(今四川仁寿)人。唐末为陵州判官。后仕荆南。入宋,为黄州刺史。工词,今存词八十五首。见《全唐五代词》。

浣溪沙

蓼岸风多橘柚香。江边一望楚天长。片帆烟

际闪孤光①。　目送征鸿飞杳杳,思随流水去茫茫。兰红波碧忆潇湘②。

【注释】

①蓼岸,长满蓼草的江岸。橘柚香,王昌龄《送魏二》:"醉别江楼橘柚香。"楚天,泛指南方天空。长,形容一望无际。片帆,指代船。烟际,烟雾朦胧之中。孤光,指帆影。

②征鸿,远飞的鸿雁。杳杳,远貌。兰,指红兰,秋季开红花。

【说明】

此首送别友人之作。时节在秋季,地点在江滨,"片帆"句言友人所乘之舟渐行渐远,消失于烟雾迷蒙之处。下片"征鸿"句喻友人远别,"思随"句写自己心情。末句之"忆"字兼及二人,即彼此莫相忘之意也。本词造句自然奇警,抒情含蓄不露,庶几合乎司空表圣"不着一字,尽得风流"之旨。

清平乐

愁肠欲断。正是青春半①。连理分枝鸾失伴。又是一场离散②。　掩镜无语眉低。思随芳草凄凄③。凭仗东风吹梦,与郎终日东西④。

【注释】

①青春,春天。

②"连理"句,比喻情人离别。鸾,鸾鸟,据传鸾鸟成双成对。一场,一回。

③芳草,喻离别,暗用淮南小山《招隐士》典故。

④凭仗,依靠。东风吹梦,东风带来好梦。郎,对男子的昵称。终日东西,整天在一起。

【说明】

此亦少妇伤春怀远之词,上片悲离别,下片寄希望,希望梦中与郎君见面,终日相伴。然而梦境虚幻无凭,梦醒又当如何?故陈廷焯评曰:"痴情幻想,说得温厚,便有风骚遗意。"(《词则·闲情集》卷一)又曰:"柔情蜜意,思路凄绝。"(《云韶集》卷一)

虞美人

红窗寂寂无人语。暗淡梨花雨①。绣罗纹地粉新描。博山香炷旋抽条。暗魂销②。　　天涯一去无消息。终日长相忆。教人相忆几时休?不堪枨触别离愁。泪还流③。

【注释】

①梨花雨,春雨。

②描,画。香炷,点燃的香,班婕妤《怨诗》:"独卧销香炷,长啼费锦巾。"

③枨(chéng)触,触动。

【说明】

词写女子相思之情。这是花间词人习见的题材,但也正因为如此,要在众多同类题材的写作中出彩,并非易事。在花间词人中,孙光宪是作品数量最多的词人,他的词内容涉及面较广,艺术风格也很有特色。陈廷焯评论说:"孙孟文词,气骨甚遒,措语亦多警炼。然不及温、韦处亦在此,坐少闲婉之致。"近人詹安泰先生认为,孙词可与温、韦鼎足而三,对后代的影响也不小。这样评价,似乎有点过分。

李　珣四首

李珣(生卒年不详),字德润,其先为波斯人。后家梓州(今四川三台)。其妹舜弦为前蜀王衍昭仪,以秀才预宾贡。前蜀亡,遂不仕他姓,放浪江湖以终。工诗词,有《琼瑶集》,已佚。《全唐五代词》录其词五十四首。

巫山一段云(选一)

古庙依青嶂,行宫枕碧流①。水声山色锁妆楼。往事思悠悠②。　　云雨朝还暮,烟花春复秋③。啼猿何必近孤舟,行客自多愁④。

【注释】

①古庙,巫山神女庙,位于重庆市巫山县飞凤峰下。青嶂,宛如屏障的山峰,指巫山十二峰。陆游《入蜀记》:"神女庙后,山半有石坛。坛上观十二峰,宛如屏障。"行宫,楚王离宫,俗称细腰宫,在四川巫山。陆游《入蜀记》:"早抵巫山县,游楚王离宫,俗谓之细腰宫。……今已埋没略尽矣。"碧流,指长江。

②妆楼,楚王行宫中后妃所居楼阁。往事,指楚王梦见巫山女神的传说。悠悠,遥远。

③"云雨"二句写景,暗寓宋玉《高唐赋序》故事,意谓年复一年,风景依旧,而楚王神女已不见踪影。

④行客,旅客。二句意谓,行客已经满腹忧愁,啼猿何必更来增添愁绪。按巫峡多猿,古渔歌云:"巴东三峡巫峡长,猿鸣三声泪沾裳。"

【说明】

词写乘船经巫峡时的感想,怀古之幽思中夹杂了羁旅漂泊之感。汤显祖评曰:"'客子常畏人',酸语不减楚些。"(玉茗堂评《花间集》卷四)萧继宗评曰:"全词字字精切,无懈可击。"(《评点校注花间集》)给予极高评价。

渔歌子(选一)

楚山青,湘水绿。春风澹荡看不足①。草芊

芊,花簇簇。渔艇棹歌相续②。　　信浮沉,无管束。钓回乘月归湾曲③。酒盈尊,云满屋。不见人间荣辱④。

【注释】

①楚山、湘水,泛指楚地之山,湖湘之水。看不足,看不够。

②芊芊,草木茂盛貌。相续,接连不断。

③信,听任。钓回,垂钓归来。湾曲,港湾。

④荣辱,光荣与耻辱,指地位的高低、名誉的好坏。张衡《归田赋》:"苟纵心于物外,安知荣辱之所如。"

【说明】

李珣《渔歌子》共四首,今选其一。本篇描写身为隐士的心态和逍遥自在的生活方式。作者在前蜀灭亡之后,闲居不仕,词风也发生了很大变化,风格自然清新,潇洒飘逸,汰净了多数花间词人那种绮靡之习。前人多认为,这组词"襟情高淡""风趣洒然",可与张志和《渔歌子》媲美。

南乡子(选二)

烟漠漠,雨凄凄。岸花零落鹧鸪啼①。远客扁舟临野渡②。思乡处。潮退水平春色暮。

【注释】

①漠漠,迷蒙貌。

②远客,远方之客,即游子。扁舟,小船。

又

渔市散,渡船稀。越南云树望中微①。行客待潮天欲暮。送春浦。愁听猩猩啼瘴雨②。

【注释】

①稀,少。越南,指今两广、闽浙及越南北部地区。微,隐约不明。
②瘴雨,南方多瘴气,故称其雨为瘴雨。

【说明】

李珣《南乡子》今存十七首,大都描绘南国风光景物,格调流丽清新,笔致自然流畅,描写形象生动,具有浓郁的地方民歌色彩,在花间词中别具一格。今选其二,以见一斑。前人把这组小词与刘禹锡《竹枝词》相比,说"所写皆生动入画",的确如此。至于李珣平生是否亲身到过南粤一带,或是因题敷衍成篇,由于历史资料缺乏,已难确考。但从常理推断,若非亲历亲见,很难写出带有如此浓郁地方色彩、情景又如此逼真的作品。

孟 昶一首

孟昶(919—965),初名承赞,字保元,祖籍邢州龙岗(今河北刑台),生于太原。孟知祥建后蜀,立其为太子。继位后奢侈无度,不理政事。乾德三年(965),宋军伐蜀,遂降。

玉楼春　夜起避暑摩诃池上作①

冰肌玉骨清无汗。水殿风来暗香满②。绣帘一点月窥人,欹枕钗横云鬓乱③。　起来琼户寂无声,时见疏星渡河汉④。屈指西风几时来,只恐流年暗中换⑤。

【注释】

①摩诃池,唐人卢求《成都记》记载:"隋蜀王(杨)秀取土筑广此城,

因为池。"以后历经扩建,遂成名胜。前蜀王建将摩诃池纳入宫苑,改名龙跃池。王衍继位后改名宣华池,环池修筑宫殿、亭台楼阁,其范围广达十里。

②水殿,临水的殿堂。

③窥人,意谓月光照人。

④琼户,饰玉的门户。河汉,银河。

⑤流年,岁月。钱起《省中春暮酬嵩阳焦道士见招》:"流年催素发,不觉映华簪。"

【说明】

后蜀主孟昶虽以荒淫奢靡亡国,但是在位时重视文化建设,自己也颇有文才。可惜其作品多已亡佚,只有这首真伪莫辨的《玉楼春》传世。之所以言其"真伪莫辨",是因为苏轼《洞仙歌》(冰肌玉骨)序曰:"余七岁时见眉山老尼,姓朱,忘其名,年九十余,自言尝随其师入蜀,主孟昶宫中。一日大热,蜀主与花蕊夫人夜纳凉摩诃池上,作一词,朱具能记之。今四十年,朱已死久矣,人无知此词者,独记其首两句。暇日寻味,岂《洞仙歌》令乎?乃为足之云。"东坡所足成之词,首两句与本词不同;而本词中大多语句却又与东坡《洞仙歌》相同,因此有人怀疑本词出于后人附会,是有道理的。词写后蜀主孟昶与宠妃花蕊夫人夏日在摩诃池纳凉的情景,写得非常漂亮,但多数警句都与东坡《洞仙歌》相同,说本词乃檃栝东坡词意而成,也不过分。按苏轼《洞仙歌》:"冰肌玉骨,自清凉无汗。水殿风来暗香满。绣帘开、一点明月窥人,人未寝、欹枕钗横鬓乱。　　起来携素手,庭户无声,时见疏星渡河汉。试问夜如何,夜已三更,金波淡、玉绳低转。但屈指、西风几时来,又不道、流年暗中偷换。"

敦煌曲子词二首

望江南

莫攀我,攀我太心偏。我是曲江临池柳,者人折了那人攀①。恩爱一时间②。

【注释】

①曲江池,唐代长安名胜。者人,这人。

②一时,暂时。

又

天上月,遥望(似)一团银。夜久更阑风渐紧,与奴吹散月边云①。照见负心人②。

【注释】

①奴,女子自称。

②负心人,指负心的男子。

【说明】

这两首可能都是下层妇女的作品。以构思巧妙见长。第一首的作者或许是一位沦落风尘的妓女,作者自比曲江池畔的杨柳,任人攀摘蹂躏,不过在自卑自艾的无奈之中,却仍旧透露出被侮辱被损害者内心深处的悲愤。第二首作者虽不一定是妓女,但也是被负心人遗弃的受害女性。

王禹偁一首

王禹偁(954—1001),字元之,济州巨野(今属山东菏泽)人。官至左司谏,知制诰,预修《太宗实录》。有《小畜集》。

点绛唇 感兴

雨恨云愁,江南依旧称佳丽。水村渔市。一缕孤烟细①。　　天际征鸿,遥认行如缀②。平生事。此时凝睇。谁会凭栏意③。

【注释】

①谢朓《入朝曲》:"江南佳丽地,金陵帝王州。"孤烟,指村中炊烟。

②遥认,远望。缀,连接。

③凝睇,凝视。会,领会。

【说明】

王禹偁出身贫寒,但为官清正,因此数度遭贬,最后死于贬所湖北蕲春,年方四十八岁。他是宋初诗文革新的先行者,诗文创作都有开创性成就,因此获得欧阳修、苏东坡的很高评价。可惜他的词存世仅此一首。词以写景发端,但"雨恨云愁"四字,就为本词定调。面对江南美丽景色,为何愁恨?下片对此作了含蓄的回答,天际征鸿,有没有捎来书信?平生心事,有谁能够理解?感慨激愤之情,跃然纸上,只是没有直接说破而已。

寇准二首

寇准(961—1023),字平仲,华州下邽(今属陕西渭南)人。官至同中书门下平章事,封莱国公。卒谥忠愍。有《寇莱公集》。

踏莎行

春色将阑,莺声渐老。红英落尽青梅小①。画堂人静雨蒙蒙,屏山半掩余香袅②。　　密约沉沉,离情杳杳。菱花尘满慵将照③。倚楼无语欲销魂,长空黯淡连芳草。

【注释】

①"春色"三句写春天已尽。将阑,将尽。

②屏山,屏风。

③密约沉沉,消息全无。菱花,镜子。慵将照,懒得照镜子。将,持。

【说明】

本篇一作秦观词,《全宋词评注》定为寇准词。表面看来,这是一首闺情词,但近人黄苏《蓼园词选》认为:"郁纡之思,无所发泄,惟借闺情以抒写,古人用意多如是。"且评曰:"文情郁勃,意致沉深。"寇准曾经三度入相,又多次受到贬谪,最后在六十二岁时死于贬所雷州。黄氏的看法,也有一定道理。

江南春

波渺渺,柳依依。孤村芳草远,斜日杏花飞①。江南春尽离肠断,蘋满汀洲人未归②。

【说明】

①《诗经·小雅·采薇》:"昔我往矣,杨柳依依。"《楚辞·招隐士》:"王孙游兮不归,春草生兮萋萋。"四句景中含情,均寓离别之意。

②蘋满汀洲,时当为春尽夏至之时。汀州,泛指水边小洲。

【说明】

《江南春》唯此一阕,或为作者自创。因此有人认为本篇是诗而非词,但朱彝尊《词综》、谭献《复堂词录》均将其归类入词,今从之。前四句写景而情寓其中,篇末直言"离肠断""人未归",点明本词主旨。

钱惟演一首

钱惟演(962—1034),字希圣,钱塘(今浙江杭州)人,吴越王钱俶之子。入宋,官至翰林学士枢密使,同中书门下平章事。《全宋词》录其词二首。

木兰花①

城上风光莺语乱。城下烟波春拍岸。绿杨芳草几时休,泪眼愁肠先已断②。　　情怀渐觉成衰晚。鸾镜朱颜惊暗换③。昔年多病厌芳尊,今日芳尊惟恐浅④。

【注释】

①宋文莹《湘山野录》卷上:"钱思公谪居汉东日,撰一曲曰(词如上,略)。每歌之,酒阑则垂涕。时后阁尚有故国一白发姬,乃邓王俶歌鬟惊鸿者也,曰:'吾忆先王将薨,预戒挽铎中歌《木兰花》引绋为送。今相公其将亡乎?'果薨于隋。"

②春色正浓,而愁肠先断。二句表明愁苦之因,非为伤春。

③此时作者已经年过七十,故曰"衰晚",故曰"朱颜换"。

④芳尊,酒杯。唯恐酒杯浅,以见愁之深。

【说明】

此词作于宋仁宗景祐元年(1034),钱惟演谪居汉东(今重庆)之时。迟暮衰病,又遭贬斥,其心情之悲苦,可以想见。钱惟演是五代十国吴越国王钱俶之子,随父入宋以后,虽然颇受优遇,官至翰林学士、枢密使,但晚年因陷入政治上的派系斗争而遭贬谪,不久死于贬所。词的上片从写景发端,因景及情,满目春光引起的却不是欢乐,而是悲怆。"泪眼愁肠先已断"一句承上启下。下片直接抒写年华迁逝的迟暮之感,暗含着念旧伤离的悲凉心绪。结尾二句说,当年曾经因病戒饮,现在却只能以酒浇愁了。"芳尊唯恐浅"者,近似李白"举杯消愁愁更愁"之意,谓其愁苦难消。

林 逋二首

林逋(967—1028),字君复,钱塘(今浙江杭州)人。隐居西湖孤山,终生不仕,惟喜植梅养鹤,自谓"以梅为妻,以鹤为子"。宋仁宗赐谥"和靖",人称和靖先生。近人沈幼征先生有《林和靖诗注》。

点绛唇

金谷年年,乱生春色谁为主。余花落处。满地和烟雨①。　　又是离歌,一阕长亭暮。王孙去。萋萋无数。南北东西路②。

【注释】

①金谷,西晋富豪石崇的园林,词中为泛指。富贵豪华,转眼成空,故曰"谁为主"。

②王孙,指友人。淮南小山《招隐士》:"王孙游兮不归,春草生兮萋萋。"白居易《赋得古原草送别》:"又送王孙去,萋萋满别情。"

【说明】

本篇为宋词咏草名作之一。上片写春草而暗含浮云富贵之意;下片抒离情而又回到春草,情景交融,余韵不尽。故先著、程洪《词洁》卷一评曰:"于所咏之意,该括略尽,高远无痕,得神之作。"

相思令

吴山青。越山青。两岸青山相送迎。争忍有离情①。　　君泪盈。妾泪盈。罗带同心结未成。江边潮已平②。

【注释】

①吴山、越山,泛指吴地和越地之山。

②盈,满。结未成,喻指情人分离。江潮已平,意味航船即将起航。

【说明】

送别情人之作。史传林和靖不仕不娶,隐居杭州孤山,以梅为妻,以鹤为子,似不食人间烟火者。梅尧臣《林和靖先生诗集序》也说:"先生少时多病,不娶,无子。"不过据明人杨慎考证,曰:"《宋史》所载不实。林洪

《山家清供》中言'先人和靖先生'云云,即先生之子也。盖丧偶后,遂不娶尔。"(《词品》卷三)本词也可作一旁证,证明和靖先生并非不食人间烟火者。俞文豹《吹剑录》则认为:"情之所钟,虽贤者不能免,岂少年所作耶?"也是比较合理的推测。

杨 亿一首

杨亿(974—1020),字大年,建州浦城(今福建浦城)人。北宋文学家,西昆体诗歌主要代表之一。淳化中,赐进士,曾为翰林学士兼史馆修撰,官至工部侍郎。卒,谥号文。《全宋词》仅录其词一首。

少年游

江南节物,水昏云淡,飞雪满前村。千寻翠岭,一枝芳艳,迢递寄归人①。 寿阳妆罢,冰姿玉态,的的写天真②。等闲风雨又纷纷。更忍向、笛中闻③。

【注释】

①"飞雪"句,唐释齐己《早梅》:"前村深雪里,昨夜一枝开。"翠岭,指位于粤、赣交界处的梅岭,其地多梅。芳艳,指梅花。"迢递寄归人",暗用南朝宋人陆凯赠诗范晔的典故,表达对友人的怀念。

②用宋武帝女寿阳公主梅花妆典故,写梅花之美好。的的,真实、确实。

③等闲,无端。更忍,不忍。李白《与史郎中钦听黄鹤楼上吹笛》:"黄

鹤楼中吹玉笛,江城五月落梅花。"此句意谓不忍听《梅花落》之笛曲。

【说明】

托物言怀之作。杨亿是宋初西昆体的代表人物之一,诗风华靡而内容贫乏。他的词仅存一首。据欧阳修《归田录》记载:"杨文公以文章擅天下,然性特刚劲寡合,有恶之者,以事潛之。"本词为托物言怀之作,借梅花的"冰姿玉态",表达自己刚劲耿介、不向恶劣环境屈服的决心,同时也流露出遭到群小打击陷害以后,内心深处的苦闷。

夏　竦一首

夏竦(984—1050),字子乔,德安人(今江西德安)。官至同中书门下平章事。封英国公,谥文庄。《全宋词》录其词二首。

鹧鸪天

镇日无心扫黛眉①。临行愁见理征衣①。尊前只恐伤郎意,阁泪汪汪不敢垂②。　　停宝马,捧瑶卮。相斟相劝忍分离③。不如饮待奴先醉,图得不知郎去时④。

【注释】

①镇日,整天。扫黛眉,画眉。

②阁泪,含泪。

③忍分离,怎忍分离。

④图得,谋得、获得。

【说明】

此首似为歌伎送别情郎之作。从用词和语调看,不类文人作品,疑为无名氏之作。全篇感情真挚,表达委曲缠绵,尤其上片三四句和结尾两句,充分表达了女子的离别之痛以及对情郎的无比关怀和体贴。这种表达方式,明显受到民间情歌的影响。

范仲淹一首

范仲淹(989—1052),字希文,吴县(江苏苏州)人。官至枢密副使,参知政事。卒谥文正。有《范文正公集》。

渔家傲　秋思①

塞下秋来风景异。衡阳雁去无留意②。四面边声连角起。千嶂里。长烟落日孤城闭③。
浊酒一杯家万里。燕然未勒归无计④。羌管悠悠霜满地。人不寐。将军白发征夫泪⑤。

【注释】

①范仲淹于宋仁宗康定元年(1040)任陕西经略副使兼知延州(今陕西延安),守边四年。词即作于此时。

②塞下,指西北边塞。衡阳雁,秋天南飞的雁群。衡阳,今湖南衡阳市,其南有回雁峰,相传雁群至此不再南飞。庾信《和侃法师》:"近学衡阳雁,秋分俱渡河。"范仲淹吴郡人,故见雁南飞而思乡。去,离去。

③"四面"句,意谓城头号角吹动,四面边声随之响起。边声,边地的各种悲凉之声。千嶂,重重叠叠的山峰。长烟落日,王维《使至塞上》:"大

漠孤烟直,长河落日圆。"

④燕然未勒,尚未建功。《后汉书·窦融传》:"宪(窦宪)、秉(耿秉)遂登燕然山,去塞三千余里,刻石勒功,纪汉威德,令班固作铭。"燕然山,今之杭爱山,在蒙古国境内。

⑤羌,古代西北少数民族。笛本产于羌,故称羌笛或羌管。

【说明】

据魏泰《东轩笔录》说:"范文正公守边日,作《渔家傲》乐歌数阕,皆以'塞下秋来'为首句,颇述边镇之苦,欧阳公尝呼为'穷塞主之词'。"可惜至今仅存一首。词的上片从写景落笔,寥寥数语,即已写尽塞外风光之苍茫无际,冷落荒凉。正如先著、程洪《词洁》所言:"一幅绝塞图,已包括于'长烟落日'十字中。唐人塞下诗最多最工,不意词中复有此奇景。"下片言情,直抒戍边将士之心态:家乡万里,功业未成,唯有借酒消愁,流泪兴叹而已。全词气概宏阔遒劲,风格悲壮苍凉,一改唐五代词绮靡艳丽之风,开两宋豪放词之先河。

柳 永三首

柳永(生卒年不详),原名三变,字景庄,后改名永,字耆卿,行七,人称"柳七"。崇安人(今福建武夷山)。宋仁宗景祐元年(1034)进士,官至屯田员外郎。有《乐章集》。

蝶恋花

伫倚危楼风细细。望极春愁,黯黯生天际①。草色烟光残照里。无言谁会凭阑意。　　拟把疏狂图一醉。对酒当歌,强乐还无味②。衣带渐宽终不悔。为伊消得人憔悴③。

【注释】

①伫,久立。危楼,高楼。黯黯,忧伤貌。

②拟,打算。疏狂,放纵不拘。对酒当歌,用曹操《短歌行》成句:"对酒当歌,人生几何?"强乐,勉强作乐。

③衣带渐宽,用沈约典,形容人渐消瘦。伊,她。消得,值得。

【说明】

此首一作欧阳修词。《乐章集》题作《凤栖梧》。本词为对景怀人之作,上片前四句都是写景,末句含蓄地点出相思之意。下片直抒胸臆,言以酒浇愁,勉强作乐,都难以消解心头之痛。结尾二句化用古诗"相去日已远,衣带日以缓"句意,而作决绝之语,遂成名句。王国维说:"词家多以景寓情,其专作情语而绝妙者,如牛峤之'甘(当作须)做一生拚,尽君今日欢'。欧阳修(当作柳永)之'衣带渐宽终不悔,为伊消得人憔悴。'……此等词求之古今人词中,曾不多见。"

少年游

长安古道马迟迟。高柳乱蝉嘶①。夕阳岛外,秋风原上,目断四天垂。　　归云一去无踪迹,何处是前期②。狎兴生疏,酒徒萧索,不似去年时③。

【注释】

①迟迟,徐行貌。

②归云,喻指情人。前期,往日的约定。

③狎兴,狎游的兴致。酒徒,嗜酒者,指酒伴。萧索,稀少。

【说明】

本词表面写离情,实则感怀身世。柳永是宋代词坛抒情写景的高手。清人冯煦《蒿庵论词》说:"(耆卿词)状难状之景,达难达之情,而出之以自然,自是北宋巨手。"本词也是写景抒情佳作。上片写景,寥寥数语,便把长安古道、秋风原上的萧索苍茫景象,写得极其生动形象,真能给人"语语如在目前"之感。下片转入怀人,笔法含蓄,归云喻情人,说情人别去,踪迹杳眇,后会难期。末三句写自己当前境况,一结喟叹深沉,含而不露。

又

参差烟树灞陵桥。风物尽前朝①。衰杨古柳,几经攀折,憔悴楚宫腰②。　　夕阳闲淡秋光老,离思满蘅皋③。一曲阳关,断肠声尽,独自凭兰桡④。

【注释】

①灞陵桥,或即灞桥,在长安东,为唐人送别之处。李白《菩萨蛮》:"年年柳色,灞陵伤别。"

②楚宫腰,楚宫中美人的细腰,这里比喻杨柳。

③秋光老,秋天将尽。离思,离愁。蘅皋,长满杜蘅的水边。杜蘅,香草名。《楚辞·离骚》:"畦留夷与揭车兮,杂杜蘅与芳芷。"王逸注:"杜蘅、芳芷皆香草。"

④《阳关》,离别之曲。兰桡,对船的美称。

【说明】

怀古伤离之作。俞陛云曰:"上阕苍凉怀古,下阕伤离怨别。……'阳关'三句,有曲终人远之思。"柳永是宋代词风变化的关键人物,在唐五代与北宋初期,词人写作一直以小令为主体。而柳永却"变旧声为新声",不仅翻新了许多旧曲,而且大量创作慢词。从文学的角度说,小令便于抒情,而慢词除抒情之外,更利于铺叙,可以容纳更丰富的内容,表达更复杂的感情。柳永的小令虽然也写得很好,但他更倾力于创作慢词,留下了许多不朽名篇,如《雨霖铃》(寒蝉凄切)、《八声甘州》(对潇潇暮雨洒江天)等等。自此以后,慢词逐渐在文人中普及,到宋代中晚期,慢词已经成为词人创作的主要体式。

张 先五首

张先(990—1078),字子野,乌程(今浙江湖州)人。宋仁宗天圣八年(1030)进士,以尚书都官郎中致仕。有《张子野词》。

醉垂鞭[①]

双蝶绣罗裙。东池宴。初相见。朱粉不深匀。闲花淡淡春[②]。　　细看诸处好。人人道。柳腰身[③]。昨日乱山昏。来时衣上云[④]。

【注释】

①此调始见于张先《安陆集》,当为作者首创。又谭献《复堂词录》有副题"东池"。

②不深匀,指淡妆。春,唐人亦称美女为春色。如元稹称越州妓刘采春为"鉴湖春色"。故此处"春"字有双关义,既指节候,也指人。

③诸处,处处。

④二句意谓女子神态飘逸,犹如云雾中之仙女。

【说明】

张先是北宋早期重要词人。陈廷焯指出,他的词既有唐五代词含蓄浑成之风,又开启后来秦、柳、苏、辛、周、姜发扬蹈厉之气,是宋代词学史上承前启后的关键人物之一。

本篇为宴席上赠妓之作,内容平庸而笔法高妙。先从女子服饰的美丽写到容貌的淡雅,再写到身材的姣好,平平写来,却能从平淡处见出秾丽。结尾二句,忽然宕开,暗用宋玉《高唐赋》典故,把女子比作披云带雾的仙女,从乱山丛中飘然而至。写得迷离恍惚,如真似幻,的确是神来之笔,被周济誉为"横绝",被陈廷焯赞为"风流壮丽",并非偶然。

天仙子　时为嘉禾小倅以病眠不赴府会①

水调数声持酒听。午醉醒来愁未醒②。送春春去几时回,临晚镜。伤流景。往事后期空记省③。　　沙上并禽池上暝。云破月来花弄影④。重重帘幕密遮灯,风不定。人初静。明日落红应满径⑤。

【注释】

①嘉禾小倅,据吴熊和考证,张先在宋仁宗庆历三年(1043),任嘉禾(今浙江嘉兴)判官,时年已五十四岁。倅,副职。

②愁未醒,愁未消。作者原注:"炀凿汴河,自造水调。"《水调》,曲调名,相传为隋炀帝所作。杜牧《扬州》诗:"谁家唱水调,明月满扬州。"

③"临晚镜"二句,化用杜牧诗意,言流年易逝,镜中人老。杜牧《代吴兴妓春初寄薛军事》:"自悲临晓镜,谁与惜流年。"后期,后约。往事已矣,后约难期,故曰"空记省"。

④并禽,成对的鸟儿。

⑤落红应满径,言春事将残。

【说明】

这首词黄昇《花庵词选》题作"春恨",也是作者的得意之作。《苕溪渔隐丛话前集》卷三十七引《古今诗话》云:"有客谓子野曰:'人皆谓公张三中,即心中事、眼中泪、意中人也。'公曰:'何不目之为张三影?'客不晓,公曰:'云破月来花弄影;娇柔懒起,帘压卷花影;柳径无人,堕风絮无影。'此余平生所得意也。'"因此词人便有了"张三影"的雅号。

词写伤春之情,兼寓沦落之感。上片抒情,言听曲解闷,借酒浇愁,全然无用。徒见年华老去,春去难回,而"往事后期空记省",用一个"空"字点明往事难追、前途难料的迷茫心情。下片通过写景,表现离别的悲愁。其中"云破月来花弄影"乃是词中警策,作者自己十分得意,历来为人们所称诵。杨慎《草堂诗余评》曰:"'云破月来花弄影',景物如画,画亦不能至此,绝倒绝倒。"陈廷焯《云韶集》卷三评曰:"绘影绘色,神来之笔。笔致爽直亦芊绵,最是词中高境。"王国维《人间词话》评曰:"'云破月来花弄影',着一'弄'字,而境界全出矣。"

菩萨蛮　咏筝[①]

哀筝一弄湘江曲。声声写尽湘波绿[②]。纤指十三弦。细将幽恨传[③]。　　当筵秋水慢。玉柱斜飞雁[④]。弹到断肠时。春山眉黛低[⑤]。

【注释】

①此首唐圭璋先生《全宋词》定为晏几道词。

②弄,乐奏一曲。《湘江曲》,《新乐府·乐府杂题》之一。唐人张籍有《湘江曲》,写湘水送别,其词曰:"湘水无潮秋水阔。湘中月落行人发。行人发。送人归。白蘋茫茫鹧鸪飞。"

③十三弦,筝有十三弦,故云。幽恨,幽怨之情。

④秋水,比喻女子眼波清澈。白居易《咏筝诗》:"双眸剪秋水,十指剥春葱。"玉柱斜飞雁,筝柱斜列如雁飞,因以为喻。

⑤眉黛低,双眉紧皱。

【说明】

词写一位歌筵酒席上献曲的弹筝女子。上片着重写演奏;下片着意描写弹筝女子。作者忽而写筝,忽而写乐,忽而写人,忽而写情,把音乐和人物的感情打成一片,而贯穿其中的是"哀怨"两字。笔法错落有致又层次井然。《蓼园词选》评论说:"写筝耶?寄托耶?意浓而韵远。"

一丛花令①

伤高怀远几时穷。无物似情浓。离愁正引千丝乱,更东陌、飞絮蒙蒙②。嘶骑渐遥,征尘不断,何处认郎踪③。　　双鸳池沼水溶溶。南北小桡通④。梯横画阁黄昏后,又还是、斜月帘栊⑤。沉恨细思,不如桃杏,犹解嫁东风⑥。

【注释】

①此调又名《一丛花》,为作者首创。

②伤高怀远,钱锺书《谈艺录》云:《楚辞·招魂》"目极千里兮伤春心",宋玉《高唐赋》"登高远望,使人心瘁",为此句所本。伤高,一作"伤春"。千丝乱,像千万条柳丝般缭乱。飞絮,飞扬的柳絮。

③嘶骑,嘶鸣的马。征尘,车马扬起的路尘。郎踪,情郎的踪影。

④双鸳池沼,对对鸳鸯出没的池塘。桡,船桨,指代船。

⑤斜月帘栊,斜月照着窗户。

⑥李贺《南园》:"可怜日暮嫣香落,嫁与春风不用媒。"词中翻用李贺句意,抒发爱情失意之苦闷。

【说明】

本篇亦为张先名作之一,结尾三句尤获后人赞赏。据《绿窗新话》卷上引《古今词话》记载:"(张先)尝与一尼私约,其老尼性严。每卧于池岛中一小阁上,俟夜深人静,其尼潜下梯,俾子野登阁相遇。临别,子野不胜惓惓,作《一丛花》词以道其怀。"这则故事不一定可靠,但从内容看,本篇无疑也是一首爱情词。

张先善于描写景物,锤炼字句,在本词中体现得很充分。词以女子口吻,述说离别相思之痛。上片言情人离去,踪影全无;下片回忆昔时相聚的情景,最后感叹自己命运之不幸,结构次序井然。结尾"不如桃杏"两句,构思新颖,设喻妥帖,作者因此被欧阳修戏称为"桃杏嫁东风郎中"。

青门引　春思

乍暖还轻冷。风雨晚来方定①。庭轩寂寞近清明,残花中酒,又是去年病②。　楼头画角风吹醒。入夜重门静③。那堪更被明月,隔墙送过秋千影④。

【注释】

①定,指风停雨止。

②病,指中酒伤春。杜牧《睦州四韵》:"残春杜陵客,中酒落花前。"

③楼,城墙上的戍楼。

④意谓明月把荡秋千的人影送过墙来,引起了相思之情,故曰"那堪"。

【说明】

本篇写词人春天孤寂的心情,兼抒相思之意。"隔墙送过秋千影",也是张先的名句之一。据《高斋诗话》记载:"张子野有诗云'浮萍断处见山影',又长短句云'云破月来花弄影',又云'隔墙送过秋千影'并脍炙人口,世谓'张三影'。""张三影"雅号的来源与说法,与前引《古今词话》略异。

晏　殊六首

晏殊(991—1055),字同叔,抚州临川(今江西进贤)人。官至同中书门下平章事。卒谥元献。有《珠玉词》。

浣溪沙

一曲新词酒一杯。去年天气旧亭台。夕阳西下几时回①。　　无可奈何花落去,似曾相识燕归来。小园香径独徘徊。

【注释】

①唐郑谷《和知己秋日伤怀》:"流水歌声共不回,去年天气旧亭台。梁尘寂寞燕归去,黄蜀葵花一朵开。"此处用其成句。

又

一向年光有限身。等闲离别易销魂。酒筵歌席莫辞频①。　　满目山河空念远,落花风雨更伤春。不如怜取眼前人②。

【注释】

①"一向"三句,意谓时光易逝,人生苦短,会少离多,不如及时行乐。一向,一晌。莫辞频,别嫌多。

②"满目"三句,化用唐人诗句,李峤《汾阴行》:"山川满目泪沾衣。"李商隐《杜司勋》:"刻意伤春还伤别。"元稹《崔莺莺诗》:"还将旧来意,怜取眼前人。"意思是说:伤春念远,总归徒然,不如怜惜眼前之人。作者在《木兰花》中也说:"不如怜取眼前人,免更劳魂兼役梦。"表达了同样的意思。

【说明】

这两首《浣溪沙》,可以称为姐妹篇,是晏殊的名作。从内容看,前篇主要是伤春,后篇却多了一层伤离念远之意,词的风格也从前篇之从容闲雅变得沉郁悲凉。尤其"满目山河空念远,落花风雨更伤春"两句,为前辈词人吴梅所激赏,称其胜过"无可奈何"十倍。宋代词人往往融化前人诗句入词,以后相沿成习,成为一种普遍采用的艺术手段。本词后三句即化用李峤、李商隐、元稹诗句表达己意,信手拈来,不着痕迹,显示了高超的艺术技巧。

蝶恋花

槛菊愁烟兰泣露。罗幕轻寒,燕子双飞去①。明月不谙离恨苦。斜光到晓穿朱户②。　　昨夜西风凋碧树。独上高楼,望尽天涯路③。欲寄彩笺兼尺素。山长水阔知何处④。

【注释】

①槛,栏杆。愁烟和泣露,分别形容菊花与兰花。罗幕,丝绸的帷幕,指室内。

②不谙,不识。朱户,朱红色门户。

③西风凋碧树,秋风使绿色的树叶枯黄凋落。

④彩笺、尺素,均指书信。

【说明】

词为相思怀人之作。上片写景,只用"不谙离恨苦"五字点明主旨,过渡到下片。下片怀人,但也以写景起兴,秋风起处,落叶凋零,自然引起了词人的悲秋之意和怀人之情,然而独上高楼,望尽天涯,而不见所思踪迹,何况山长水阔,音信难通,更叫人难以为怀。陈廷焯评曰:"缠绵悱恻,雅近正中(冯延巳)。"王国维也说:"《诗·蒹葭》一篇,最得风人之致。晏同叔之'昨夜西风凋碧树,独上高楼,望尽天涯路',意颇近之,但一洒落,一悲壮耳。"

清平乐

红笺小字。说尽平生意①。鸿雁在云鱼在水。惆怅此情难寄②。　　斜阳独倚西楼。遥山恰对帘钩③。人面不知何处,绿波依旧东流④。

【注释】

①红笺,红色笺纸。多用以题写诗词或作短签。白居易《江楼夜吟元九律诗成三十韵》:"斜行题粉壁,短卷写红笺。"

②合用《汉书·苏武传》雁足传书及汉乐府《饮马长城窟行》双鲤传书典故,说鸿雁在云间,鲤鱼在水底,故而音信不通,相思难寄。

③李煜《乌夜啼》:"无言独上西楼,月如钩。"遥山,远山。

④用唐人崔护典故,说情人已难再见。书生崔护清明出游,于都城南庄偶遇一少女,彼此相恋。来岁清明,崔护复来,而此女已不知所往。因题诗于门曰:"去年今日此门中,人面桃花相映红。人面不知何处去,桃花依旧笑春风。"后知少女已亡故。(事详孟棨《本事诗》)

【说明】

词写离愁别恨,上片说雁去鱼沉,离情难寄;下片写独倚西楼,离人难见。不过是词中习见题材,但因抒情细腻婉曲,用词典雅,显得闲雅而富有情致。晏殊词风格温润秀洁,渐脱花间浓艳俚俗之习。其子晏幾道曾说:"先公平日小词虽多,未尝作妇人语也。"就是指此而言。

踏莎行

祖席离歌,长亭别宴。香尘已隔犹回面①。居人匹马映林嘶,行人去棹依波转②。　　画阁魂销,高楼目断。斜阳只送平波远。无穷无尽是离愁,天涯地角寻思遍③。

【注释】

①祖席,饯行的酒席。祖,祭祀路神。香尘,带花香的尘土。回面,回头。

②映林,隔着树林。去棹,离开的船。

③寻思,思念。

【说明】

词写离别之痛,上片送别,回想依依难舍的别离情景;下片伤离,申述无穷无尽的离愁别恨。王世贞《词评》说"斜阳只送平波远",是淡语而有致者,意谓语句平淡而富有情致。结二句直接抒情,申明主旨。

又

小径红稀,芳郊绿遍。高台树色阴阴见①。春风不解禁杨花,蒙蒙乱扑行人面②。　　翠叶藏莺,朱帘隔燕。炉香静逐游丝转③。一场愁梦酒醒时,斜阳却照深深院。

【注释】

①红稀,花儿稀疏。绿遍,绿草遍地。见,通现。

②禁杨花,管束住杨花。

③炉香,香炉的烟气。

【说明】

本词黄昇《花庵词选》有副题"春思"。春思即春愁。上片写景,描绘江南春景如画。下片过渡到抒情,点明春愁的主题。一结情余景外,令人回味无穷。清人张惠言认为,本词像欧阳修《蝶恋花》一样,都寄托了词人政治上失意的情怀,可备一说。

韩　琦一首

韩琦(1008—1075),字稚圭,相州安阳(今河南安阳)人。嘉祐中,拜同中书门下平章事。封魏国公,卒谥忠献。有《安阳集》。

点绛唇

病起恹恹、画堂花谢添憔悴。乱红飘砌。滴尽胭脂泪①。　　惆怅前春,谁向花前醉。愁无际。武陵回睇。人远波空翠②。

【注释】

①恹恹,精神萎靡不振。砌,台阶。胭脂泪,用美女的眼泪比喻落花。
②武陵,指桃花源。回睇,回眸、回望。

【说明】

吴处厚《青箱杂记》卷八:"韩魏公晚年镇北都,一日病起作《点绛唇》小词。"韩琦是北宋名臣之一,其词今存四首,以这首写得最好。本词表达伤春念远之情,上片写病起见落花而伤春,下片因回忆而怀人念远,可能寄托了词人政治上遭受挫折的感慨。结尾三句,情韵悠远,颇获后人称赞。

宋　祁一首

宋祁(998—1061),字子京,安州安陆(今湖北安陆)人。官至翰林学士承旨。卒谥景文。有《宋景文公长短句》。

玉楼春　春景①

东城渐觉风光好。縠皱波纹迎客棹②。绿杨烟外晓寒轻,红杏枝头春意闹。　　浮生长恨欢娱少。肯爱千金轻一笑③。为君持酒劝斜阳,且向花间留晚照④。

【注释】

①《苕溪渔隐丛话前集》卷三十七引《遁斋闲览》云:张子野郎中,以乐章擅名一时。宋子京尚书奇其才,先往见之,遣将命者,谓曰:"尚书欲见'云破月来花弄影'郎中乎?"子野屏后呼曰:"得非'红杏枝头春意闹'尚书邪?"遂出,置酒尽欢。盖二人所举,皆其警策也。

②縠皱,即绉纱,比喻水波。

③肯爱,怎肯吝惜。王僧孺《咏宠姬》:"再倾连城易,一笑千金买。"

④"且向"二句,意谓希望夕阳能在花间稍驻,不要匆匆下山。

【说明】

宋祁当时也是著名词人,观其与张子野对话可知。惜乎作品如今仅存六首,其中最著名的就是这首《玉楼春》。本篇为惜春之词。词中隽句"红杏枝头春意闹",使他博得"红杏尚书"的美称。王国维《人间词话》评论说:"'红杏枝头春意闹',着一'闹'字,而境界全出。"唐圭璋先生评曰:"此首随意落笔,风流闲雅。"

欧阳修八首

欧阳修(1007—1072),字永叔,号醉翁,晚号六一居士。吉州庐陵(今江西吉安)人。宋仁宗天圣八年进士。官至枢密副使,拜参知政事。卒谥文忠。有《六一词》。

采桑子①(选二)

　　轻舟短棹西湖好,绿水逶迤。芳草长堤。隐隐笙歌处处随②。　　无风水面琉璃滑,不觉船移。微动涟漪。惊起沙禽掠岸飞③。

【注释】

①欧阳修描写颍州(今安徽阜阳)西湖美景,前后共作《采桑子》十三首,这是其中第一首。

②棹,船桨。逶迤,蜿蜒曲折。

③琉璃,水晶。白居易《泛太湖书事》:"碧琉璃水净无风。"涟漪,波纹、细浪。

【说明】

　　庆历新政失败以后,范仲淹、韩琦、富弼等人,均以党论相继去职。欧阳修上书抗辩,受到小人陷害,被贬滁州。三年后,徙知扬州。宋仁宗皇祐元年(1049),移知颍州。一年半以后,又移知应天府。宋神宗熙宁四年(1071),欧阳修上书乞求致仕,获准后归老颍州。可惜,他在颍州生活了不到一年就去世了。这组词就写于归老颍州以后。

又

　　群芳过后西湖好,狼藉残红①。飞絮蒙蒙。垂柳阑杆尽日风②。　　笙歌散尽游人去,始觉春空③。垂下帘栊。双燕归来细雨中。

【注释】

①群芳过后,百花凋谢以后。西湖,指颍州西湖。颍州西湖位于安徽省阜阳市颍州区西九公里处。狼藉残红,落花散乱。

②尽日风,整天在风中飘拂。

③春空,春天已尽。

【说明】

词写颍州西湖暮春景象。上片写景,描绘西湖暮春风景如画。下片抒惜春之情,寄情于景,"始觉春空"四字,微露此中消息,含蓄蕴藉,几乎不露痕迹。所以谭献评论说:"'笙歌散尽游人去'句,悟语是恋语。"(《谭评词辨》)

踏莎行

候馆梅残,溪桥柳细①。草薰风暖摇征辔②。离愁渐远渐无穷,迢迢不断如春水③。　寸寸柔肠,盈盈粉泪④。楼高莫近危阑倚。平芜尽处是春山,行人更在春山外⑤。

【注释】

①候馆,迎候宾客的馆舍。《周礼·地官·遗人》:"五十里有市,市有候馆。"

②草薰,草香。摇征辔,骑马远行。

③寇准《江南春》:"柔情不断如春水。"

④盈盈,满溢貌。

⑤平芜,平旷的草地。

【说明】

本篇为欧阳修名作。黄昇《唐宋诸贤绝妙词选》有副题"惜别"。上片从离人着眼,以春水喻离愁之迢迢不断;下片从闺中人立意,言且莫登楼远眺,春山已远,而离人更在春山之外,邈不可见矣。王世贞评论说,"平芜"二句是"淡语之有情者也",意谓结尾二句,语淡而情深。吴梅也认为,"欧词以此为最婉转。"近人刘永济先生认为,本词乃"托为闺人别情,实乃自抒己情也。"意思是说,欧阳修因上书斥责高若讷,被贬为夷陵令,因而本篇乃托闺情而自抒抑郁悲愤之作。这种看法,乃是常州词派寄托说的遗存,可作参考。

· 97 ·

蝶恋花

庭院深深深几许①。杨柳堆烟,帘幕无重数。玉勒雕鞍游冶处。楼高不见章台路②。　　雨横风狂三月暮。门掩黄昏,无计留春住③。泪眼问花花不语,乱红飞过秋千去④。

【注释】

①深几许,有多么深。

②玉勒雕鞍,镶玉的马笼头和雕花的马鞍,指代华贵的马车。游冶处,游玩作乐的地方,指歌楼妓馆。章台路,汉代长安章台街多妓馆,后人用作游冶之地的代称。

③雨横风狂,风狂雨骤。横,狂放。无计,无法。

④乱红,落花。唐严恽《落花》:"尽日问花花不语,为谁零落为谁开。"

【说明】

此首朱彝尊《词综》定为冯延巳词,陈廷焯《白雨斋词话》也认为,"欧公无此手笔"。谭献《复堂词录》则定为欧阳修词,意见分歧,都无确据。按,李清照《临江仙》副题曰:"欧阳公作《蝶恋花》,有'庭院深深深几许'之语,予酷爱之。用其语作'庭院深深'数阕。其声则旧《临江仙》也。"李清照认为,本词的作者是欧阳修,酷爱之并加以模仿。李、欧相去年代较近,或可信。词写深闺女子的相思之情。唐圭璋先生认为:"上片写行人忆家,下片写闺人忆外。"本词意境深远,风格清丽,艺术上非常成功。尤其结尾两句,以拟人手法写花落春残,物我交融,浑化无迹,似更胜宋祁"红杏枝头春意闹"。不过从清代常州词派的代表张惠言开始,就有不少人认为,本词和温庭筠、冯延巳的作品一样,都寄托了词人政治上失意的情怀。

朝中措　送刘仲原甫出守维扬①

平山阑槛倚晴空②。山色有无中③。手种堂前垂柳,别来几度春风④。　　文章太守,挥毫万字,一饮千钟⑤。行乐直须年少,尊前看取衰翁⑥。

【注释】

①刘敞(1019—1068),北宋史学家、经学家、散文家。字原父,一作原甫,临江新喻(今江西樟树)人。庆历六年进士,后官至集贤院学士。维扬即扬州。

②平山堂,在扬州西北蜀冈大明寺。庆历八年(1048),欧阳修任扬州太守时所建,"江南诸山供列檐下,故名曰平山堂"(方回《瀛奎律髓》)。

③"山色"句,王维《汉江临泛》:"江流天地外,山色有无中。"

④"手种"句,据张邦基《墨庄漫录》记载,平山堂前,欧阳修曾亲手种植柳树数棵,人称"欧公柳"。别来,欧阳修于皇祐元年(1049)离开扬州赴颍州任,不久回京。刘原父于至和三年(1056)出任扬州太守,其间相隔七年。故曰"别来几度春风"。

⑤三句称赞刘敞文思敏捷,又善于饮酒。

⑥直须,就应该。看取,且看。是年,刘敞三十七岁,欧阳修已年届五十。故年少指刘,衰翁乃自称。

【说明】

送别友人赴任之作。欧阳修于仁宗庆历八年(1048),曾任扬州知府,并建平山堂于城之西北。皇祐元年(1049)离开扬州赴颍州任,不久回京。刘原父于至和三年(1056)出任扬州太守,词作于此年。欧阳修在扬州任上虽然只有短短一年,但对扬州怀有深厚的感情。上片因刘敞之赴任引起作者对扬州的怀念,"手种堂前杨柳,别来几度春风"。感情真挚而笔法简洁;下片是对即将赴任的友人的称颂和告诫,告诫的内容与众不同,没有任何说教,只说扬州是一个繁华的城市,人生苦短,应该及时行乐。

玉楼春

别后不知君远近。触目凄凉多少闷。渐行渐远渐无书,水阔鱼沉何处问①。　　夜深风竹敲秋韵。万叶千声皆是恨②。故欹单枕梦中寻,梦又不成灯又烬③。

【注释】

①鱼沉,比喻音信不通。

②"夜深"句,秋风吹动竹叶,发出悲凉的秋声。恨,愁恨。

③欹,斜靠。单枕,孤枕。灯又烬,灯芯烧成灰烬,指灯将熄灭。

【说明】

闺怨之辞。上片写离别之恨;下片抒相思之情。语言明白显豁,直抒胸臆,但感情真挚深沉,此司空图所谓"情性所至,妙不自寻"者也。唐圭璋先生评曰:"层层深入,句句沉着。"

临江仙

柳外轻雷池上雨,雨声滴碎荷声①。小楼西角断虹明。阑杆倚处,待得月华生②。　　燕子飞来窥画栋,玉钩垂下帘旌③。凉波不动簟纹平。水精双枕,傍有堕钗横④。

【注释】

①滴碎荷声,雨点打在荷叶上,发出细碎之声。李商隐《无题》:"飒飒东风细雨来,芙蓉塘外有轻雷。"

②"小楼"句,雨过天晴,小楼西角出现一截彩虹。阑杆倚处,李白《清平乐》:"沉香亭北倚阑干。"月华生,月亮升起。

③画栋,彩饰的栋梁。王勃《滕王阁诗》:"画栋朝飞南浦云。""玉钩"

句,谓放下窗帘。

④凉波不动,以水波比喻竹席之清凉光滑。韩愈诗《新亭》:"水纹凉枕簟。"亦以水波比竹席。李商隐《偶遇》:"水文簟上琥珀枕,旁有堕钗双翠翘。"二句写人已熟睡,头钗滑落。

【说明】

本篇也是欧阳修的名作。据宋钱世昭《钱氏私志》记载,此词乃欧阳修任河南推官时,应钱惟演的请求,即席为一歌伎而赋。词成,"众客皆称善"。但钱氏所记未必可信,与本词的内容也不尽吻合。本词描写古代贵族妇女的生活,写得典雅华贵,含蓄蕴藉而不露声色,曾经赢得一片赞誉之声。当代词家周汝昌甚至叹道:"千古独此一篇。"欧阳修是北宋名臣,文章宗伯,宋初古文运动的代表人物,被苏轼称为当代韩愈。但与此同时,他又写了不少缠绵悱恻的艳词,这使后来的道学先生们很不理解,甚至认为那是小人们的伪造和恶意中伤。这是一种脱离实际的可笑看法。宋代的历届帝王,也许是中国历史上最重视文人,最厚待文人的统治者。存在那样宽松的政治文化氛围,欧阳修在自己的私人生活中,敞开胸扉,在酒筵歌席之上,在宾朋应酬之中,写出一些伤春悲秋,愁离恨别,以至男女爱情的作品,一点也不奇怪。

少年游　咏草

栏杆十二独凭春。晴碧远连云①。千里万里,二月三月,行色苦愁人②。　　谢家池上,江淹浦畔,吟魄与离魂③。那堪疏雨滴黄昏。更特地,忆王孙④。

【注释】

①独凭春,春日独自凭栏。晴碧,晴空下的绿草。

②行色,行旅。

③谢灵运《登池上楼》:"池塘生春草,园柳变鸣禽。"又江淹《别赋》:

"春草碧色,春水绿波,送君南浦,伤如之何?"都是咏草名句。吟魄、离魂,分指二人。

④特地,忽然。王孙,指所念之人,用《楚辞》淮南小山《招隐士》典故。

【说明】

吴曾《能改斋漫录》卷十七:"咏草词。梅圣俞在欧阳公座,有以林逋草词'金谷年年……'为美者。圣俞因别为《苏幕遮》一阕,……,欧公击节赏之。又自为一词云,……盖《少年游》也。不唯前二公所不及,虽置诸唐人温、李集中,殆与之为一矣。"

这是一首咏物词,其中也寄托了伤别之意,与林逋《点绛唇》、梅尧臣《苏幕遮》一同被誉为宋人咏春草绝调。上片用白描笔法,直书其事,下片用典故表达愁情,含思婉转。王国维认为上片"语语如在目前,便是不隔。至云'谢家池上,江淹浦畔',则隔矣"。当然这是王氏个人的观点和偏好,其实林和靖《点绛唇》、梅圣俞《苏幕遮》何尝不用典故?是否使用典故,或许并不是评判作品优劣的主要标准。

王安石一首

王安石(1021—1086),字介甫,号半山,抚州临川(今江西抚川)人。宋仁宗庆历二年(1042)进士。宋神宗熙宁初,擢参知政事,推行新法。曾两度为相。晚年退居江宁半山园。封荆国公,卒谥文。有《临川先生歌曲》。

渔家傲

平岸小桥千嶂抱。柔蓝一水萦花草①。茅屋

数间窗窈窕。尘不到。时时自有春风扫[2]。午枕觉来闻语鸟。欹眠似听朝鸡早[3]。忽忆故人今总老。贪梦好。茫然忘了邯郸道[3]。

【注释】

①嶂,直立如屏障的山峰。抱,环抱。柔蓝,形容绿水。萦,环绕。

②窈窕,幽深貌。

③午枕,午睡。语鸟,鸟语,鸟鸣。欹眠,斜卧。朝鸡,晨鸡。贪梦好,贪图荣华富贵。邯郸道,卢生在邯郸旅舍,梦见了荣华富贵,醒来才知是梦,而灶间黄粱未熟。

【说明】

王安石以诗文名世,作词不多,但也不乏名篇,如长调《桂枝香》与本篇便是。本词作于王安石第二次罢相,退隐金陵半山园之后,此时作者已入暮年,多次出入政坛,身心俱疲,故徜徉山水以自适。词主要描写环境的清幽以及词人自己的闲适心情。末三句,奉劝那些依旧在官场上争名夺利之人,不要再贪图荣华富贵。王安石是熙宁变法的领袖人物,锐意改革,勇于任事。改革失败以后,受到了种种非议甚至丑化,大多不符合事实。连他的主要反对派司马光也说:"人言安石奸邪,则毁之太过。"同样不赞成变法的黄庭坚也说:"余尝熟观其(王安石)风度,真视富贵如浮云,不溺于财利酒色,一世之伟人也。"可见王安石变法,其方法、用人或有不当之处,但本人的道德文章,完全当得起"一世伟人"之称。

王安国一首

王安国(1028—1074),字平甫,安石之弟。曾官西京国子教授、秘阁校理。集今不传,《全宋词》录其词三首。

清平乐　春晚[①]

留春不住。费尽莺儿语。满地残红宫锦污。昨夜南园风雨[②]。　　小怜初上琵琶。晓来思绕天涯[③]。不肯画堂朱户,春风自在杨花[④]。

【注释】

①此首或作王安石词。

②宫锦,宫中特制的锦缎。岑参《胡歌》:"黑姓蕃王貂鼠裘,葡萄宫锦醉缠头。"词中描写落花玷污了宫锦。

③小怜,冯小怜,北齐后主高纬的嫔妃,能歌舞,尤善琵琶。这里是泛指。李贺《冯小怜》:"弯头见小怜,请上琵琶弦。"

④画堂朱户,富贵人家。

【说明】

作者是王安石的弟弟,文才卓著,为人刚直,但政见与其兄不合,也不愿倚仗王安石的地位追求爵禄。因而遭到王安石党羽吕惠卿和曾布的诬陷打击。熙宁七年,以反对新法的罪名,被削职放归乡里,死时才四十七岁。本篇乃惜春之词,但从末二句看,分明有托物言志、自悲身世之意,同时也表现了词人洁身自好、清高傲兀的情怀。

晏幾道八首

晏幾道(1038—1110),字叔原,号小山。曾官开封府推官等职。仕宦不得志,着意为词。与父晏殊号"二晏"。有《小山词》。

临江仙

梦后楼台高锁,酒醒帘幕低垂。去年春恨却来时①。落花人独立,微雨燕双飞②。　　记得小蘋初见,两重心字罗衣③。琵琶弦上说相思。当时明月在,曾照彩云归④。

【注释】

①"梦后"、"酒醒"互文见义,写梦觉酒醒后的阑珊意兴和寂寞心情。却来,又来、再来。

②五代翁宏诗《春残》:"又是春残也,如何出翠帏。落花人独立,微雨燕双飞。"采诗入词,而意境自别。"人独立"与"燕双飞"对照,透露出孤独怀人之意。

③小蘋,歌女名。作者在《小山词自跋》中曾提到莲、鸿、蘋、云四位歌女。"两重心字",可能指衣裙上所绣形似小篆"心"字的图案。

④彩云,喻美女,这里指小蘋。李白《宫中行乐词》:"只愁歌舞散,化作彩云飞。"二句意谓当时明月依旧,而人事已非,暗寓追念之意。

【说明】

本篇是晏几道的名作。上片由感伤目前而追忆往昔;下片由回忆过去又归结到目前。据张宗橚《词林纪事》推断,可能为追忆歌女小蘋而作。晏几道在词中曾多次提到小蘋,例如:"小蘋若见愁春暮,一笑留春春也住。"(《木兰花》)又:"小蘋一笑尽妖娆。"(《玉楼春》)足见词人对这位歌女的深情。此词大约作于词人和小蘋分别以后,所以充满感伤怀旧之情。由于艺术上的精美,历来受词评家激赏。例如谭献《复堂词话》曰:"名句千古,不能有二,所谓柔厚在此。"陈廷焯《白雨斋词话》卷一曰:"既闲婉,又沉着,当时更无敌手。"唐圭璋先生《唐宋词简释》曰:"此首感旧怀人,精美绝伦。"都给予极高评价。

蝶恋花

梦入江南烟水路。行尽江南,不与离人遇①。睡里销魂无说处。觉来惆怅消魂误②。　　欲尽此情书尺素。浮雁沉鱼,终了无凭据③。却倚缓弦歌别绪。断肠移破秦筝柱④。

【注释】

①"梦入"三句,化用岑参《春梦》句意:"枕上片时春梦中,行尽江南数千里。"江南多雨水,故曰"烟水路"。

②睡里,梦中。觉来,醒后。梦中与情人欢聚,故曰"无说处",梦醒难觅情人,徒添惆怅,故曰"消魂误"。此亦"觉来知是梦,不胜悲"之意。

③书尺素,写信。终了,终于、终归。

④"却倚"二句,言别绪之难以排遣。古筝以柱支弦,上有旋钮调节音阶高低,弦紧则音高,弦松则音低。移破,弹遍。

【说明】

晏幾道为晏殊幼子,出生于富贵之家。但是功业无成,穷愁落魄,因而寄情声色,常与歌女舞伎交往。这一点与稍后之秦少游、唐末之温庭筠,颇为相似。他的词多写这类内容,充满感旧伤离的情绪。冯煦在《宋六十一家词选例言》把他与李后主、秦观相比,说:"淮海、小山,古之伤心人也。其淡语皆有味,浅语皆有致,求之两宋词人,实罕其匹。子晋欲以晏氏父子追配李氏父子,诚为知音。"给予极高评价。本篇写相思离别之情。上片说梦中追寻无果,梦醒悲愁无限;下片以鱼雁无凭,音信不通,极言离愁之难以排遣。悲郁沉痛,感人至深。

又

醉别西楼醒不记。春梦秋云,聚散真容易①。斜月半窗还少睡。画屏闲展吴山翠②。　　衣上酒痕诗里字。点点行行,总是凄凉意。红烛自怜无好计。夜寒空替人垂泪③。

【注释】

①"春梦"二句,言聚如春梦之无凭,散似秋云之飘忽。晏殊《木兰花》:"长于春梦几多时,散似秋云无觅处。"此化用其句意。

②"画屏"句,画屏上展现一片青翠的吴山。吴山,泛指江南山水。

③杜牧《赠别》:"蜡烛有心还惜别,替人垂泪到天明。"自怜,自伤。无好计,没有好办法。

【说明】

本篇也写离愁别恨。上片写离别,下片说思念。"衣上"二句,怀旧情深,沉郁悲痛。结尾化用杜牧诗句抒情,而更加委婉曲折。陈廷焯《大雅集》评曰:"一字一泪,一字一珠。"认为本词,感情沉痛,字字珠玑,艺术上非常成功。

鹧鸪天

彩袖殷勤捧玉钟。当年拚却醉颜红①。舞低杨柳楼心月,歌尽桃花扇底风②。　　从别后,忆相逢。几回魂梦与君同③。今宵剩把银釭照,犹恐相逢是梦中④。

【注释】

①彩袖,指代歌女。玉钟,指酒杯。

②"舞低"二句,意谓歌舞酣畅,直至月落风停。

③"几回"句,谓梦中频频相见。

④剩,更;银釭,银灯。杜甫《羌村三首》:"夜阑更秉烛,相对如梦寐。"二句从杜诗化出,而自然妥帖。

【说明】

这首词也是晏幾道的名作,风格高华秾丽,受到后人极高评价。赵德麟《侯鲭录》引晁补之语云："叔原不蹈袭人语,而风调闲雅,自是一家。如'舞低杨柳楼心月,歌尽桃花扇底风',自可知此人不生在三家村中也。"陈廷焯评曰："仙乎丽矣。后半阕一片深情,低回往复,真不厌百回读也。言情之作,至斯已极。"如果单从内容看,本词并无特别之处,也不过写男女爱情,上片回忆当年相聚之欢乐,下片抒写别后重逢之情状。但把当年相聚写得如此高华典雅,下片把别后重逢写得如此曲折深婉,除需要极高的艺术修为,心中还必需蕴含一片深情,才能够做到。正如陈廷焯《白雨斋词话》所言:"李后主、晏叔原词……无人不爱,以其情胜也。情不深而为词,虽雅不韵,何足感人?"

又

小令尊前见玉箫。银灯一曲太妖娆①。歌中醉倒谁能恨,唱罢归来酒未消②。　　春悄悄,夜迢迢。碧云天共楚宫遥③。梦魂惯得无拘检,又踏杨花过谢桥④。

【注释】

①尊前,酒筵上。玉箫,歌女名。妖娆,美丽迷人。

②恨,遗憾。此句意谓在歌声中醉倒也在所不惜。酒未消,酒意未尽。

③楚宫,指代玉箫所在之处,遥,表达咫尺天涯之感。遥,亦作"腰"。

④惯得,习惯了。无拘检,无拘无束。谢桥,谢娘桥。

【说明】

这是一首艳词。上片写词人在宴会上偶遇美女,并为之陶醉。下片写别后依然不能忘情,梦中去寻访美人踪迹。由于写得迷离恍惚,只描述过程,而故意不交代具体结果。据说这首词居然打动了北宋著名道学家程颐,赞其为"鬼语也",鬼语云云,当然是称赞末二句把梦境写得如此幽冷细腻,韵味悠长。

木兰花

秋千院落重帘暮。彩笔闲来题绣户①。墙头丹杏雨余花,门外绿杨风后絮②。　朝云信断知何处?应作襄王春梦去③。紫骝认得旧游踪,嘶过画桥东畔路④。

【注释】

①绣户,女子闺房。

②雨余花、风后絮,雨后残花,风中飘絮。二句似有所比。

③"朝云"二句,用楚王与巫山女神典故,表达对昔日恋人的怀念之情。

④紫骝,骏马名。嘶,嘶鸣。

【说明】

缅怀旧情之作。晏幾道天资聪慧,感情丰富而生活浪漫。他并不汲汲于功名,加之生性高傲,因而终身沦落下僚。冯煦《蒿庵论词》曾说过一段有名的话:"淮海、小山,真古之伤心人也,其淡语皆有味,浅语皆有致。求之两宋词人,实罕其匹。"的确,秦观和晏幾道是感情丰富细腻的词人,他们的作品都笼罩着一层浓厚的感伤情绪。但同样是感伤文学,二人的词风却同中有异。晏幾道是破落的贵族弟子,他的词"多写高堂华烛,酒阑人散之空虚",有高华绮丽的一面;而秦观由于政治上屡遭打击,最后死于贬所,他的词多写"登山临水,栖迟零落之苦闷",更多表现出凄厉幽怨的情感。二人都有极高的艺术天赋,不过从内容上看,少游词要更加丰富深刻。难怪苏东坡听到少游死讯时,感叹道:"少游已矣,虽万人何赎!"虽然同样自写伤心,由于二人性情、家世、境遇不同,晏幾道词,更像一件美丽无比的艺术品;而秦少游词,却更能够打动人心。

阮郎归

旧香残粉似当初。人情恨不如[1]。一春犹有数行书。秋来书更疏。　　衾凤冷,枕鸳孤。愁肠待酒舒[2]。梦魂纵有也成虚。那堪和梦无[3]。

【注释】
[1]二句言旧香残粉犹在,而人已离去,故言"恨不如"。
[2]衾凤,绣花被。枕鸳,鸳鸯枕。舒,舒解。
[3]虚,空。和梦无,连梦也没有。

【说明】
词写离愁别恨,主人公可能是一位歌伎。开头以旧香比人情,旧香犹在,而情人已去,更显人情之淡薄。接下来痴情女子不断诉说自己的寂寞相思之苦,书信愈来愈少,只能不断地以酒解愁。梦本来就是空的,可是近来连梦也没有了。唐圭璋先生所说的"层深之法",就是指层层递进的艺术表现手法,这一艺术特点在本词中体现得淋漓尽致。

又

天边金掌露成霜。云随雁字长[1]。绿杯红袖趁重阳。人情似故乡[2]。　　兰佩紫,菊簪黄。殷勤理旧狂[3]。欲将沉醉换悲凉。清歌莫断肠。

【注释】
[1]汉武帝好神仙,作承露盘以承甘露,以为服食之后可以延年。《史记·孝武本纪》:"其后则又作柏梁、铜柱,承露仙人掌之属矣。"二句言露已成霜,雁群在高空结成人字或一字,飞往南方。
[2]绿杯,酒杯。红袖,美女。人情,指风俗。
[3]兰佩紫,菊簪黄,佩紫兰,簪黄菊。此为重阳风俗之一。殷勤,勉

力。狂,狂放,疏狂。

④沉醉换悲凉,以酒解愁。

【说明】

本词写重阳节的感慨。上片写景,下片抒情。况周颐认为"殷勤理旧狂",五字三层意思。"狂"者,所谓一肚皮不合时宜,发见于外者也。狂已旧矣,而理之,而殷勤理之,其狂若有甚不得已者。又认为:结尾二句是上句注脚,仍含不尽之意。此词沉着厚重,得此结句便觉竟体空灵(《蕙风词话》卷二)。指出本词乃借重阳写自身感慨,风格既厚重又轻灵,是小山词中最有思想内涵的作品。陈匪石也认为,此篇乃《小山词》中最凝重深厚之作,与其他艳词不同(《宋词举》)。况、陈二人,所见甚是。

王　观一首

王观(生卒年不详),字通叟,泰州如皋(今江苏如皋)人。宋仁宗嘉祐二年(1057)进士。后历任大理寺丞、江都知县等。元丰二年(1079),以枉法受财,编管永州。

卜算子　送鲍浩然之浙东①

水是眼波横,山是眉峰聚。欲问行人去那边,眉眼盈盈处②。　　才始送春归,又送君归去。若到江南赶上春,千万和春住③。

【注释】

①鲍浩然,作者友人,生平不详。

②"眉眼盈盈处",既写浙东风景之美,又喻该处女子之美。

③和春住,与春天同住。

【说明】

送别友人之作,本词艺术构思最大的特点,是写景与写人合一。作者友人很可能在浙东有一位钟情的女子,"眉眼盈盈"既写浙东山水之美,也暗示了那儿还有一位美丽的女子。因此下片之"春"当然也是兼指春天和人物了。不过这层意思表现得非常含蓄,因此更加耐人寻味。

张舜民一首

张舜民,字芸叟,自号浮休居士,生卒年不详。邠州(今陕西彬州)人。宋英宗治平二年(1065)进士,为襄乐令。司马光荐其才,召为监察御史。官至吏部侍郎。后入元祐党籍,贬楚州团练副使,商州安置。有《画墁集》。

卖花声　题岳阳楼①(选一)

木叶下君山。空水漫漫。十分斟酒敛芳颜②。不是渭城西去客,休唱阳关③。　　醉袖抚危栏。天淡云闲。何人此路得生还④。回首夕阳红尽处,应是长安⑤。

【注释】

①岳阳楼位于湖南岳阳市古城西门城墙之上,下瞰洞庭,前望君山,与湖北武汉黄鹤楼、江西南昌滕王阁并称为"江南三大名楼"。

②《楚辞·湘夫人》:"袅袅兮秋风,洞庭波兮木叶下。"木叶,树叶。君山,在岳阳市西南的洞庭湖中,亦称洞庭山。十分斟酒,把酒杯斟满。敛

芳颜,敛容,此处指歌女。

③二句意谓自己乃遭贬南下,不是西去,因此莫唱《阳关曲》。王维《送元二使安西》:"劝君更尽一杯酒,西出阳关无故人。"

④张舜民因"作诗讥讪",于宋神宗元丰五年(1082)冬谪监郴州茶盐酒税,因有此悲观之言。

⑤白居易《题岳阳楼》:"春岸绿时连梦泽,夕波红处近长安。"此化用其句意,表达对首都长安的怀恋。

【说明】

据周煇《清波杂志》卷四记载:"张芸叟,元丰间从高遵裕辟,环庆出师失律,且为转运使李察讦其诗语,谪监郴州酒。舟行,以二小词题岳阳楼'木叶下君山,空水漫漫'(下略)……"作者曾经在朝中担任要职,后因言事遭到流贬,目的地是湖南郴州,词作于流贬途中。从艺术上说,第一首比第二首写得更好。但第二首增加了追怀屈原的内容,因此多了几分悲愤之气。但是两首词的结尾,都念念不忘君国,所以周煇评论说:"岂无去国流离之思,殊觉婉而不伤也。"

魏夫人二首

魏夫人(生卒年不详),名玩,字玉汝,曾布之妻,魏泰之姊,封鲁国夫人。襄阳人。有《魏夫人集》。

阮郎归

夕阳楼外落花飞。晴空碧四垂①。去帆回首已天涯。孤烟卷翠微②。　　楼上客,鬓成丝。归来未有期③。断魂不忍下危梯。桐阴月影移④。

【注释】

①碧四垂,蓝天笼罩四方。

②去帆,离去的帆船。翠微,青山,杜甫《秋兴》:"日日江楼坐翠微。"

③楼上客,作者自指。未有期,归期不定,指离人。

④断魂,伤心人。

【说明】

魏夫人(玩)是曾布的妻子,曾布仕途通达,一度身居相位。但是宦海有风波,曾布一生被卷入激烈的党争之中,也数度遭到流贬,最后受权臣蔡京的排挤,被一贬再贬,死于润州。夫贵妻荣,魏夫人地位尊贵,曾被封为鲁国夫人。朱熹曾说:"本朝妇人能文,只有李易安与魏夫人。"(《朱子语类》卷一四〇)魏夫人的词,多写离愁别恨,背后虽然也有其丈夫政治上升沉的影子,但总体内容比较单薄,难与历经乱离之痛的李清照比肩。所以陈廷焯评论说:"宋闺秀词,自以易安为冠。朱子以魏夫人与易安并称,魏夫人只堪出朱淑真之右,去易安尚远。"

魏夫人有很好的文化修养,不但"博览群书",而且工书法,善诗词,因而其格调自高。本词写离别之痛,上片言离人远去,下片写独自悲愁,以写景发端,写景作结,感情真挚,情景交融,故能感动人心。

减字木兰花

落花飞絮。杳杳天涯人甚处①。欲寄相思。春尽衡阳雁渐稀②。　　离肠泪眼。肠断泪痕流不断。明月西楼。一曲阑干一倍愁③。

【注释】

①甚处,何处。

②二句意谓,春天已尽,大雁北归,无人传递书信。

③一倍愁,更加愁。

【说明】

这首词写得非常沉痛,作者采用层层深入的抒情方法,先言不知离人身在何处,继言大雁北归,书信无从寄递,再说自己悲痛无限,"肠断泪痕流不断",结尾说面对明月,手抚栏杆,悲情有增无减。

为何如此哀痛入骨?很有可能该词作于曾布被流贬之时。曾布是一个十分能干的官吏,被卷入党争以后,他数度被贬,又数度起复。熙宁七年(1074),因遭吕惠卿弹劾,曾布被贬为饶州知州,又转潭州。宋徽宗崇宁年间,因得罪蔡京,曾布被一贬再贬,直至被降为散官,衡州安置。但具体作于何时,因史料缺乏,难以确考。

王 诜二首

王诜(生卒年不详),字晋卿,太原府(今山西太原)人,徙居开封。尚英宗女大长公主,拜左卫将军、驸马都尉。擅山水,亦能书,善属文。风流蕴藉,有王谢家风。卒谥荣安。

蝶恋花

钟送黄昏鸡报晓。昏晓相催,世事何时了。万恨千愁人自老。春来依旧生芳草①。　　忙处人多闲处少。闲处光阴,几个人知道。独上高楼云渺渺。天涯一点青山小。

【注释】

①苏轼《蝶恋花》:"枝上柳绵吹又少,天涯何处无芳草。"

【说明】

词写光阴易逝的人生感慨。王诜虽然身为驸马都尉,但也受到苏轼"乌台诗案"牵连,元丰二年(1079),被贬为昭化军行军司马,均州(今湖北丹江口)安置。据《西清诗话》说,本篇为忆旧怀人之作,但此说与词的内容不尽相符。从词中"万恨千愁人自老"二句看,或许与词人这段不幸的贬谪经历有关。

忆故人

烛影摇红,向夜阑,乍酒醒、心情懒①。尊前谁为唱阳关,离恨天涯远②。　　无奈云沉雨散。凭栏杆、东风泪眼③。海棠开后,燕子来时,黄昏庭院。

【注释】

①乍酒醒,酒刚醒。

②阳关,离别之曲。

③云沉雨散,比喻爱情断绝。

【说明】

本篇是一首爱情词,也是王诜的名作,曾经获得宋徽宗的赏识,并且令周邦彦增损其词,别撰新腔。据蔡绦《西清诗话》记载,本词乃王诜为其歌姬啭春莺而作。按周邦彦词《烛影摇红》:"芳脸匀红,黛眉巧画宫妆浅。风流天付与精神,全在娇波眼。早是萦心可惯。向尊前、频频顾眄。几回相见,见了还休,争如不见。　　烛影摇红,夜阑饮散春宵短。当时谁会唱阳关,离恨天涯远。争奈云收雨散。凭阑干、东风泪满。海棠开后,燕子来时,黄昏深院。"不过清人朱彝尊说:"原词甚美。美成增益,真所谓续凫为鹤也。"认为周邦彦之增益,实属多余。

苏　轼十二首

苏轼(1037—1101),字子瞻,号东坡居士,眉州眉山(今四川眉山)人。官至翰林学士知制诰。卒谥文忠。有《东坡乐府》。

卜算子　黄州定惠院寓居作①

缺月挂疏桐,漏断人初静②。时见幽人独往来,缥缈孤鸿影③。　　惊起却回头,有恨无人省④。拣尽寒枝不肯栖,寂寞沙洲冷⑤。

【注释】
①黄州,治所在今湖北黄冈市。定惠院,一名定慧寺,在黄冈东南。
②漏断,指夜深。
③幽人,隐居之人,作者自称。孟浩然《夜归鹿门山歌》:"岩扉松径长寂寥,惟有幽人自来去。""缥缈"句,意谓幽人之往来,如孤鸿之缥缈。
④省,了解、明白。
⑤"拣尽寒枝"二句,暗寓《庄子·秋水》"鹓雏非梧桐不止,非练实不食,非醴泉不饮"之意,表现了词人孤高寂寞的情怀。

【说明】
宋神宗元丰二年(1079),苏轼因"乌台诗案"被捕入狱,释放后谪授黄州团练副使,不得签署公事,实际上是一个闲人。据清人王文诰考证,本词作于壬戌年(1082)十二月。此篇是苏轼名作,历代传诵。词的主要内容是托物言怀,表现词人孤高、寂寞、失意的情怀。上片以人比鸿,下片借鸿写人,"幽人"与"孤鸿"合为一体,浑化无迹。意境高远,托意遥深。黄庭坚说东坡此词"语意高妙,似非吃烟火食人语。非胸中有万卷书,笔下无一点尘俗气,孰能至是?"(《跋东坡乐府》)正是强调本词格调高绝。

临江仙①

夜饮东坡醒复醉,归来仿佛三更②。家童鼻息已雷鸣③。敲门都不应,倚杖听江声。　　长恨此身非我有,何时忘却营营④。夜阑风静縠纹平。小舟从此逝,江海寄余生⑤。

【注释】

①原有副题《夜归临皋》。临皋,地名,在黄州长江边。

②东坡,地名,在黄冈东。苏轼谪居黄州时,曾在此地筑雪堂,并且仿效白居易在忠州东坡垦地种花行为,开垦躬耕,且自号"东坡居士"。仿佛,差不多。

③鼻息雷鸣,形容鼾声之响。

④"长恨"二句,慨叹被卷入政治纷争,不能按照自己理想生活。《庄子·知北游》:"舜问乎丞曰:'道可得而有乎?'曰:'汝身非汝有也,汝何得有夫道!'舜曰:'吾身非吾有也,孰有之哉?'曰:'是天地之委形也。'"营营,为功名利禄而劳心费神。薛能《长安道》:"汲汲复营营,东西连两京。"

⑤縠纹平,比喻风平浪静。縠,绉纱,縠纹,比喻细浪。"小舟"二句,表示要弃官归隐江湖。

【说明】

清人王文诰《苏诗总案》曰:"壬戌(1082)九月,雪堂夜饮,醉归临皋作。"雪堂是苏轼在东坡所建之堂屋,临皋为其寓所所在。据说本词之流传,曾一度惊动了朝廷。叶梦得《避暑录话》卷上:苏轼在黄州,"与数客饮江上,夜归,江面际天,风露浩然。有当其意,乃作歌词,所谓'夜阑风静縠纹平。小舟从此逝,江海寄余生'者,与客大歌数过而散。翌日,喧传子瞻夜作此词,挂冠服江边,拏舟长啸去矣。郡守徐君猷闻之,惊且惧,以为州失罪人,急命驾往谒,则子瞻鼻鼾如雷,犹未兴也。然此语卒传至京师,虽裕陵(神宗)亦闻而疑之。"词写作者豪放豁达的生活态度,以及渴望摆脱政治纷争、弃官归隐的心情。词的上片写醉酒归来,下片言欲弃官归隐,亦景亦情,情景相辅,既豪放豁达,又沉郁悲痛,是苏词中优秀作品之一。

定风波

三月七日,沙湖道中遇雨。雨具先去,同行皆狼狈,余独不觉。已而遂晴,故作此词①。

莫听穿林打叶声。何妨吟啸且徐行②。竹杖芒鞋轻胜马。谁怕?一蓑烟雨任平生③。　料峭春风吹酒醒。微冷。山头斜照却相迎④。回首向来萧瑟处。归去。也无风雨也无晴⑤。

【注释】

①宋神宗元丰六年(1083)三月初七,时东坡谪居黄州。沙湖,在黄州东南三十里处。

②穿林打叶声,指雨声。吟啸,吟诗、长啸。

③芒鞋,草鞋。"一蓑烟雨",化用张志和《渔父词》句:"青箬笠,绿蓑衣。斜风细雨不须归。"表现旷达情怀。

④料峭,微寒。

⑤向来,刚才。萧瑟处,遇雨之处。

【说明】

词写出行途中遇雨之事。上片写途中忽遇风雨,下片写雨过天晴。些许小事,却能小中见大,表现出东坡任运随缘、潇洒豁达的人生态度。全篇都在写景,但景中处处见情。郑文焯《手批东坡乐府》评论说:"此足证是翁坦荡之怀,任天而动。琢句亦瘦逸,能道眼前景。以曲笔直写胸臆,倚声能事尽矣。"给予极高评价。

西江月　平山堂[①]

三过平山堂下,半生弹指声中[②]。十年不见老仙翁。壁上龙蛇飞动[③]。　　欲吊文章太守,仍歌杨柳春风[④]。休言万事转头空,未转头时皆梦[⑤]。

【注释】

①平山堂,在江苏扬州市西北郊蜀冈中峰大明寺内。宋仁宗庆历八年(1048),欧阳修任扬州知府时所建。

②本词作于元丰七年(1084),此前苏轼于熙宁四年(1071)、熙宁七年(1074)两次到访平山堂,这已是第三次了。弹指,佛家语,词中形容时间过得快。苏轼《过永乐文长老已卒》:"三过门间老病死,一弹指顷去来今。"

③老仙翁,指欧阳修。此时欧阳修去世已经十二年,十年乃举其成数。龙蛇飞动,指壁上欧阳修的题字,气势奔放,笔力劲健。

④文章太守,指欧阳修。欧阳修是当时文坛领袖。

⑤"休言"二句,白居易《自咏》:"百年随手过,万事转头空。"此用其意,推进一层,谓未转头时,已成梦幻。

【说明】

本词是苏轼第三次经过平山堂,追念其恩师欧阳修之作。按欧阳修词《朝中措·送刘仲原甫出守维扬》词曰:"平山栏槛倚晴空,山色有无中。手种堂前垂柳,别来几度春风。　　文章太守,挥毫万字,一饮千钟。行乐直须年少,尊前看取衰翁。"苏轼此词,乃用欧词之原韵,并多采用欧词语意,来表达对恩师的怀念之情,其中也融入了作者自己的身世之慨。最后以佛家万事皆空、人生如梦的思想作结,表现了作者晚年醉心禅悦,以求解脱自身痛苦的生活态度。

又　咏梅①

玉骨那愁瘴雾,冰姿自有仙风②。海仙时遣探芳丛。倒挂绿毛幺凤③。　素面翻嫌粉涴,洗妆不褪唇红④。高情已逐晓云空。不与梨花同梦⑤。

【注释】

①宋哲宗绍圣元年(1094),新党再度执政,苏轼被贬至惠阳(今广东惠州市)。两年以后,陪伴在身边二十余年的侍妾王朝云因病去世,享年三十四岁。东坡不胜悲痛,亲自撰写了《朝云墓志铭》,又作了这首悼亡词。

②玉骨、冰姿,咏梅兼写人。瘴雾,瘴气。韩愈《杏花》:"浮花浪蕊镇长有,才开还落瘴雾中。"梅花与此恰恰相反。那愁,不怕。

③海仙,海外神仙。此句意谓引得海仙经常派遣使者来探望。芳丛,指梅花。"倒挂"句,苏轼咏梅诗之二:"罗浮山下梅花村,玉雪为骨冰为魂。……蓬莱宫中花鸟使,绿衣倒挂扶桑暾。……"(自注:岭南珍禽有倒挂子,绿毛红喙,如鹦鹉而小,自东海来,非尘埃中物也。)诗中所言"蓬莱宫中花鸟使",或即是词中的"倒挂绿毛幺凤"。

④"素面"二句,以美人比梅花,得意于张祜《集灵台》:"却嫌脂粉污颜色,淡扫蛾眉朝至尊。"(一作杜甫诗)素面,脸上不施脂粉。涴(wò),沾污。洗妆,卸妆。褪,褪色。

⑤作者自注:"诗人王昌龄,梦中作梅花诗。"《苕溪渔隐丛话前集》卷四十一引《高斋诗话》曰:"高情已逐晓云空。不与梨花同梦。"后见王昌龄梅诗云:"落落寞寞路不分,梦中唤作梨花云。"方知东坡引用此诗也。按或以为王建诗,《全唐诗》未录,疑不能明。二句意谓,梅花开于前,梨花开时,梅花已谢,故曰"已逐晓云空""不与梨花同梦"。

【说明】

托物言怀之作,借梅花纪念朝云。朝云虽然是一位侍妾,但是追随东坡二十三年之久,历尽艰辛,不离不弃,在人情浇薄的社会中,殊为难得。

东坡在《朝云墓志铭》中赞美朝云"敏而好义,侍先生二十有三年,忠敬若一。"明人杨慎评论说:"古今梅词,以坡仙'绿毛么凤'为第一。"是否第一,这当然只是升庵个人看法,尽可商榷。但咏物之作贵有寄托,本词借梅花以悼念朝云,意蕴含蓄深远,的确不失为咏物词中一流作品。

蝶恋花　春景

花褪残红青杏小①。燕子飞时,绿水人家绕。枝上柳绵吹又少。天涯何处无芳草②。　　墙里秋千墙外道。墙外行人,墙里佳人笑③。笑渐不闻声渐悄。多情却被无情恼④。

【注释】

①花褪残红,残花凋谢。

②柳绵,柳絮。

③"墙里"三句,以墙里佳人与墙外行人比照,引出下文。

④行人多情,墙里佳人自娱自乐,浑然不知,故曰无情。

【说明】

苏轼虽为豪放词的代表,但他的婉约词也写得十分出色,数量不少,从本篇可见一斑。词的上片写伤春,缠绵悱恻,情意深深,王士禛认为:"恐屯田(柳永)缘情绮靡,未必能过。"下片从一件小事落笔,以墙里佳人与墙外行人作对比,风趣幽默之中,启示了一个人生哲理:多情与无情的关系。与这首词相联系,还有一个凄美的故事。据张宗橚《词林纪事》卷五引《林下词谈》说:"子瞻在惠州,与朝云闲坐。时青女初至,落木萧萧,凄然有悲秋之意。命朝云把大白,唱'花褪残红'。朝云歌喉将啭,泪满衣襟。子瞻诘其故,答曰:'奴所不能歌,是"枝上柳绵吹又少,天涯何处无芳草"也。'子瞻翻然大笑,曰:'是吾政悲秋,而汝又伤春矣。'遂罢。朝云不久抱疾而亡。子瞻终身不复听此词。"按王朝云,浙江钱塘人,苏轼侍妾。后随苏轼谪居惠州,并生一子。不久病故。

江城子　乙卯正月二十日夜记梦①

十年生死两茫茫。不思量。自难忘②。千里孤坟,无处话凄凉③。纵使相逢应不识,尘满面,鬓如霜④。　夜来幽梦忽还乡。小轩窗。正梳妆。相顾无言,惟有泪千行⑤。料得年年肠断处,明月夜,短松冈⑥。

【注释】

①乙卯,宋神宗熙宁八年(1075)。

②十年,苏轼妻子王弗,卒于宋英宗治平二年(1065),与此时正相隔十年。茫茫,音信渺茫。

③千里孤坟,王氏葬于故乡四川眉州彭山安镇乡可龙里,作者此时身在山东密州(今山东诸城),两地相距很远。

④"纵使"三句,言自己仕途坎坷,人渐衰老,纵使相逢,恐怕已互不相识了。按苏轼是年三十八岁,正当盛年。四年前,因与执政意见不合,主动要求离开京师,历任杭州通判,密州知州,辗转各地,风尘仆仆,政治上失意,心情恶劣,故有此言。

⑤"夜来"五句,写梦见亡妻情景。

⑥"料得"二句,想象王氏墓地荒凉凄寂境况。

【说明】

这是一首悼亡词,但不是作于亡妻死亡当时,而是作于十年以后。此时(熙宁八年)苏轼正在密州做官,就在这年正月二十日,他梦见妻子王弗,触动哀思,写下了这一千古传诵的名篇。

词的上片直抒胸臆,感叹死生幽隔,忽忽十年,诉说自己对亡妻绵绵不尽的思念。"纵使"三句,翻进一层,与个人目前的困难处境相结合,更显沉痛。下片补叙梦境,短短五句,写得既亲切又沉痛,显示了高超的艺术概括能力。"料得"三句,又从梦境回到现实。"年年肠断",再次表达对亡妻的沉痛追念。篇末点题,以景结情,言尽而意余。

又　密州出猎[①]

老夫聊发少年狂。左牵黄。右擎苍。锦帽貂裘,千骑卷平冈[②]。为报倾城随太守,亲射虎,看孙郎[③]。　　酒酣胸胆尚开张。鬓微霜。又何妨。持节云中,何日遣冯唐[④]。会挽雕弓如满月,西北望,射天狼[⑤]。

【注释】

①苏轼于1075年九月任密州(今山东诸城)知州,时年三十八岁。词作于此年。

②黄,黄犬。苍,苍鹰。锦帽貂裘,织锦帽,貂皮袄,指随从士兵所穿服装。

③倾城,全城之人,形容看热闹的人很多。"亲射虎"二句用三国孙权典故,表明勇气非凡。按《三国志·吴书·吴主传》:"二十三年十月,权将如吴,亲乘马射虎于废亭。"

④胸胆开张,心豪气壮。持节,手持符节。云中,云中郡,在今内蒙古及山西北部一带。冯唐,西汉大臣,文帝时曾经持节至云中,赦免云中太守魏尚欺瞒虚报之罪,复其职。拜冯唐车骑都尉。汉武帝时,冯唐年老,遂不被重用。此处表达了苏轼再次被朝廷起用的愿望。

⑤会,会须,应当。天狼,星名,主入侵之兆。

【说明】

本篇记叙一次打猎的过程,并表达了为国建功立业的豪情壮志。写作这首词时,作者才三十八岁,正当壮年。虽然已经被排挤出京,但壮志并未消泯,距离词人政治上遭到致命打击的"乌台诗案"尚有八年。上片描写打猎,场面异常壮观;下片抒发报国之情,壮怀激烈。与作者广为流传《念奴娇·大江东去》相比,本篇是更加典型的豪放词,完全没有"人生如梦"一类的慨叹。原因大概是《念奴娇》作于贬谪黄州之时,苏轼在历经人生痛苦磨难以后,接受了佛家和道家思想,所以经常在作品中发出人生如梦的感叹。而在本词中,却找不到这种思想的痕迹。苏轼自己曾经说过:"作得一阕,令东州壮士抵掌顿足而歌之,吹笛击鼓以为节,颇壮观也。"(《与鲜于子骏书》)这也是作者自己对本词豪迈风格的形象说明。

青玉案　和贺方回韵送伯固归吴中故居①

三年枕上吴中路。遣黄耳、随君去②。若到松江呼小渡。莫惊鸥鹭。四桥尽是,老子经行处③。

辋川图上看春暮。常记高人右丞句④。作个归期天已许。春衫犹是,小蛮针线,曾湿西湖雨⑤。

【注释】

①苏坚,字伯固,苏州人。博学工诗,与苏轼交厚。元祐四年(1089),苏轼以龙图阁学士出知杭州,苏坚从轼监杭州商税,至此已经三年。

②"三年"句,意谓苏坚已经三年未到故乡吴中(今江苏苏州),只能在梦中归去。遣黄耳,晋陆机有犬名黄耳,甚爱之。机在洛阳,曾系书其颈,致松江家中,并得报还洛。后因以为常。见《晋书·陆机传》。此用黄耳传书典故,说希望苏坚归去后常通音问。

③松江,吴淞江,与吴县通航。四桥,古代苏州城中有四桥,此泛指苏州一带。老子,作者自称。写作本词时,作者已经年过半百。

④唐王维曾官尚书右丞,晚年得宋之问辋川蓝田别墅。尝集其自作诗,号《辋川集》;又自画其地之山水曰《辋川图》。这里以《辋川图》比喻吴中风物之美,表示自己也想效仿王维归隐山林。

⑤作个归期,确定一个归乡的日期。天已许,老天定会同意。"春衫"三句:身上所著衣衫,乃是姬人亲手缝制,还曾经被西湖春雨所淋湿。小蛮,白居易姬人樊素善歌,小蛮善舞。尝为诗曰:"樱桃樊素口,杨柳小蛮腰。"见孟棨《本事诗》。小蛮,此处或借指苏轼的侍妾朝云。

【说明】

送别友人还乡之作,上片写送别之情,下片寓归隐之意。末三句是全篇点睛之笔,低回曲折,生动传神,表现了词人对西湖风景人物的无限怀恋之情。况周颐指出:"'曾湿西湖雨'是清语,非艳语,与上三句相连续,遂成奇艳、绝艳,令人爱不忍释。坡公天仙化人,此等词犹为非其至者,后学已未易模仿其万一。"(《蕙风词话》卷二)

浣溪沙

游蕲水清泉寺,寺临兰溪,溪水西流①。

山下兰芽短浸溪。松间沙路净无泥。萧萧暮雨子规啼。　谁道人生无再少,门前流水尚能西。休将白发唱黄鸡②。

【注释】

①清泉寺,在今湖北省黄冈市浠水县城东。兰溪,源出箬竹山,溪旁多兰花,故名。

②末句意谓,自己虽已白发渐生,但是不必叹老嗟卑。黄鸡,白居易《醉歌示伎人商玲珑》:"谁道使君不解歌,听唱黄鸡与白日。黄鸡催晓丑时鸣,白日催年酉前没。腰间红绶系未稳,镜里朱颜看已失。"这里反用其意。

【说明】

词为贬谪黄州时作。上片写景,下片即景言情。风格清丽,立意新奇,表现了词人的旷达情怀。

又

软草平莎过雨新。轻沙走马路无尘。何时收拾耦耕身①。　日暖桑麻光似泼,风来蒿艾气如薰。使君元是此中人②。

【注释】

①莎,莎草,俗称香附子。耦耕,二人并耕。后亦泛指务农。《论语·微子》:"长沮、桀溺耦而耕。"收拾耦耕身,意谓准备好隐居躬耕。

②光似泼,雨后桑麻叶子明亮,如经水泼。蒿艾,即艾蒿,野草。薰,香。使君,对州郡长官的称呼,这里是苏轼自指。

【说明】

宋神宗元丰元年(1078),作于徐州太守任上。组词共五首,第一首副题说:"徐门石潭谢雨,道上作五首。"所谓谢雨,就是天旱祈雨,得以应验,举行仪式,感谢老天。作为地方长官,苏轼必须参加。这五首词,就作于谢雨回归途中。东坡不愧为写景高手,五首词都描写农村风光,写得自然风趣而亲切生动,随手挥洒,毫不费力。这里所选是第五首。值得注意的是,在这首词中,作者受到农村风光的熏陶,产生了归隐田园、躬耕垅亩的遐想,虽然这一愿望终生都未能实现,无奈成为空想,这也是封建时代失意士大夫的共同悲剧,只有陶渊明是个别的例外。所以苏轼对陶渊明十分钦佩,曾作和陶诗百余首。

木兰花　　次韵欧公西湖韵①

霜余已失长淮阔。空听潺潺清颍咽②。佳人犹唱醉翁词,四十三年如电抹③。　　草头秋露流珠滑。三五盈盈还二八④。与余同是识翁人,唯有西湖波底月⑤。

【注释】

①皇祐元年(1049),欧阳修移任颍州(今安徽阜阳)知州,在任上曾作《玉楼春》多首。晚年退居颍州,又作《玉楼春》(即《木兰花》)一首,其词曰:"西湖南北烟波阔。风里丝簧声韵咽。舞余裙带绿双垂,酒入香腮红一抹。　　杯深不觉琉璃滑。贪看六幺花十八。明朝车马各西东,惆怅

画桥风与月。"本词是对欧词的和作。

②霜余,霜后。长淮,淮河。秋季枯水,淮河变窄。清颍,颍水。颍水在颍州注入淮河。

③醉翁,欧阳修自号。四十三年,欧阳修贬官颍州在宋仁宗皇祐元年(1049),苏轼任颍州知州为宋哲宗元祐六年(1091),相距约四十三年。

④草头秋露,比喻生命短促。三五、二八,谢灵运《怨晓月赋》:"昨三五兮既满,今二八兮将缺。"十五月亮正圆,而十六月满将缺,以此比况世事人生之变化。

⑤"与余"二句,感时伤怀。言欧公逝世已久,当年熟人也大多去世,如今认识欧公的,大约只剩下词人自己和西湖明月了。

【说明】

欧阳修是苏轼的恩师,苏轼《祭欧阳文忠公》文说:"不肖无状,因缘出入,受教于门下者,十六有年于兹。……上以为天下恸,而下以哭其私。"苏轼曾多次受到欧阳修的推荐与拔擢,二人关系深厚。欧阳修在颍州任上,曾写过多首《玉楼春》。而在苏轼任颍州知州时,欧公已经去世近二十年。

本词既是对欧词的和作,也是对恩师的悼念。上片从写景发端,慨叹岁月如驰,四十三年一闪而过,但而今还有歌女在演唱欧公歌词。下片感叹人生无常,盈亏有数,虽然欧公歌词还在流传,但熟悉欧公的大约只剩自己和湖底明月了。结句构思新巧,感慨深沉。

李之仪三首

李之仪(1047—1117),字端叔,号姑溪居士,沧州无棣(今山东槟州)人,后徙楚州山阳(今江苏淮安)。宋神宗熙宁三年进士。曾官枢密院编修等,后屡遭贬谪,终官朝请大夫。有

《孤溪词》。

卜算子

　　我住长江头,君住长江尾。日日思君不见君,共饮长江水。　　此水几时休,此恨何时已①。只愿君心似我心,定不负相思意②。

【注释】

①休,已,停止。恨,离恨。二句意谓离恨似江水之永无休止。

②顾敻《诉衷情》:"换我心,为你心,始知相忆深。"

【说明】

词写离别相思之情。语言明白如话,而不浅近俚俗,构思曲折新颖,而不幽深晦涩,表现手法和艺术风格明显受到古乐府民歌的影响。毛晋《姑溪词跋》称赞"我住长江头"数句,"直是古乐府俊语",即是此意。

采桑子　席上送少游之金陵

　　相逢未几还相别,此恨难同。细雨蒙蒙。一片离愁醉眼中①。　　明朝去路云霄外,欲见无从。满袂仙风。空托双凫作信鸿②。

【注释】

①未几,不久。

②云霄外,言其路途遥远。欲见无从,无由再见。凫,野鸭。信鸿,传书的鸿雁。野鸭不能传书,所以说"空托"。

【说明】

李之仪因与苏轼、黄庭坚、秦观等人交好,卷入党争,终生沦落下僚。后又得罪权臣蔡京,除名编管太平州(今安徽当涂)。除苏轼之外,李之仪与秦观的关系最为密切,友谊深厚,这一点从秦观死后十余年,李之仪所作《祭秦少游文》中可以得到证明。有人认为本词作于元祐四年(1089),秦观被排挤出京之时。但从词中语调之沉痛,感情之悲苦推测,更可能作于秦观被流贬途中。否则,何来"明朝去路云霄外,欲见无从"这样的感慨呢?《四库总目》评李之仪词曰:"其词亦工,小令尤清婉峭蒨,殆不减秦观。"李之仪与秦观交好,虽不属苏门弟子,但同属旧党,其命运亦与秦观类似,李编管太平州,秦编管横州。两人同样善于抒情,风格婉丽,但是同中有异。秦观词哀痛入骨,后期近乎凄厉;而李之仪却往往以淡语写哀情。

南乡子　夏日作

绿水满池塘。点水蜻蜓避燕忙。杏子压枝黄半熟,邻墙。风送荷花几阵香。　　角簟衬牙床。汗透鲛绡昼影长①。点滴芭蕉疏雨过,微凉。画角悠悠送夕阳。

【注释】

①角簟,竹席。元稹《饮致用神曲酒三十韵》:"冰壶通角簟,金镜彻云屏。"鲛绡,丝织手绢。昼影长,白昼渐长。

【说明】

本词写春尽夏初的风光景色。信笔写来,生动如画。但美丽的画面背后,又透露出对年华不再、岁月流逝的淡淡哀愁。毛晋《姑溪词跋》称赞作者"长于淡语、景语、情语",这一长处,在本词中得到充分表现。

王雱一首

王雱(pāng)(1044—1076),字符泽,抚州临川(今江西抚州)人,王安石之子。举进士,曾官龙图阁学士。早卒。《全宋词》仅录其词一首,尚在疑似之间。

眼儿媚①

杨柳丝丝弄轻柔。烟缕织成愁。海棠未雨,梨花先雪,一半春休②。　　而今往事难重省,归梦绕秦楼。相思只在,丁香枝上,豆蔻梢头③。

【注释】

①本篇一作无名氏词。

②弄轻柔,摆弄柔软的柳丝。秦观《江城子》:"西城杨柳弄春柔。"海棠未雨,海棠未开。梨花先雪,梨花先开。一半春休,春天已经过半。

③重省,回看、回想。丁香、豆蔻,象征爱情。

【说明】

惜春相思之辞。上片表惜春之意,下片抒相思之情,描写细腻,表情含蓄,景中含情,情中见景,达到情景交融的艺术高度。

黄庭坚四首

黄庭坚(1045—1105),字鲁直,自号山谷道人,晚号涪翁,洪州分宁(今江西修水)人。官至秘书郎兼国子编修。擢起居舍人。诗开江西诗派,词与秦观齐名。有《山谷词》。

定风波　次高左藏使君韵①

万里黔中一漏天。屋居终日似乘船②。及至重阳天也霁。催醉。鬼门关外蜀江前③。　　莫笑老翁犹气岸。君看。几人黄菊上华颠④。戏马台南追两谢。驰射。风流犹拍古人肩⑤。

【注释】

①宋哲宗绍圣二年(1095),黄庭坚被指预修《神宗实录》失实,诋毁朝政,贬为涪州(今重庆涪陵)别驾,黔州(今重庆彭水)安置。高左藏,高羽,时任左藏库使。据黄宝华先生考证,此词作于宋哲宗绍圣四年(1097)。

②万里,极言地方偏僻,路途遥远。漏天,蜀地多雨,故云"漏天"。

③霁,雨过天晴。鬼门关,亦称石门关,在四川奉节县东。蜀江,指乌江,发源于贵州威宁,流经黔北及渝东,经彭水县,至重庆涪陵汇入长江。

④气岸,意气傲兀。李白《流夜郎赠辛判官》:"气岸遥凌豪士前,风流肯落他人后。"华颠,白头。

⑤戏马台,在徐州城南,相传为项羽所建。晋安帝义熙十二年(416)重阳,宋武帝刘裕在戏马台大会宾客,著名诗人谢灵运及谢瞻均有诗作。"风流犹拍古人肩",谓风度犹可比肩古人。

【说明】

黄庭坚词,当时与秦观齐名。陈师道《后山诗话》说:"今代词手,唯秦七(观)、黄九(庭坚)尔,唐诸人不逮也。"李清照《词论》也把黄庭坚与晏幾道、贺铸、秦观并称。不过,后人大多不同意这种看法,认为黄远不及秦。陈廷焯甚至说:"黄九于词,直是门外汉。"(《白雨斋词话》卷一)这种评论,未免失之偏颇。近人夏敬观《手批山谷词》曾说:"少游清丽,山谷重拙,自是一时敌手。"又说"曩疑山谷词太生硬,今细读,悟其不然。'超逸绝尘,独立万物之表;御风骑气,以与造物游者',东坡誉山谷之语也。吾于其词亦云。"夏敬观对山谷词的评论,并非虚誉,可惜许多人不理解。

黄庭坚年轻时写过不少艳词,每每语涉"亵诨",曾被法秀道人警告,如此污染世风,将来会下犁舌地狱。中年以后,政治上屡遭打击,直至长期贬斥远荒,最后死于贬所。因此,词风也发生了很大变化。此词作于贬谪之地,是为重阳登高而作,原作有两首,这是其中第二首。上片写当前处境之险恶,鬼门关既是纪实,也有象征意义。下片直接表达自己傲兀的心情,"几人黄菊上华颠""风流犹拍古人肩"云云,都是此意。但是豪迈中夹杂着苍凉,洒脱中流露出愤慨,是黄庭坚这类词作的共同特点,须细加体味。

鹧鸪天
坐中有眉山隐客史应之和前韵即席答之[①]

黄菊枝头生晓寒。人生莫放酒杯干[②]。风前横笛斜吹雨,醉里簪花倒着冠[③]。　身健在,且加餐。舞裙歌板尽清欢[④]。黄花白发相牵挽,付与时人冷眼看[⑤]。

【注释】

①据黄宝华先生考证,本词元符二年(1099)作于戎州(今四川宜宾),此时山谷已经五十四岁。隐客,隐者。史应之,《山谷诗内集》卷十三《戏答史应之三首》任渊注:"史应之,名铸,眉山人,落魄无检,喜作鄙语,人以屠僧目之。客泸、戎间,因得识山谷。"

②莫放,别让、莫使。

③"醉里簪花"句,合用重九孟嘉落帽以及山简醉酒后倒着白接䍦典故,表达豪放洒脱之情。《晋书》卷九十八《桓温列传附孟嘉》:"孟嘉字万年,……后为征西桓温参军,温甚重之。九月九日,温宴龙山,僚佐毕集。时佐吏并着戎服,有风至,吹嘉帽堕落,嘉不之觉。"又《世说新语·任诞》:"山季伦(山简)为荆州,时出酣畅。人为之歌曰:'山公时一醉,径造高阳池。日莫倒载归,酩酊无所知。复能乘骏马,倒着白接䍦。'"倒着冠,倒戴冠帽。

④加餐,《古诗·行行重行行》:"弃捐勿复道,努力加餐饭。"尽清欢,尽情欢乐。苏轼《浣溪沙》:"人间有味是清欢。"

⑤相牵挽,互相牵缠,此句意谓白发上簪戴黄花。付与,给与,让。时人,世俗之人。看,读平声。

【说明】

本词同调同韵共三首,此为第二首。第一首有副题曰:"明日独酌自嘲呈史应之。"之后史应之有和作,这首词是黄庭坚在宴席间对史应之和作的再和。本篇也是以重阳为题材的作品,上片合用两个典故,表现词人狂放不羁行为,以及悲愤不平的心情;下片言且自尽情欢乐,对世俗之人的冷眼相看,不予理会。傲岸之态,表露无遗。但在旷达的风格背后,隐藏着深深的悲痛与辛酸。

清平乐

春归何处?寂寞无行路。若有人知春去处。唤取归来同住①。　　春无踪迹谁知。除非问取黄鹂②。百啭无人能解,因风飞过蔷薇③。

【注释】

①唤取,呼唤。同住,与人同住。

②问取,请问。黄鹂,黄莺。

③啭,鸟叫声。无人能解,(黄鹂的叫声)没人能懂。

【说明】

惜春之词,创作年代失考。本词艺术上的主要特点是构思巧妙,笔致委曲。从问句"春归何处"领起,层层递进,曲折前行,结果却给出了一个没有答案的答案——无人知道。吴衡照《莲子居诗话》评论说:"山谷失之笨。"今人胡云翼说:"黄庭坚失之粗野。"从这首词看,事实正好相反,如果一定要找毛病的话,毋宁说本词失之于巧。巧则巧矣,其奈斧凿痕迹宛然。司空表圣曰:"薄言情晤,悠悠天钧。"(《二十四诗品·自然》)这才是诗词创作的高境。

虞美人　　宜州见梅作①

天涯也有江南信。梅破知春近②。夜阑风细得香迟。不道晓来开遍向南枝③。　　玉台弄粉花应妒。飘到眉心住④。平生个里愿杯深。去国十年老尽少年心⑤。

【注释】
①崇宁三年(1104)作于宜州(今广西河池)。
②天涯,自称贬谪之地。江南信,指代梅花。破,指花开。
③香,梅香。不道,不料。
④玉台,梳妆台。弄粉,指化妆。二句用寿阳公主典故,追忆少年时代赏梅的风流韵事,为下文铺垫。
⑤个里,此中,其中。愿杯深,希望把酒喝够。去国十年,作者于宋哲宗绍圣二年(1095),贬黔州,距宋徽宗崇宁三年(1104)被押送宜州编管,正好十年。

【说明】
此首为托物感怀之作,借梅花以自悲身世。宋徽宗崇宁二年(1103),黄庭坚应承天院住持僧智珠之请,作《承天院塔记》。转运使闽人陈举要求署名遭拒,遂以墨本向朝中执政赵挺之检举。朝廷指为"幸灾谤国",庭坚遂被除名,押送宜州编管。遭此重大打击之后,作者虽然仍旧努力保持豁达心态,但是已经丧失了当年的"傲岸"之气,末句"去国十年老尽少年心",就表现了词人的悲哀绝望心情。

秦　观八首

秦观(1049—1100),字少游,一字太虚,号淮海居士,高邮人。宋神宗八年进士。曾官秘书正字兼国史院编修。"苏门四学士"之一。有《淮海词》。

江城子

西城杨柳弄春柔。动离忧。泪难收。犹记多情,曾为系归舟①。碧野朱桥当日事,人不见,水空流②。　韶华不为少年留③。恨悠悠。几时休。飞絮落花时候、一登楼。便作春江都是泪,流不尽,许多愁④。

【注释】

①西城,指汴京(今河南开封)城西一带园林。多情,多情人。张先《南乡子·京口》:"春水一篙残照阔,遥遥。有个多情立画桥。"系归舟,泊舟。

②人,指所念之人。

③韶华,美好年华。

④便作,即便。李煜《虞美人》:"问君能有几多愁,恰似一江春水向东流。"此用其意而又更进一层。

【说明】

宋哲宗绍圣元年(1094)三月,秦观坐党籍,由国史院编修,降为馆阁校勘,出为杭州通判,道贬处州,任监酒税之职。后又徙郴州,编管横州,又徙雷州。词人的的流贬生活从此开始。本词作于离京之时。从表面看,词为伤春怀人之作,上片写回忆,下片说当前。如果仅仅是与一位多情女子离别,何至于如此伤痛彻骨?这首词很可能还掺杂了自己的身世之痛,以及对未来命运的不祥预感。秦观是一位多愁善感的词人,既没有乃师苏轼的旷达胸怀,也缺乏同门师兄黄庭坚的傲岸之气,所以人称"少游,古之伤心人也"。但是正因为如此,秦观的词较之苏轼和黄庭坚,感情更加丰富细腻,风格更加委婉缠绵。在李清照看来,秦观更像一位真正的词人。

鹊桥仙

纤云弄巧,飞星传恨,银汉迢迢暗度①。金风玉露一相逢,便胜却、人间无数②。　　柔情似水,佳期如梦,忍顾鹊桥归路③。两情若是久长时,又岂在、朝朝暮暮④。

【注释】

①纤云,轻淡的云彩。弄巧,变化成各种巧妙的形态。飞星,流星。银汉,银河。

②金风玉露,秋风白露。一相逢,传说牛郎织女在七夕被允许过鹊桥,相会一次。胜却,胜过。

③忍顾,不忍心回顾,意谓不忍离别归去。

④朝朝暮暮,天天在一起。

【说明】

这也是秦观的名作,写七夕牛郎织女故事,好在构思新巧,不落俗套。明人李攀龙评论说:"相逢胜人间,会心之语。两情不在朝暮,破格之谈。《七夕歌》以双星会少别多为恨,独少游此词谓'两情若是久长'二句,最能醒人心目。"(《草堂诗余隽》卷三)不过也有人认为,本词寄托了秦观"以坐党籍被谪,思君臣际会之难,因托双星以写意。"对照词意,这种说法显得过于勉强。

减字木兰花

天涯旧恨。独自凄凉人不问。欲见回肠。断尽金炉小篆香①。　　黛蛾长敛。任是春风吹不展②。困倚危楼。过尽飞鸿字字愁③。

【注释】

①回肠,回肠百转,比喻悲愁难解。司马迁《报任少卿书》:"是以肠一日而九回。"篆香,盘香。其形如篆文,以比回肠。

②敛,皱眉。任,任凭。

③"困倚危楼"二句暗示音信不通,愁恨难解。雁飞排列成字,故曰"字字愁"。

【说明】

本篇表面写女子相思之情。上片言独居相思,愁肠寸结;下片说困倚危楼,悲恨难消。从悲痛的情绪和凄凉的语调看,很可能托寓了词人被贬谪远州以后的悲苦情怀。

踏莎行①

雾失楼台,月迷津渡。桃源望断无寻处②。可堪孤馆闭春寒,杜鹃声里斜阳暮③。　驿寄梅花,鱼传尺素。砌成此恨无重数④。郴江幸自绕郴山,为谁流下潇湘去⑤。

【注释】

①毛晋汲古阁本《淮海词》有副题《郴州旅舍作》。

②大雾弥漫,隐没了楼台;月色朦胧,迷失了渡口。"桃源"句,用刘晨、阮肇典故,比喻美好理想迷失。望断,望尽。

③"可堪"句,意谓春寒时节,何堪独居于孤馆。可堪,那堪。王国维《人间词话》:"少游词境最为凄婉,至'可堪孤馆闭春寒,杜鹃声里斜阳暮'则变而凄厉矣。东坡激赏后二句,尤为皮相。"

④"驿寄"三句,用陆凯赠范晔梅花事及鱼书传信典故,谓远方朋友礼赠与书信,反而引起自己无限悲痛。砌,堆砌。

⑤郴江,水名,发源于湖南郴山(今黄岑山),北入耒水,至衡阳东汇入潇、湘二江。幸自,本是。

【说明】

本篇为秦观名作。作者与苏轼、黄庭坚等人一样,不幸陷入新旧党争,于宋哲宗绍圣元年(1094),被贬杭州通判,道贬处州,又徙湖南郴州,并被削去所有官职。本词大约作于哲宗绍圣四年(1097),当时作者在郴州贬所。上片写孤馆独处的悲凉迷惘心情。桃源何在?前途茫茫,孤馆春寒,唯听杜鹃悲鸣而已。写得无限凄迷愁苦。下片写无可告慰的深愁苦恨。结尾二句说,郴江原本是环绕郴山的,却为何要流到潇湘去呢?其象征意义仿佛是在诉说自己异乡漂泊的悲惨命运。以痴语抒愁情,倍觉沉痛,受到前人高度评价。《苕溪渔隐丛话前集》引《冷斋夜话》曰:"少游到郴州作长短句云(词略),东坡绝爱其尾两句,自书于扇,曰:'少游已矣,虽万人何赎!'"王士祯《花草蒙拾》也说:"'郴江幸自绕郴山,为谁流下潇湘去',千古绝唱。秦殁后,坡公尝书此于扇。……高山流水之悲,千载而下,令人腹痛。"王士禛认为,东坡才是秦观的千古知音。而王国维却指责东坡看法"犹为皮相",下此断语,未免轻率。

浣溪沙

漠漠轻寒上小楼。晓阴无赖似穷秋。淡烟流水画屏幽①。　自在飞花轻似梦,无边丝雨细如愁。宝帘闲挂小银钩②。

【注释】

①漠漠,弥漫貌。无赖,不合人意,可恶。穷秋,深秋。韩偓《惜春》:"节过清明却似秋。"淡烟流水,屏风上的景色。

②"宝帘"句,窗帘静静地挂在小银钩上。

【说明】

本词写春愁,写得轻灵委婉,含蓄无尽,言外又散发出一缕淡淡的哀愁,为后人所激赏。陈廷焯评曰:"宛转幽怨,温、韦嫡派。"(《词则·大雅集》卷二)梁启超曰:"'自在'一联,奇语。"(梁令娴《艺蘅馆词选》卷二引)俞陛云曰:"清婉而有余韵,是其擅长处。此调凡五首,此首最佳。"(《唐五

代两宋词选释》)

阮郎归

湘天风雨破寒初。深沉庭院虚①。丽谯吹罢小单于。迢迢清夜徂②。　乡梦断,旅魂孤。峥嵘岁又除③。衡阳犹有雁传书。郴阳和雁无④。

【注释】

①湘,湖南。虚,空寂。

②丽谯,城楼。小单于,唐代乐曲。李益《听晓角》:"秋风卷入小单于。"徂,已过。

③峥嵘,高峻貌。引申为生活道路不平坦。杜甫《敬赠郑谏议》:"旅食岁峥嵘。"岁又除,一年又尽了。除,除夕。

④郴阳,今湖南郴州市。和雁无,连雁也没有了。二句意谓,衡阳衡山有回雁峰,传书的大雁尚且能够到达;而郴阳更在衡阳之南,雁飞不到,故曰"和雁无"。

【说明】

此词作于宋哲宗绍圣四年(1097)除夕,作者贬谪郴州之时。唐圭璋先生曰:"此首述旅况,亦极凄惋。上片,起言风雨生愁,次言孤馆空虚。'丽谯'两句,言角声吹彻,人亦不能寐。下片,'乡梦'三句,抒怀乡怀人之情。'岁又除',叹旅外之久,不得便归也。'衡阳'两句,更伤无雁传书,愁愈难释。小山云'梦魂纵有也成虚,那堪和梦无',与此各极其妙。"唐先生的解释,具体而微,值得参阅。

好事近　梦中作①

春路雨添花,花动一山春色②。行到小溪深处,有黄鹂千百③。　飞云当面化龙蛇,夭矫转空碧④。醉卧古藤阴下,了不知南北⑤。

【注释】

①宋哲宗绍圣二年(1095),秦观谪处州(今浙江丽水市),监管盐酒税,作此词。
②雨添花,春雨之后,百花盛开。
③王维《积雨辋川庄作》:"漠漠水田飞白鹭,阴阴夏木啭黄鹂。"
④夭矫,屈曲而有气势。空碧,碧空。
⑤了不知,完全不知。

【说明】

词写梦中所见春天景象。结尾"醉卧"二句,表现了词人流贬中的颓放心态。因句中有"藤阴"二字,少游后来又果然死于藤州,后人遂附会为秦观自己的预言。明人郎瑛说:"秦观……尝于梦中作《好事近》一词(略)。其后以事谪藤州,竟死于藤,此词其谶乎?"清人周济也说:"隐括一生。结语遂作藤州之谶。"据《苕溪渔隐丛话》记载,苏轼读到这首词,非常悲痛,以至流泪。可见苏轼对秦观感情之深。

鹧鸪天① 春闺

枝上流莺和泪闻。新啼痕间旧啼痕②。一春鱼鸟无消息,千里关山劳梦魂③。　　无一语,对芳尊。安排肠断到黄昏④。甫能炙得灯儿了,雨打梨花深闭门⑤。

【注释】

①此首唐圭璋先生《全宋词》据《草堂诗余》定为无名氏词。明人王世贞《艺苑卮言·词评》认为乃秦观词。谭献《复堂词录》亦归为秦观词。
②和泪,流泪,带泪。间,间隔。
③鱼鸟,鱼雁,指代书信。劳梦魂,梦魂往返辛劳,指不断梦见。
④安排,听任,无可奈何之词。
⑤甫能,刚刚。炙得灯儿了,把灯点着了。

【说明】

词写女子伤春怀人。上片写怀人念远。春天来临,流莺婉啭,但女主人公反而伤心落泪,而且"新啼痕间旧啼痕",日日如此。"一春"两句,揭示伤心落泪的原因:书信断绝,梦中路遥。下片写独自痛苦相思。"无一语,对芳尊"者,俗云一人喝闷酒也。然而酒也不能解愁,只好整日伤心肠断。结句以景结情,暗示青春无情消逝,倍觉凄凉。明人李攀龙评论曰:"新痕间旧痕,一字一血。"又曰:"结两句有言外无限深意。"(《草堂诗余隽》)

赵令畤一首

赵令畤(1061—1134),初字景贶,苏轼为之改字德麟,自号聊复翁。宋宗室。元祐中,苏轼为颍州(今安徽阜阳)知州,与之游,后以此坐元祐党籍,被废十年。绍兴初,袭封安定郡王。有《侯鲭录》。近人赵万里为辑《聊复集》词一卷。

清平乐

春风依旧。着意隋堤柳①。搓得鹅儿黄欲就。天气清明时候②。　　去年紫陌青门。今宵雨魄云魂③。断送一生憔悴,只消几个黄昏④。

【注释】

①着意,在意,留心。

②鹅儿黄,幼鹅毛色嫩黄,故以喻初生之柳。欲就,将成。

③紫陌青门,泛指去年京城游乐之处。雨魄云魂,喻指男女相爱之

情。二句回忆昔日同游之乐,感叹今日离别之悲。

④只消,只须。

【说明】

本篇一作刘弇词。词为春日怀人之作,怀恋的对象是一位女子。上片写春景,下片述离愁,情景俱佳。结尾二句,悲切沉痛。李攀龙曰:"对景伤春,至'断送一生憔悴'语,最为悲切。"(《草堂诗余隽》)王世贞《艺苑卮言·词评》亦曰:"'断送一生憔悴,只消几个黄昏',此恒语之有情者也。"都给出了很高评价。据清人叶申芗《本事词》记载,本词乃赵令畤为刘弇(伟明)爱妾之死而作,从词的内容看,不很切合,聊备一说。

贺　铸四首

贺铸(1052—1125),字方回,号庆湖遗老,卫州(今河南卫辉)人。徽宗时,曾官泗州通判、太平州倅。有《东山词》。

青玉案①

凌波不过横塘路。但目送、芳尘去②。锦瑟华年谁与度。月桥花院,琐窗朱户。只有春知处③。

飞云冉冉蘅皋暮。彩笔新题断肠句④。试问闲情都几许?一川烟草,满城风絮。梅子黄时雨⑤。

【注释】

①周紫芝《竹坡诗话》:"贺方回尝作《青玉案》词,有'梅子黄时雨'之句,人皆服其工,士大夫谓之'贺梅子'。"按寇准诗《残句》:"杜鹃啼处血

成花,梅子黄时雨如雾。"方回实用寇莱公成句。

②凌波,形容女子步态轻盈。曹植《洛神赋》:"凌波微步,罗袜生尘。"过,过临,莅临。横塘,地名,在苏州城盘门外十余里。芳尘,带芳香的尘土,借指女子行踪。

③锦瑟华年,美好年华。李商隐《锦瑟》:"锦瑟无端五十弦,一弦一柱思华年。""只有"句,除了春光之外,无人知无人到。极言其人之寂寞。

④飞云,一作"碧云"。冉冉,缓慢流动貌。蘅皋,生长香草的水边高地。蘅,杜蘅,香草名。曹植《洛神赋》:"乃税驾乎蘅皋。"二句言日暮怀人,赋诗遣愁。彩笔用江淹典。

⑤试问闲情,一作"若问闲愁"。都几许,共有多少。一川,满地。川,平原。"梅子"句,江南旧历四五月间多雨,时当梅子成熟,俗称"黄梅雨"或"梅雨"。三句借景言情,喻闲愁之无处不在。

【说明】

本篇乃贺铸名作。龚明之《中吴纪闻》:"(铸)有小筑在(姑苏)盘门之南十余里,地名横塘。方回往来其间,尝作《青玉案》词。……后山谷有诗云:'解道江南断肠句,只今唯有贺方回。'其为前辈推重如此。"本词为作者寓居苏州时所作,抒写梅雨季节幽居寂寞生活中的闲愁。所谓闲愁,实际就是相思之愁。但词人所思念的对象却若隐若现,若即若离,有点像曹子建《洛神赋》中的神女,这反而引发了人们的联想,增加了词的意境深度。结尾三句,以烟雨溟蒙的风景,比况词人迷茫惆怅的心情,意境既美,又含而不露,成为当时众口传诵的名句。近人夏敬观认为,这首词的秾丽风格,对辛弃疾的某些作品产生过一定影响。

对贺铸的词作,有两种不同看法,以陈廷焯和王国维为代表。陈廷焯《白雨斋词话》说:"方回词极沉郁,而笔势却又飞舞,变化无端,不可方物,吾乌乎测其所至?"又说:"方回词,胸中眼中,另有一种伤心说不出处,全得力于楚骚而运以变化,允推神品。"王国维的看法却完全相反。他在《人间词话删稿》中说:"北宋名家中,以方回最次,其词如历下(李攀龙)、新城(王士禛)之诗,非不华赡,惜少真味。"平心而论,两种看法都不免有点极端。把贺铸词推为"神品",那置晏幾道、秦观于何地;说贺铸词"惜少真味",也过于笼统。像本篇及下篇《鹧鸪天》(重过阊门)难道不是情景交融、沉郁悲痛的优秀之作吗?

鹧鸪天[①]

重过阊门万事非。同来何事不同归[②]。梧桐半死清霜后,头白鸳鸯失伴飞[③]。　原上草,露初晞。旧栖新垅两依依[④]。空床卧听南窗雨,谁复挑灯夜补衣[⑤]。

【注释】

①本篇一名《半死桐》,意谓悼亡。

②阊门,苏州城西门。何事,为何。

③连理梧桐死去另一半,双飞鸳鸯失去其伴侣,比喻妻子死亡。《古诗为焦仲卿妻作》:"东西植松柏,左右种梧桐。枝枝相覆盖,叶叶相交通。中有双飞鸟,自名为鸳鸯。仰头相向鸣,夜夜达五更。"二句似化用此意。

④晞,干。汉乐府《薤露》:"薤上露,何易晞。"旧栖,旧居。新垅,新坟。二句指生离死别,依依难舍。

⑤二句回忆妻子生前境况。

【说明】

据今人钟振振考证,宋徽宗建中靖国元年辛巳(1101),贺铸重过苏州,为悼念亡妻而作此词。是年方回五十岁,上距赵夫人之殁,在数月至三年之间。在我国诗歌史上,悼亡之作可以单列一类。其中名作很多,如潘岳、元稹、李商隐、苏轼直至清代的厉鹗等等,不一而足。贺铸此词,也是其中之一。由于贺铸与赵夫人伉俪情笃,因此本词写得悲忧沉痛,十分感人。至于有人要在上述作品中强分等级优劣,既无必要,也很困难。

蝶恋花　改徐冠卿词

几许伤春春复暮。杨柳清阴,偏碍游丝度[①]。

145

天际小山桃叶步。白蘋花满湔裙处②。　　竟日微吟长短句。帘影灯昏,心寄胡琴语③。数点雨声风约住。朦胧淡月云来去④。

【注释】

①春复暮,又到暮春时节。"杨柳"二句,暮春景象,谓柳丝卷住游丝,使其不能继续飘游。

②桃叶步,即桃叶渡,在江苏南京秦淮河畔,因东晋王献之在此作歌送其妾桃叶而得名。步,即埠,码头。湔(jiān),洗濯。古代风俗,元日至月底,士女酹酒洗衣于水边,祓除不祥。又古代民俗三月上巳日(旧历三月三日)到水滨洗濯,去宿垢,称修禊。词中指后者。

③胡琴,指琵琶。

④风约住,被风拦住,意谓雨被风吹散。按末二句亦见于宋李冠词《蝶恋花》。

【说明】

《阳春白雪》卷二录此首,注曰:"贺方回改徐冠卿词。"徐冠卿不知何许人,也不见其作品传世。词写女子的伤春情怀。但上片除第一句点到伤春以外,接下去全写暮春景色。桃叶步、湔裙处,说明女子身份。下片抒写相思之情,但也不直接说破,只通过吟词曲、弹琵琶等行为间接加以表现。而"竟日""心寄"等词语,则含蓄地表现了主人公相思之深切。结拍以景写情,含蓄淡远,似有若无,特别耐人寻味,遂成名句。

踏莎行

杨柳回塘,鸳鸯别浦。绿萍涨断莲舟路①。断无蜂蝶慕幽香,红衣脱尽芳心苦②。　　返照迎潮,行云带雨。依依似与骚人语③。当年不肯嫁春风。无端却被秋风误④。

【注释】

①回塘,环曲的水池。别浦,河流入口处。断,阻断。

②断无,绝无。幽香,指荷花的香气。红衣脱尽,比喻荷花凋谢。芳心苦,莲心带苦味。

③返照,夕阳。潮,指晚潮。骚人,诗人。

④"当年"二句,韩偓《寄恨》诗:"莲花不肯嫁春风。"又张先《一丛花》:"沉恨细思,不如桃杏,犹解嫁东风。"荷花开于夏季,秋天枯萎,故云"不肯嫁东风""却被秋风误"。

【说明】

本篇写荷花,实为托物言怀之作。表面写荷花,实际是在写词人自己。那独抱幽香,寂寞自怜的秋荷,正是词人有才难展,长期沦落下僚,却又孤芳自赏的悲剧命运的象征。

僧仲殊二首

仲殊(生卒年不详),俗姓张,名挥,字师利。曾应进士科考试。年轻时游荡不羁;后弃家为僧,先后寓居苏州承天寺、杭州宝月寺。曾与苏轼游。徽宗崇宁间自缢而死。

南歌子

十里青山远,潮平路带沙。数声啼鸟怨年华。又是凄凉时候、在天涯①。　　白露收残暑,清风衬晚霞。绿杨堤畔闹荷花。记得年时沽酒、那人家②。

【注释】

①"数声"句,意谓啼鸟声中,年华逝去。凄凉时候,指秋天。

②闹荷花,荷花盛开。那人,指女子。

【说明】

僧仲殊虽然是一位方外僧人,但从他的行事来看,却又是一个性情中人。他少年时代放荡不羁,但又中过进士。后因家庭纠纷愤然出家,最终却死于自杀,而且原因不明。他的词写得很好,据宋人李献民《云斋广录》记载:"僧仲殊清才丽藻,雅能缀属小词。每一阕出,人争传玩。"其作品中有许多情词,不像一位心空万物的出家人所为,本词即为一例。词的上片表现羁旅之痛,下片抒发相思之情。这种现象虽然有点反常,但是现代人完全可以理解。即使在理学盛行的宋代,似乎也未见有很多人对此提出严厉批评。

诉衷情 寒食

涌金门外小瀛洲。寒食更风流①。红船满湖歌吹,花外有高楼②。 晴日暖,淡烟浮。恣嬉游③。三千粉黛,十二阑干,一片云头④。

【注释】

①涌金门,田汝成《西湖游览志》卷三:"涌金门,旧名丰豫门,宋时有丰乐楼与门相值,若屏障然。"小瀛洲,西湖中小岛。风流,美好潇洒。唐牟融《送友人》诗:"衣冠重文物,诗酒足风流。"

②红船,彩舟,画舫。

③恣嬉游,尽情游乐。

④粉黛,指代美女。白居易《长恨歌》:"六宫粉黛无颜色。"云头,指女子的头发。

【说明】

本词写西湖节日风光,秾丽华艳,表现了西湖美景的一个方面。仲殊长期在杭州生活,日日面对西湖,创作了不少描写西湖风景的诗篇,这首词或可为代表。《古今词话·词评》引黄昇语云:"仲殊之词多矣,佳者固不少,而小令为最。小令之中《诉衷情》一调又其最,盖篇篇奇丽,字字清婉,高处不减唐人风致也。"给予极高评价。

晁补之二首

晁补之(1053—1110),字无咎,号归来子,济州巨野(今山东巨野)人。元丰二年进士,曾官礼部郎中,兼国史编修、实录检讨官。有《晁氏琴趣外编》。

临江仙　信州作①

谪宦江城无屋买,残僧野寺相依②。松间药臼竹间衣。水穷行到处,云起坐看时③。　　一个幽禽缘底事,苦来醉耳边啼。月斜西院愈声悲④。青山无限好,犹道不如归⑤。

【注释】

①晁补之是"苏门四学士"之一,与苏轼关系密切。绍圣四年(1097),党禁再起。晁补之被贬监处、信二州盐酒税,途中遭母丧,奉柩还乡,服丧家居。元符二年(1099)夏,服除,改监信州(今江西上饶)盐酒税,词作于此时。

②江城,指信州,信州傍信江,故称。无屋买,买不起房子。苏轼《浣溪沙》:"不如归去旧青山,恨无人借买山钱。"

③王维《终南别业》:"行到水穷处,坐看云起时。"词中为适应格律,用其成句而颠倒其语序。

· 149 ·

④贾岛《光州王建使君水亭作》:"极浦清相似,幽禽到不虚。"幽禽,指杜鹃。缘底事,因何事。

⑤不如归,杜鹃啼声悲苦,犹言"不如归去"。梅尧臣《杜鹃》诗:"不如归去语,亦自古来传。"

【说明】

本词作于宋哲宗元符二年(1099),词人贬谪信州时。词的上篇慨叹当时的狼狈处境,同时表达自己处变不惊的悠闲豁达心态。这种人生态度,与苏轼相似,也决定了他的词风最像苏轼。龙榆生先生说:"(晁补之)词格最近东坡,坦易之怀,磊落之气,皆能于词中充分表现,南宋辛弃疾一派之先河也。"下片通过杜鹃啼鸣这一传统意象,抒发怀乡之情,"青山无限好,犹道不如归!"心怀坦易,含意明白,但是并不感伤。

盐角儿　亳社观梅①

开时似雪。谢时似雪。花中奇绝。香非在蕊,香非在萼,骨中香彻②。　占溪风,留溪月,堪羞损、山桃如血③。直饶更、疏疏淡淡,终有一般情别④。

【注释】

①亳(bó)社,殷代遗留的社宫,又称蒲社、薄社。古代建立国家必先立社,祭祀土地之神。殷都亳(今河南商丘北),故称亳社。

②"香非"三句,说梅花香气彻骨,不在表面。

③"占溪风"四句,说梅花占尽了溪风,留住了明月,独领风骚,令鲜艳的山桃也感到羞愧。

④直饶,纵使,即使。三句意谓,梅花即使风姿淡淡,其韵味却与众不同。

【说明】

咏梅之作,篇幅虽短,却能别开生面。上片言梅花之奇绝,在于"骨中香彻"。下片以梅花和桃花对比,说明"疏疏淡淡"正是梅花"更胜他花"之处。李调元《雨村诗话》评论说:"各家梅花词不下千阕,然皆用梅花故事缀成。晁无咎补之不持寸铁,别开生面,当为梅花词第一。"但陈廷焯却有不同看法,认为本词"刻挚而不能浑涵","费尽力气,终是不好看"。本篇写梅花,纯用白描手法,不用典故补缀,是其优点;但构思过于幽曲奇崛,不够自然浑成,表达过于直白,略无含蓄。白雨斋的批评也有一定道理。

陈师道一首

陈师道(1053—1102),字履常,一字无己,号后山,彭城(今江苏徐州)人。曾官太学博士、秘书省正字等。有《后山词》。

木兰花　汝阴湖上同东坡用六一韵[①]

湖平木落摇空阔。叶底流泉鸣复咽[②]。酒边清漏往时同,花里朱弦纤手抹[③]。　　风光过手春冰滑。十事违人常七八[④]。不将白发并黄花,拟下清流揽明月[⑤]。

【注释】

①汝阴湖,今安徽阜阳西湖。六一,欧阳修晚年号"六一居士"。欧阳修晚年退居颍州,又作《木兰花》一首。四十余年后,苏轼知颍州,曾有和作。苏轼任颍州太守时,陈师道任颍州教授,二人过从甚密,故有同时之作。

②湖,指颍州西湖。木落,树叶凋落。

③清漏,代指时光。花里,指歌舞丛中。

④《晋书·羊祜传》:"会秦、凉屡败,祜复表曰:'吴平,则胡自定,但当速济大功耳。'而议者多不同。祜叹曰:'天下不如意,恒十居七八,故有当断不断。'"

⑤不将白发并黄花,意谓不在白发上戴黄花。苏轼《吉祥寺赏牡丹》:"人老簪花不自羞,花应羞上老人头。"揽明月,李白《宣州谢朓楼饯别校书叔云》:"俱怀逸兴壮思飞,欲上青天览明月。"揽,摘取。

【说明】

唱和之作,上片感叹岁月无情流逝,下篇自悲人生道路坎坷。苏轼知颍州在宋哲宗元祐六年(1091),时年五十六岁,而陈师道此时才四十岁,壮志犹存。所以末二句作豪放语说:"不将白发并黄花,拟下清流揽明月。"可惜现实无情,词人毕生沦落下僚,始终未能实现自己的梦想。

作为江西诗派的"三宗"之一,陈师道以诗名世,词并非其专长,作品数量也不多。虽然他自视甚高,称"于词不减秦七、黄九"。客观地看,他的某些词虽有几分像黄庭坚后期风格,但终究不如黄九,更难以比并秦七。正如陆游所说:"陈无己诗妙天下,以其余力作词,宜其工矣,顾乃不然,殆未易晓也。"放翁语焉不详,有几分为尊者讳之意(《渭南文集·跋后山长短句》)。《四库全书总目提要》则说得比较明确:"师道诗冥心孤诣,自是北宋巨擘。至强回笔端,倚声度曲,则非所擅长。……盖人各有能不能,固不必事事第一也。""不必事事第一"是有价值的忠告。陈师道这首词,比较生硬,不如六一、东坡原词自然流畅。其实这种例子文学史上比比皆是,李后主、秦少游、辛稼轩词臻极品,但诗都写得不够好,只有温飞卿、苏东坡等人诗词俱佳,可能是极少数例外。

周邦彦六首

周邦彦(1056—1121),字美成,号清真居士,钱塘(今浙江杭州)人。历官国子主簿、校书郎。徽宗时,为徽猷阁待制,提举大晟府。有《清真词》,又名《片玉集》。

浣溪沙①

楼上晴天碧四垂。楼前芳草接天涯。劝君莫上最高梯②。　新笋已成堂下竹,落花都上燕巢泥。忍听林表杜鹃啼③。

【注释】

①本篇又作李清照词。

②碧四垂,碧天与绿野相接。韩偓《有忆》:"愁肠泥酒人千里,泪眼倚楼天四垂。"魏夫人《阮郎归》:"夕阳楼外落花飞。晴空碧四垂。""芳草"句,暗用淮南小山《招隐士》赋意,抒怀乡之情。最高梯,最高楼。应玚《侍五官中郎将建章台集诗》:"欲因云雨会,濯羽陵高梯。"柳永《八声甘州》:"不忍登高临远,望故乡渺邈,归思难收。"此句意谓,切莫更登高望远,以免引发思乡之情。

③王僧孺《春怨》:"厌见花成子,多看笋成竹。"燕巢泥,燕子筑巢的泥土。笋成竹、花成泥,为暮春景象。忍听,何忍听。林表,树林外。子规啼声悲苦,所以说不忍听。

【说明】

词写感春怀乡之情,表述自然含蓄。化用古人诗句入词,是宋代词人常例,周邦彦在这方面做到了极致。这在他的长调中表现得最为充分,在小令中也时有表现。本篇即多处化用古人诗句,但不见堆垛斧凿痕迹,做到浑融一体,技巧高绝。

少年游

并刀如水,吴盐胜雪,纤手破新橙①。锦幄初温,兽烟不断,相对坐调笙②。　低声问,向谁行宿,城上已三更④。马滑霜浓,不如休去,直是少人行④。

【注释】

①并刀,并州(今山西太原一带)所产之剪刀,以锋利著称。杜甫《戏题王宰画山水图歌》:"焉得并州快剪刀,剪取吴淞半江水。"吴盐,吴地所产之盐,其色洁白。新橙,刚成熟的橙子。

②锦幄,锦制帷幄。温庭筠《题翠微寺二十二韵》:"溪鸣锦幄旁。"兽烟,兽形香炉中冒出香烟。调笙,吹笙。

③向谁行宿,向谁家投宿。

④休去,别走了。直是,真是。

【说明】

张端义《贵耳集》和周密《浩然斋雅谈》都说本词与北宋名妓李师师和宋徽宗有关,王国维已辨其妄。龙榆生先生认为,本篇乃周邦彦少年时代居留汴京时的赠妓之作,最切合词的实际内容。上片写相聚,下片写离别,描写极其旖旎温柔,而表现却不失含蓄蕴藉。寥寥数笔,便使人物神情心态,跃然纸上。谭献评论说:"丽极而清,清极而婉。"(《词辨》)陈廷焯评曰:"情急而语甚婉约,妙绝古今。"都非虚誉。

菩萨蛮　梅雪

银河宛转三千曲。浴凫飞鹭澄波绿①。何处是归舟。夕阳江上楼②。　　天憎梅浪发。故下封枝雪③。深院卷帘看。应怜江上寒④。

【注释】

①二句连读,银河当为比喻之词。孙虹认为比长江,《全宋词评注》以为环经溧阳的河流。两说皆可通。

②"何处"二句,意谓天天傍晚,在江楼上盼望归舟。

③梅浪发,梅花盛开。故,故意。封枝雪,意谓阻止花开的雪。老天

不喜欢梅花盛开,故意下起了大雪。鲍照《发长松遇雪》:"振风摇地局,封雪满空枝。"

④江上寒,怀念关切舟中之归人。怜,怜惜、心痛。

【说明】

此首亦为思妇之词,但她所思念的郎君并未出现,通篇都是想象之词。开篇两句"造语奇险",气势不凡,这种情况在周邦彦词中比较少见。接下去描写女子对郎君的思念和关切。登楼远眺,不见归舟;大雪纷飞,花信受阻,卷帘远望,不禁为江上乘船的郎君担心。关切之情,溢于言表。

周邦彦之所以被后人尊为"集大成者",被称为"词中老杜",并非偶然。他的慢词,固然写得很好,"前收苏、秦之终,后开姜、史之始",连王国维都称赞其为"第一流人物"。他的小令,同样写得非常出色,不仅数量多,在艺术表现方面,也有很多创新。正如陈廷焯所说:"美成小令,于温、韦、晏、欧外,别开境界,遂为南宋诸名家所祖。"从本词亦可见其一斑。

蝶恋花　秋思[①]

月皎惊乌栖不定。更漏将残,辘辘牵金井[②]。唤起两眸清炯炯。泪花落枕红绵冷[③]。　　执手霜风吹鬓影。去意徊徨,别语愁难听[④]。楼上阑干横斗柄。露寒人远鸡相应[⑤]。

【注释】

①副题一作《早行》。

②月皎惊乌,月光明亮,惊动乌鹊。曹操《短歌行》:"月明星稀,乌鹊南飞。"辘辘(lù lù),辘轳转动的声音。牵,牵引。金井,对水井的美称。

③眸,眼珠。炯炯,明亮貌。绵,丝绵,用作枕芯。红绵冷,谓眼泪沾湿枕芯。

④李贺《咏怀》:"春风吹鬓影。"霜风,寒风。徊徨,徘徊不定。难听,不忍听。

⑤阑干,横斜貌。古乐府《善哉行》:"月落参横,北斗阑干。"斗柄,北斗七星中五至七星,其状如斗柄。鸡相应,谓晓鸡啼鸣,彼此呼应。

【说明】

这是一首送别词。从写景开端,先写临别之夜,将别之时。"唤起"二句,才写女子临别心情,两眼清炯,泪湿红绡,不言悲而悲情自见。下片写临别之际及别后之感,也仅从人物行为加以表现,而不直接抒情。末二句"上写空闺,下写野景,一笔而两面俱彻,闺中人天涯之思,有非言说所能尽者。"(俞平伯《清真词释》)

周邦彦词"摹写物态,曲尽其妙",在这首短短的小令中,也是描写刻画多于感叹抒情,但又无处不渗透出浓重的离愁别绪,因而更显含蓄隽永,"神韵无穷",令人讽诵不厌。与唐五代、北宋前期小令直抒情怀相比,是抒情方式的一大转变。不必强分孰优孰劣,只能说各有所长。

点绛唇 伤感

辽鹤归来,故乡多少伤心地①。寸书不寄。鱼浪空千里②。 凭仗桃根,说与凄凉意③。愁无际。旧时衣袂。犹有东门泪④。

【注释】

①辽鹤归来,用丁令威典故,言重回故乡,如同隔世。

②寸书不寄,音信全无。寸书,短信。鱼浪,鱼可传书,然而音信全无,故曰"空千里"。按刘向《列仙传》:"陵阳子明钓得白鱼,腹中有书。"此处反其意。

③凭仗,依靠。桃根,桃叶之妹,此指营妓楚云之妹。凄凉意,相思之意。

④东门泪,昔年别时之泪痕。东门,汉代长安东门。汉乐府《东门行》:"出东门,不顾归。"词中是泛指。

【说明】

怀念旧日情人之作。洪迈《夷坚三志》壬集卷七:"周美成顷在姑苏,其营妓岳七楚云者,追游甚众。后从京师归,过苏省访之,则已从人数年矣。明日,饮于太守蔡峦子高座上,因见其妹,作《点绛唇》词寄之云……楚云览之,为之累日感泣。"陈廷焯《词则》评曰:"缠绵凄咽,措语亦极大雅,艳体正则也。"又曰:"美成艳词,如《少年游》《点绛唇》《意难忘》《望江南》等篇,别有一种姿态,句句洒脱,香奁泛语,吐弃殆尽。"(《白雨斋词话》)

玉楼春

桃溪不作从容住。秋藕绝来无续处①。当时相候赤阑桥,今日独寻黄叶路②。　　烟中列岫青无数。雁背夕阳红欲暮③。人如风后入江云,情似雨余粘地絮④。

【注释】

①桃溪,溪名,在泸州舒城县北。从容,盘桓逗留。《楚辞·九章·悲回风》:"寤从容以周流兮,聊逍遥以自恃。"此句又用刘晨、阮肇典故,暗指情人所在之地。"秋藕"句,比喻虽然离去,而情思难以割断。

②赤阑桥,指情人相会相别之地。温庭筠《杨柳枝》:"正是玉人肠断处,一渠春水赤阑桥。"

③列岫,排列的峰峦。谢朓《郡内高斋闲望答吕法曹》:"窗中列远岫,庭际俯乔林。"雁背夕阳,温庭筠《春日野行》:"蝶翎胡粉尽,鸦背夕阳多。"此化用其诗句。

④陈廷焯曰:"上言人不能留,下言情不能已。"(《白雨斋词话》卷一)

【说明】

离别相思之作,一二句写别时情景与别后相思。三四句用对比手法,分言当时相聚之地和别后寂寞之情。过片首两句宕开,化用谢朓和温庭筠诗意,描写眼前之景,不仅写景如画,而且景中含情,不过所含之情似有似无,若隐若现,需要仔细体味。结尾二句回到抒情,运用比喻方法,言人去难留,离情难绝。王国维说美成词"言情体物,穷极工巧",本词可为一例。

陈瓘一首

陈瓘(1057—1122),字莹中,号了斋,南剑州沙县(今福建沙县)人。宋神宗元丰二年(1079)进士。徽宗朝,曾官右司谏,权给事中。卒赐忠肃。

卜算子

身如一叶舟,万事潮头起。水长船高一任伊,来往洪涛里[①]。　潮落又潮生,今古长如此。后夜开尊独酌时,月满人千里[②]。

【注释】

① 一任伊,随便它。洪涛,大浪。

② 明月圆时,人却远别。范仲淹:《御街行》:"年年今夜,月华如练,长是人千里。"

【说明】

陈瓘学识淹博,为官清正,《宋史》称其"刚方似狄仁杰,明道似韩愈"。因而屡屡触犯权贵,多次遭到贬谪。本词以潮中孤舟比喻仕途命运,从末二句"后夜开尊独酌时,月满人千里"看,本词或作于流贬途中。不过词人以豁达的态度,应对政治上的打击,丝毫不露悲观颓丧之气,表现了极高的人生修为。

谢　逸二首

谢逸(1068—1113),字无逸,号溪堂居士。临川(今江西抚州)人。博学工文,然屡试不第。遂绝意仕进,以布衣隐居终老。有《溪堂词》。

蝶恋花　春景

豆蔻梢头春色浅。新试纱衣,拂袖东风软①。红日三竿帘幕卷,画楼影里双飞燕②。　　拢鬓步摇青玉碾。缺样花枝,叶叶蜂儿颤③。独倚阑干凝望远,一川烟草平如剪④。

【注释】

①"豆蔻"句,语涉双关,既指花又指人。杜牧《赠别》:"娉娉袅袅十三余,豆蔻梢头二月初。"软,柔和。

②欧阳炯《献衷心》:"恨不如双燕,飞舞帘栊。"

③步摇,古代妇女一种首饰。白居易《长恨歌》:"云鬟花颜金步摇,芙蓉帐暖度春宵。"青玉碾,言步摇以玉为饰。缺样,样式独特。蜂儿,一作"凤儿"。

④凝望远,向远处凝望。贺铸《青玉案》:"一川烟草,满城风絮。梅子黄时雨。"

【说明】

词写春天少女之情思,笔致委婉曲折,只在上下片的结尾轻轻一点,逗漏出少女的内心世界。用双燕反衬自己的孤单,以远望表达内心的情思,含蓄吞吐,情意绵长,获得后人很高评价。

江城子　春思

杏花村馆酒旗风。水溶溶。飐残红。野渡舟横,杨柳绿阴浓①。望断江南山色远,人不见,草连空②。　　夕阳楼外晚烟笼。粉香融。淡眉峰。记得年时,相见画屏中③。只有关山今夜月,千里外,素光同④。

【注释】

①酒旗风,酒帘子在风中飘荡。飐残红,残花在水中飘荡。野渡舟横,韦应物《滁州西涧》:"野渡无人舟自横。"

②杜牧《题宣州开元寺水阁阁下宛溪夹溪居人》:"六朝文物草连空,天淡云闲今古同。"

③年时,当年。"淡眉峰"三句写回忆。

④"只有"三句写当前。素光,月光。谢庄《月赋》:"美人迈兮音尘绝,隔千里兮共明月。"

【说明】

旅途相思怀人之作。先写旅途景色:酒旗飘扬,落花飞舞,杨柳阴浓,一派典型的江南暮春景象。"望断"三句,突然转折,由景及情,说情人不见,唯有衰草连天而已。下片抒说相思之情,从回忆开始,"夕阳"五句,描绘当年相见情景,人物则由"粉香融。淡眉峰"六字,一笔带过,委婉含蓄,引人遐想。结尾两句再回到当前,用谢庄"千里共明月"之句,既诉说相思,又彼此慰藉。本词是谢逸的名作,据《苕溪渔隐丛话》记载,作者把词题在黄州关山杏花村驿馆的墙壁上,过往的人纷纷向驿卒借笔抄录,驿卒不胜其烦,干脆用黄泥把词涂掉了。足见本词当时受人喜爱的程度,也可见出词这种文学体式在宋代流行普及的情况。

晁冲之一首

晁冲之,生卒年不详。字叔用,济州巨野(今山东菏泽)人。晁补之从弟。举进士不第,授承务郎。绍圣初,群从多入党籍,独隐河南新郑具茨山下,人称具茨先生。

临江仙

忆昔西池池上饮,年年多少欢娱①。别来不寄一行书。寻常相见了,犹道不如初②。　　安稳锦衾今夜梦,月明好渡江湖③。相思休问定何如。情知春去后,管得落花无④

【注释】

①西池,或即金明池,位于宋代东京顺天门外。金明池始凿于五代后周时期,又经北宋王朝多次营建,成为景色优美的皇家园林。

②寻常,平常。杜甫《寄高三十五詹事适》:"相看过半百,不寄一行书。"

③"安稳"二句,反用杜甫《梦李白》句意:"江湖多悲风,舟楫恐失坠。"言梦中见面不难。衾,一作屏。

④情知,明知。二句意谓春天已尽,还管得了落花吗？或暗喻政治形势严峻,往日欢娱不再,呼应上片首句。

【说明】

晁冲之是晁补之的堂弟,与其兄补之一样,也被列入元祐党籍,政治上受到迫害打击。后罢官隐居不出。本词为怀旧惜别之作,上片惜别,下

片伤今。结尾二句,寄托了作者政治上失意的牢愁。故许昂霄评曰:"淡语有深致,咀之无穷。"(《词综偶评》)

苏　庠一首

苏庠(1065—1147),字养直,澧州(今湖南澧县)人。初以病目,自号眚翁,后徙居丹阳后湖,号后湖居士。屡招不起,终生未仕。能诗词,有《后湖集》十卷,已佚,《后湖词》一卷,为今人所辑。

临江仙　席上赠张建康①

本是白蘋洲畔客,虎符卧镇江城②。归来犹得趁鸥盟。柳丝摇晓市,杜若遍芳汀③。　　莫惜飞觞仍堕帻,柳边依约莺声。水秋鲈熟正关情④。只愁宣室召,未许钓船轻⑤。

【注释】
①张浚于宋高宗绍兴三十年(1160)十一月起,任建康府行宫留守。
②白蘋洲,喻隐者所居。虎符,兵符。江城,指建康城。二句意谓张浚本无意于功名,但现在手握兵权,镇守建康。
③鸥盟,与鸥鸟结盟,指隐居。黄庭坚《登快阁》:"万里归船弄长笛,此心吾与白鸥盟。"
④飞觞,指快饮,痛饮。仍,于是。堕帻,用孟嘉落帽典故。帻(zé),头巾。鲈熟,用张翰秋风鲈鱼典故,表归隐之念。
⑤宣室召,《史记·屈原贾生列传》:"后岁余,贾生征见。孝文帝方受

厘,坐宣室。上因感鬼神事,而问鬼神之本。贾生因具道所以然之状。至夜半,文帝前席。"宣室,宫殿名。后遂以宣室召称被帝王召见。刘长卿《新安奉送穆谕德归朝赋得行字》:"九重宣室召,万里建溪行。"钓船,喻指隐居。

【说明】

北宋后期至南宋的士大夫们,对待北方金人的侵略,大致分主战与主和两派。主战派虽然人数众多,声势浩大。但由于统治集团的核心,每每心存苟且偷安之念,在多数情况之下,主和派总是在朝廷占据优势。张浚是主战派的代表人物之一,曾数度出将入相,又屡遭贬谪。苏庠是一位隐士,"绍兴间,隐庐山,屡召不起"。但他的远离朝廷,除疾病之外,还有对仕途险恶的看法。事实上张浚本人在晚年也感到抗金无望,力求致仕,可是并未完全得到恩准。这首词就是作者劝说张浚及早从官场抽身,和自己一样去过隐居生活。果然,"只愁宣室召,未许钓舟轻",词人不幸而言中。宋孝宗即位后,张浚又一次被起用,官枢密使。隆兴元年(1163),封为魏国公,都督江淮军马渡淮北伐,但终究以失败而告终。

毛　滂一首

毛滂(1060—?),字泽民,衢州江山人。元祐间为杭州法曹,受知于苏轼。曾官祠部员外郎,知秀州(今浙江嘉兴)。有《东堂词》。

惜分飞　富阳僧舍作别语赠妓琼芳[①]

泪湿阑干花着露[②]。愁到眉峰碧聚[③]。此恨平分取。更无言语、空相觑④。　　短雨残云无意绪。寂寞朝朝暮暮⑤。今夜山深处。断魂分付、潮回去⑥。

【注释】

①富阳,今浙江杭州市富阳区。

②阑干,流泪纵横貌。白居易《长恨歌》:"玉容寂寞泪阑干,梨花一枝春带雨。"着,沾。

③眉峰,喻女子黛眉。满腔愁绪都聚集在眉峰之间。张泌《思越人》:"眉黛聚春碧。"

④此恨,指别恨。平分取,双方平分,彼此相同。觑(qù),注视。

⑤"短雨残云"二句,用楚王遇巫山女神典故,言短暂的爱情已经过去,只剩孤单寂寞而已。

⑥分付,交付。

【说明】

本词为惜别赠妓之作,据说也是毛滂成名之作。上片写别时之悲痛,下片写别后之相思,一结有余不尽。周煇《清波杂志》卷九评论道:"语尽而意不尽,意尽而情不尽,何酷似少游也。"按黄昇《唐宋诸贤绝妙词选》卷六载毛滂《惜分飞》词,其词话云:"元祐中,东坡守钱塘,泽民为法曹掾,秩满辞去。是夕宴宾客,有妓歌此词。坡问谁所作,妓以毛法曹对。坡语客曰:'郡寮有词人不及知,某之罪也。'翌日折柬追还,流连数月。泽民因此得名。"不过后人多认为,此事不确。据夏承焘先生考证,毛滂平生实未尝仕钱塘法曹。由于历史资料缺乏,夏先生的意见也难作定论。但不管如何,这则故事对我们理解本词,还是有一定参考价值的。

司马槱一首

司马槱(yǒu)(生卒年不详),字才仲,陕州夏县(今山西运城)人。司马光之侄。元祐中,以苏轼荐,应贤良方正能直言极谏科,入第五等,赐同进士出身。累迁河中府司理参军,终知杭州,卒于任。《全宋词》录其词二首。

黄金缕①

家在钱塘江上住。花落花开,不管年华度。燕子又将春色去。纱窗一阵黄昏雨②。　　斜插犀梳云半吐。檀板清歌,唱彻黄金缕③。望断云行无去处。梦回明月生春浦。

【注释】

①《蝶恋花》又名《黄金缕》《鹊踏枝》《凤栖梧》等等。相传本词上半为梦中所作,下半为梦醒所续。

②"燕子"二句,王世贞《艺苑卮言·附录》卷一作:"燕子衔将春色去,纱窗几阵黄梅雨。"

③犀梳,犀牛角所制的梳子,对梳子的美称。云,指头发。半吐,半露。檀板,檀木制成的拍板。杜牧《自宣州赴官入京路逢裴坦判官归宣州因题赠》:"画堂檀板秋拍碎,一引有时连十觥。"

【说明】

对这首词的创作过程,虽有种种不同说法,有云前半梦中为一女子所作,后半梦醒后作者所续;有云前半为司马所作,后半秦觏所续;有云全首为苏小小所作。按梦中所作,实为司马一人所作;苏小小乃南朝人,所传当然是荒诞神话。而秦觏(少章)是秦观的弟弟,曾任钱塘尉,有续词的可能,但也缺乏旁证。因此还是以司马为本词作者比较合理。

全词都以女子口吻写景抒情,娓娓道来,自然流畅,情致缠绵,很可能是作者为歌姬所写的歌词。俞平伯先生说:"上阕写残春风景,下阕写凉夜情怀,皆代女子着想。琢句工妍,传情凄婉。"风格很像欧阳修同调之作。

谢克家一首

谢克家(1063—1134),字任伯,上蔡(今属河南)人。宋哲宗绍圣四年(1097)进士,官至参知政事。只存词一首,见《全宋词》。

忆君王①

依依宫柳拂宫墙。楼殿无人春昼长。燕子归来依旧忙。忆君王。月破黄昏人断肠。

【注释】

①《忆君王》即《忆王孙》。

【说明】

杨慎《词品》卷五:"徽宗被虏北行,谢克家作《忆君王》词。……忠愤之气,寓于声律。"钱尚濠《买愁集·恨书》:"钦宗北狩,出南薰门,大雪,后宫臣民泣送,相顾凄楚,无不断肠。民间作《忆君王》词。"一说谢克家作,一说民间所作,未知孰是。按,《全宋词》据石茂良《避戎夜话》定为谢克家作,今从之。

米友仁一首

米友仁(1074—1153),字玄晖,小字虎儿,自号懒拙老人。

襄阳人,米芾之子,人称"小米"。文词书画,深得家法。官至兵部侍郎。

阮郎归

碧溪风动满文漪。雨余山更奇①。淡烟横处柳行低。鸳鸯来去飞。　　人似玉,醉如泥。一枝随鬓欹②。夷犹双桨月平西。幽寻归路迷③。

【注释】

①文漪,微波。梅尧臣《泗州郡圃四照堂》:"射埒宽阔习武事,镜沼清浅吹文漪。"雨余,雨后。

②欹,欹斜。三句写同舟歌女。

③夷犹,从容不迫。唐彦谦《浦津河亭》诗:"孤棹夷犹期独往,曲栏愁绝悔长凭。"

【说明】

米玄晖以书画名世,诗词乃其余事,但偶一为之,便不同凡响。本词内容不过是写雨后乘船的经过,上片写雨后风光,信笔挥洒,便画意盎然;下片写舟行归路,风景之外,又点缀了一位美女,使画面更加生动形象。

徐　俯一首

徐俯(1075—1141),字师川,洪州分宁(今江西修水)人。绍兴二年,赐进士出身。历官端明殿学士,参知政事。集已佚。

卜算子

天生百种愁,挂在斜阳树。绿叶阴阴占得春,草满莺啼处。　　不见生尘步。空忆如簧语[1]。柳外重重叠叠山,遮不断、愁来路。

【注释】

①生尘步,曹植《洛神赋》:"凌波微步,罗袜生尘。"如簧语,《诗经·小雅·巧言》:"巧言如簧。"

【说明】

本篇为徐俯名作,词写"天生百种愁",却不明言愁从何来;过片说不见美女而空忆巧舌如簧,似乎微微透露出此中消息。黄苏《蓼园词选》认为,本词"大约为忧时而作","凌波"两句,有《离骚》美人香草之旨。结合作者生平来看,这一推测不无道理。但也有人根据"不见"二句判断,认为词人所称"百种愁",乃是相思之愁,也可通解。

叶梦得二首

叶梦得(1077—1148),字少蕴,号石林,苏州吴县人。哲宗绍圣四年进士。官至龙图阁直学士,知建康府。有《石林词》。

虞美人　　雨后同干誉才卿置酒来禽花下作[1]

落花已作风前舞。又送黄昏雨。晓来庭院半残红。惟有游丝千丈、罥晴空[2]。　　殷勤花下同携手。更尽杯中酒。美人不用敛蛾眉。我亦多情无奈、酒阑时③。

【注释】

①此首别误作苏轼、周邦彦词。许尤宗,字干誉,饶州乐平人,官至起居舍人。来禽,即林檎,一名沙果,俗称花红。

②罥(juàn),缭绕。

③酒阑,酒尽。

【说明】

词写伤春之情,并托寓生命短促,应及时行乐之意。上片写景,但在花落春残、游丝缭绕的景色中已透露出浓重的惜春之情。下片紧扣题意,写与友人花下同醉。结二句宕开从酒席上歌女着笔,劝她们不要因春去而悲歌,免得增添自己的愁绪。以豪放语写悲情,更觉悲情难遣。《古今词话》引关著评曰:"叶右丞词,能于简淡处时出雄杰。……而尤以《虞美人》为绝唱,如'美人不用敛蛾眉,我亦多情无奈、酒醒时'是也。"

点绛唇　绍兴乙卯登绝顶小亭①

缥缈危亭,笑谈独在千峰上②。与谁同赏。万里横烟浪。　　老去情怀,犹作天涯想③。空惆怅。少年豪放。莫学衰翁样④。

【注释】

①乙卯,宋高宗绍兴五年(1135)。

②缥缈,高远貌。杜甫《白帝城最高楼》:"城尖径仄旌旆愁,独立缥缈之飞楼。"李白《夜宿山寺》:"危楼高百尺,手可摘星辰。"

③天涯想,犹思辞别家乡,为国效力。

④衰翁,是年作者已经五十九岁,故以自称。少年,指同行的小辈。

【说明】

登高感怀之作,上片写景,开门见山,气势豪迈。下片抒情,颇有"老骥伏枥,志在千里"之意。陆游是宋代最著名的爱国诗人,他比叶梦得小了近五十岁。陆游晚年在万念俱灰以后曾经写过一首诗,说:"莫作天涯想,翛然梦里身。"(《晨至湖上》),很可能即从本词脱胎而来,不过意思却相反。

李　光一首

李光(1078—1159),字泰发,越州上虞(今浙江上虞)人。宋徽宗崇宁五年(1106)进士。官至参知政事,因与秦桧政见不合,出为绍兴知府。以后屡遭贬谪,直至琼州。高宗二十九年(1159)致仕,寻卒,年八十二。

减字木兰花　客赠梅花一枝香色奇绝为赋此词

芳心一点。瘴雾难侵尘不染。冷淡谁看。月转霜林怯夜寒①。　　一枝孤静。梦破小窗曾记省。烛影参差。脉脉还如背立时②。

【注释】
①怯夜寒,害怕夜中寒冷。
②背立,背人而立。

【说明】
李光与李纲、赵鼎、胡铨并称"南宋四大名臣",因遭秦桧排挤,而流贬南荒远州。本词乃托物言怀之作,上片以梅花自比高洁,下片以梅花自写孤芳,寓意明白,含义深远。

汪　藻一首

汪藻(1079—1154),字彦章,饶州(今江西上饶)人。崇宁进士。高宗时,官至翰林学士,后出知湖州、徽州、宜州等地。因事罢官,卒于永州。有《浮溪集》。

点绛唇

新月娟娟,夜寒江静山衔斗①。起来搔首,梅影横窗瘦。　　好个霜天,闲却传杯手②。君知否,乱鸦啼后,归兴浓如酒③。

【注释】
①娟娟,美好貌。斗,北斗星。
②"闲却"句,意谓无人相伴饮酒。传杯,古人在宴席上互传酒杯饮酒,用以助兴。
③归兴,乡情。

【说明】
本词抒写作者仕途不得意,欲还家归隐之情。据吴曾《能改斋漫录》记载:"汪彦章在翰苑,屡致言者,尝作《点绛唇》。或问曰:'归梦浓于酒,何以在晓鸦啼后?'公曰:'无奈这一队畜生聒噪何!'"认为乱鸦指当时政坛群小。是否如此,尚有许多不同意见,对本词的作者,看法也存分歧。但这首词的确寄托了词人的不满和牢骚,只是表现手法比较含蓄而已。

万俟咏一首

万俟咏(生卒年不详),字雅言,自号词隐。徽宗崇宁中,充大晟府制撰官。工诗词,《碧鸡漫志》称其"每一章出,信宿喧传都下"。有《大声集》,已佚。

长相思　雨

一声声。一更更。窗外芭蕉窗里灯。此时无限情。　　梦难成。恨难平。不道愁人不喜听。空阶滴到明①。

【注释】

①不道,不管、不顾。温庭筠《更漏子》:"梧桐树。三更雨。不道离情正苦。一叶叶,一声声。空阶滴到明。"

【说明】

题意即词意。词写羁旅离别之愁。绘景抒情,语言自然平淡,而感情却真挚缠绵。黄昇《唐宋诸贤绝妙词选》评曰:"雅言之词,词之圣者也。发妙旨于律吕之中,运巧思于斧凿之外,平而工,和而雅,比诸刻琢句意而求精丽者,远矣。"从这首词看,此评不虚。可惜其词集五卷已佚,今只存词二十九首,人们从一斑之中难见全豹,对黄昇"词圣"的评价,很难理解。文学历史上,诗(词)人凭作品说话,就此而言,词人也有幸与不幸之分别。张先、柳永、贺铸、周邦彦、姜夔、吴文英等词人,社会地位虽然不高,但作品保留却相对完整,而万俟雅言,作品大多散失,虽然前人给予极高评价,而后人却难以完全接受。就此而言,万俟咏是属于不幸者之一。

田 为一首

田为(生卒年不详),字不伐,善琵琶。政和末充大晟府典乐,宣和初罢典乐,为大晟府乐令。其集已佚,《全宋词》仅存词六首。

南柯子 春景

梦怕愁时断,春从醉里回①。凄凉怀抱向谁开。些子清明时候、被莺催②。　　柳外都成絮,栏边半是苔③。多情帘燕独徘徊。依旧满身花雨、又归来④。

【注释】
①梦断,梦醒。
②杜甫《奉侍严大夫》:"身老时危思会面,一身襟抱向谁开?"些子,少许,形容时光短暂。
③刘禹锡《再游玄都观》:"百亩庭中半是苔,桃花净尽菜花开。"二句言春天已尽。
④燕子依旧归来,故言其"多情"。

【说明】
原词共两首,这是第一首,乃是伤春之词,寄寓了相思怀人之情。词中"凄凉怀抱向谁开",就点明此意,结尾燕子归来了,那人呢? 是否归来? 何日归来? 都是疑问,所以只好到梦中寻找,希望美梦永远不醒。故友吴战垒认为,二词为"同调姐妹篇",良是。据《碧鸡漫志》记载:"田不伐才思与雅言抗行。"但他比万俟雅言更加不幸,作品大多佚失,《全宋词》仅录其词六首。

陈　克二首

陈克(1081—1137),字子高,号赤城居士,临海人。屡试不第,入建康守吕祉幕。绍兴中为敕令所删定官。有《赤城词》。

临江仙

四海十年兵不解,胡尘直到江城[1]。岁华销尽客心惊。疏髯浑似雪,衰涕欲生冰[2]。　　送老齑盐何处是,我缘应在吴兴[3]。故人相望若为情。别愁深夜雨,孤影小窗灯[4]。

【注释】

①十年兵不解,自宋徽宗宣和七年(1125)金兵南侵,已近十年。胡尘,指入侵的金兵。江城,指建康城(今南京市)。

②陈克,浙江临海人,此时在建康,故自称客。唐薛稷《秋朝览镜》:"客心惊落木,夜坐听秋风。"髯,胡子。涕,眼泪。

③送老齑盐,指老年时过清贫生活。齑(jī)盐,腌菜和盐,韩愈《送穷文》:"太学四年,朝齑暮盐。唯我汝怜,人皆汝嫌。"吴兴,今浙江省湖州市吴兴区。

④李商隐《滞雨》:"滞雨长安夜,残灯独客愁。"

【说明】

本词作于宋高宗绍兴四年(1134),作者在建康府吕祉幕中。当时金兵攻滁州,已经直逼建康。一二句就写当时战争形势。吕祉和陈克都是力主抗金之人,无奈君主昏庸,奸佞当道,他们的主张未被采纳。而此时作者已经年过半百,久客他乡,于是便产生了退居林下的念头。下片是给在吴兴的老友带信,希望辞去官职,回去安度晚年,过普通百姓的生活。这种想法,正是封建时代战乱之中士大夫们的普遍情怀。

菩萨蛮

绿芜墙绕青苔院。中庭日淡芭蕉卷①。蝴蝶上阶飞。烘帘自在垂②。　玉钩双语燕。宝甃杨花转③。几处簸钱声。绿窗春睡轻④。

【注释】

①白居易《陵园妾》:"把花掩泪无人见,绿芜墙绕青苔院。"此用其成句。

②烘帘,冬天悬挂的暖帘。周邦彦《早梅芳》:"微呈纤履,故隐烘帘自嬉笑。"

③甃(zhòu),井壁。杨花转,(井壁)杨花旋转飘飞。

④簸(bò)钱,古代一种游戏。王建《宫词》:"暂向玉华阶上坐,簸钱赢得两三筹。"绿窗,指房中春睡之人。轻,睡不深。晏幾道《临江仙》:"绿窗春睡浓。"此处反用其意。睡不深,所以能听到"簸钱声"。

【说明】

本词通篇描写暮春景色,写得清丽婉雅。篇末轻轻一点,画出春睡女子形象,用笔空灵含蓄,遂成名篇。陈廷焯评论说:"工雅纤丽,温、韦流派。"(《词则·大雅集》卷二)这是从艺术风格上说的。不过本词难道仅仅是描写暮春风景吗?篇末那位"春睡"的美女,是否有什么象征意义?张惠言认为有"自寓"之意,但是言焉不详,大约是怀才不遇之意吧。但这种说法也有点勉强,与其如此,不如说是写女子春情比较符合词意。

朱敦儒五首

朱敦儒(1081—1159),字希真,号岩壑,洛阳人。志行高洁,屡辞荐辟。历官秘书正字,两浙东路提点刑狱。有词集《樵歌》。

临江仙

直自凤凰城破后,擘钗破镜分飞①。天涯海角信音稀。梦回辽海北,魂断玉关西②。　　月解重圆星解聚,如何不见人归③。今春还听杜鹃啼。年年看塞雁,一十四番回④。

【注释】

①直自,自从。凤凰城,以汉唐首都长安喻指北宋首都汴京。宋钦宗靖康二年(1127),汴京陷落,北宋灭亡。擘钗、破镜,喻指夫妻离散。

②辽海,泛指辽东一带。玉关,玉门关。

③星,指牵牛织女。

④杜鹃啼声犹如:"不如归去。"塞雁年年归来,而离人杳无音信。

【说明】

词写国破家亡的悲痛。靖康之变以后,北宋灭亡,作者流落江南作此词。关于本词的具体写作时间,有两种不同意见。程千帆先生认为,作于靖康之变以后十四年,即词中所说的"一十四番回"。而为《樵歌》作注的邓子勉先生认为,本词作于绍兴九年(1139),并称凤凰城指洛阳,洛阳于靖康元年(1126)陷落,离开绍兴九年正好十四年。不过两种意见都不影响对本词基本内涵的理解。上片感叹国破家亡,亲人离散而音信渺茫;下片抒写词人思念亲人的悲痛,语言明白,感情沉痛。

鹧鸪天

唱得梨园绝代声。前朝惟数李夫人[①]。自从惊破霓裳后,楚奏吴歌扇里新[②]。　　秦嶂雁,越溪砧。西风北客两飘零[③]。尊前忽听当时曲,侧帽停杯泪满巾[④]。

【注释】

①梨园,唐玄宗教习伶人之处,此以唐代宋。李夫人,指北宋名妓李师师。据周密《浩然斋雅谈》卷下记载:"宣和中,李师师以能歌舞称。……师师后入禁中,封瀛国夫人。朱希真有诗云:'解唱阳关别调声,前朝惟有李夫人。'即其人也。"

②惊破霓裳,喻指北宋灭亡。白居易《长恨歌》:"渔阳鼙鼓动地来,惊破霓裳羽衣曲。"楚奏吴歌,吴楚一带的歌曲。

③秦嶂雁,从北方飞来的大雁。秦嶂,北方的山峰。越溪砧,越地溪边的砧声。砧,捣衣石。北客,从北方流亡到南方的人。两飘零,靖康乱后,李师师也流落江南,卖艺为生。

④当时曲,指当年听到过的乐曲。

【说明】

靖康之乱,朱希真流亡江南,偶然听到前朝名妓李师师曾经唱过的曲子,借此抒写亡国之痛。上片是回忆,说曾经听过前朝李师师的"绝代声",自从国破家亡,流亡江南以后,便满耳都是"楚奏吴歌"了。下片慨叹自己漂泊流离的处境,以及听歌以后的悲痛心情。"侧帽停杯泪满巾",形象地表现了词人悲痛感伤的形象。有人认为,尊前唱曲的即李师师本人,这种说法虽然很有戏剧性,但并无确切史料根据。

浪淘沙　中秋阴雨同显忠椿年谅之坐寺门作

圆月又中秋。南海西头。蛮云瘴雨晚难收。北客相逢弹泪坐,合恨分愁①。　　无酒可销忧。但说皇州。天家宫阙酒家楼。今夜只应清汴水,呜咽东流②。

【注释】

①蛮云瘴雨,指岭南的云雨。北客,从北方流亡到南方的人,用"新亭对泣"典故。

②皇州,指北宋首都汴京。天家,皇家。清汴,汴水。白居易《长相思》:"汴水流,泗水流。流到瓜洲古渡头,吴山点点愁。"

【说明】

邓子勉认为,本篇高宗建炎四年(1130)中秋作于南海。同坐都是从北方漂泊到南方的士人。上片用"对泣新亭"典故,托寓共同的故国之思。下片想象古都沦陷后的凄凉情景,流水当然不会呜咽,是词人及同伴们的心,为皇州沦陷而呜咽。

相见欢

金陵城上西楼。倚清秋。万里夕阳垂地、大江流①。　　中原乱。簪缨散。几时收。试倩悲风吹泪、过扬州②。

【注释】

①大江,指长江。

②中原乱,簪缨散,宋徽宗靖康二年(1127)正月,金军先后把宋徽宗、宋钦宗拘留在金营。四月初一,金军押送徽、钦二帝和后妃、皇子、宗室、贵戚等3000多人北撤。这就是历史上著名的"靖康之变",北宋从此灭

亡。簪缨,古代达官贵人的冠饰,借指高官显宦。倩,请。

【说明】

邓子勉认为,本词作于宋高宗建炎元年(1127),作者寓居金陵。此时,北宋灭亡不久,南宋王朝刚刚建立。故词人登楼远眺,满怀悲愤之情。上片写苍凉宏阔之景,下片抒破国亡家之痛,气魄宏大,激昂慷慨,是朱敦儒最优秀的词作之一。正如陈廷焯所言:"希真词最清淡,唯此章笔力雄大,气韵苍凉,悲歌慷慨,情见乎词。"(《云韶集》)

采桑子　彭浪矶[①]

扁舟去作江南客,旅雁孤云[②]。万里烟尘。回首中原泪满巾。　　碧山对晚汀洲冷,枫叶芦根。日落波平。愁损辞乡去国人[③]。

【注释】

①彭浪矶,在江西彭泽县西北长江边。

②旅雁孤云,作者自喻。

③汀洲,水中小洲。《楚辞·九歌·湘夫人》:"搴汀洲兮杜若,将以遗兮远者。"辞乡去国人,作者自谓。

【说明】

本词作于北宋灭亡以后。作者离开故乡,避地江西两广,在流亡途中,经过江西彭泽,回望故乡,寄慨而作。上片侧重写情,以"旅雁孤云"自比,以"回首中原泪满巾"作结;下片侧重写景,面对苍茫景色,心中哀痛无限,自叹"辞乡去国人"。语句明白流畅,感情沉郁悲痛,是《樵歌》中的优秀之作。

周紫芝二首

周紫芝(1082—1155),字少隐,号竹坡居士,宣城人。绍兴十二年进士。曾官枢密院编修、权实录院检讨官。有《竹坡词》。

鹧鸪天

一点残红欲尽时。乍凉秋气满屏帏①。梧桐叶上三更雨,叶叶声声是别离②。　　调宝瑟,拨金猊。那时同唱鹧鸪词③。如今风雨西楼夜,不听清歌也泪垂。

【注释】

①残红,红烛将尽。屏帏,屏风和帷幕。

②温庭筠《更漏子》:"梧桐树。三更雨。不道离情正苦。一叶叶,一声声,空阶滴到明。"苏轼《木兰花令》:"梧桐叶上三更雨。惊破梦魂无觅处。"

③金猊,一种兽形香炉。《鹧鸪词》,唐教坊曲名,又称《山鹧鸪》。

【说明】

秋夜怀人之作,从末句"不听清歌也泪垂"推想,所怀者可能是一位歌伎。上片化用温庭筠词意,抒写秋夜怀人之情,"叶叶声声是别离"是词中警策。下片回忆旧时相聚之乐。"如今"两句再回到目前之悲,"不听清歌也泪垂",以此作结,情意绵绵。

踏莎行

情似游丝,人如飞絮。泪珠阁定空相觑①。一溪烟柳万丝垂,无因系得兰舟住②。　　雁过斜阳,草迷烟渚。如今已是愁无数。明朝且做莫思量,如何过得今宵去③。

【注释】

①泪珠阁定,含泪。相觑,对看。

②无因,无法。

③且做,即便,就算。

【说明】

词写离别相思之痛。上片写别时之难舍难分,极缠绵悱恻之致;下片写别后之哀痛,亦构思工巧,沉痛入骨。《四库总目》说:"紫芝填词本从晏幾道入,晚乃刊除秾丽,自为一格。"本词可为一例。

李清照五首

李清照(1084—1155),自号易安居士,齐州章丘(今山东济南)人。嫁诸城赵明诚。金兵南下,明诚病卒,流寓台、温、杭、越间,终老金华。有《漱玉词》。

如梦令①

昨夜雨疏风骤。浓睡不消残酒②。试问卷帘人,却道海棠依旧③。知否?知否?应是绿肥红瘦④。

【注释】

①《草堂诗余别录》:"韩偓诗《懒起》云:'昨夜三更雨,今朝(按一作临明)一阵寒。海棠花在否,侧卧卷帘看。'此词盖用其语点缀,结句尤为委曲精工,含蓄无尽。

②浓睡,熟睡。残酒,残余的酒意。

③卷帘人,卷帘的侍女。"海棠依旧"是侍女的回答。

④绿肥红瘦,谓枝叶渐繁,花朵渐凋。这是对侍女回答的纠正。

【说明】

这是李清照早期的作品,写得清新隽永,委曲精工,当时便博得一片彩声。作者化用韩偓《懒起》诗下半首句意,稍加点缀,又改自问自答为对答句式,接着连用两个"知否",终于逼出了词的主题,也是全词的警句——"绿肥红瘦"。使一位少妇的惜春之情,跃然纸上。明蒋一葵《尧山堂外纪》卷五十四曰:"李易安又有《如梦令》云'昨夜雨疏风骤。……'当时文士莫不击节称赏,未有能道之者。"王士禛《花草蒙拾》评曰:"如'绿肥红瘦''宠柳娇花',天工人巧,可称绝唱。"给予极高评价。

醉花阴

薄雾浓云愁永昼。瑞脑消金兽①。佳节又重阳,玉枕纱厨,半夜凉初透②。　　东篱把酒、黄昏后。有暗香盈袖③。莫道不消魂,帘卷西风,人比黄花瘦④。

【注释】

①瑞脑,又称龙瑞脑,一种名贵香料。

②玉枕,枕的美称。纱厨,即碧纱厨。以木为架,蒙以轻纱,形如小屋,中间可放床位,用避蚊蝇。一名蚊厨。

③"东篱"句,用陶渊明《饮酒》诗"采菊东篱下"句意。

④帘卷西风,帘子被西风卷起。黄花,菊花。

【说明】

词写重阳有感。元伊世珍《琅嬛记》卷中:"易安以重阳《醉花阴》词函致明诚,明诚叹赏,自愧弗逮,务欲胜之。一切谢客,忘食忘寝者三日夜,得五十阕,杂易安作以示友人陆德夫。德夫玩之再三,曰:'只三句绝佳。'明诚诘之,答曰:'莫道不消魂,帘卷西风,人似黄花瘦。'政(正)易安作也。"这说明李清照的艺术才能,高于其丈夫赵明诚。本词所塑造的多愁善感的闺阁少妇形象,鲜明生动。陈廷焯《云韶集》卷十评曰:"无一字不秀雅。深情苦调,元人词曲,往往宗之。"指出了这首词的艺术特点及其对后世的影响。

一剪梅[1]

红藕香残玉簟秋。轻解罗裳,独上兰舟[2]。云中谁寄锦书来,雁字回时,月满西楼[3]。　　花自飘零水自流。一种相思,两处闲愁[4]。此情无计可消除,才下眉头,却上心头[5]

【注释】

[1]此首黄昇《花庵词选》有副题《别愁》。

[2]玉簟,竹席的美称。

[3]锦书,书信。雁字,雁群。

[4]一种,一样。两处,两地。意谓自己与丈夫一样怀有相思之情,却身在两地悲愁。

[5]此情,相思之情。范仲淹《御街行》:"都来此事,眉间心上,无计相回避。"

【说明】

伊世珍《琅嬛记》卷中:"易安结缡未久,明诚即负笈远游,易安殊不忍别,觅锦帕书《一剪梅》词以送之。"词写离别之痛。上片写离别,下片述相思,淡淡写来,却缠绵悱恻,一往情深。

武陵春[1]

风住尘香花已尽,日晚倦梳头。物是人非事事休,欲语泪先流[2]。　　闻说双溪春尚好,也拟泛轻舟③。只恐双溪舴艋舟，载不动、许多愁④。

【注释】

①据王学初先生考证，本篇作于宋高宗绍兴五年(1135)，李清照已经五十二岁，因金兵南侵而流离漂泊，寄寓于浙江金华，赋《武陵春》词，又作《八咏楼》诗。

②此时赵明诚已经去世多年，清照与第二任丈夫张汝舟亦已经离异，平生收集金石图书也在流离途中散失殆尽，所以说"物是人非事事休"。

③双溪，即今金华婺江，因由上游两条溪：义乌江、武义江汇合而成，故称。

④舴艋舟，一种小船。

【说明】

本词是易安晚年沉痛之作。上片言"物是人非"，满腹悲情无从告诉；下片说意欲排遣深愁，但愁苦沉重，恐怕轻舟难载。以妙比作结，悲深婉约，读之令人悲怆。李攀龙评曰："未语先泪，此怨莫能载矣。景物尚如旧，人情不似初，言之于邑，不觉泪下。"（《草堂诗余隽》）

鹧鸪天

寒日萧萧上琐窗。梧桐应恨夜来霜①。酒阑更喜团茶苦，梦断偏宜瑞脑香②。　　秋已尽，日犹长。仲宣怀远更凄凉③。不如随分尊前醉，莫负东篱菊蕊黄④。

【注释】

①琐窗，鲍照《玩月城西门廨中》诗："蛾眉蔽珠栊，玉钩隔琐窗。"霜降则桐叶飘零，故曰"应恨"。

②酒阑，喝完酒。苏轼《和子由送春》："酒阑病客惟思睡。"团茶，宋人特制的一种小茶饼，专供王公贵族使用。

③仲宣，指王粲，字仲宣，三国魏著名诗人，为"建安七子"之一。王粲

曾作《登楼赋》抒写其异乡漂泊之感慨,中有句云:"遭纷浊而迁逝兮,漫逾纪以迄今。情眷眷而怀归兮,孰忧思之可任。"与易安当时心境,颇为相似。

④随分,依旧。白居易《续古诗》之七:"勿言小大异,随分有风波。"莫负,不要辜负。菊蕊,指菊花。末句暗用陶渊明饮酒诗典故。

【说明】

本篇为秋日怀乡之作。写作时间不明,或以为作于易安流寓越州之时,是为宋高宗建炎四年(1130)。从词中以王粲自比来看,有此可能。陈廷焯《白雨斋词话》卷六评论说:"宋闺秀词自以易安为冠。"岂止如此,如果扩大范围,诗词合一,李清照可以算是我国诗歌史上最杰出的女诗人,这样评价,并不夸张。汉代卓文君、班婕妤只存诗一首,而且真伪难明。东汉末年之蔡文姬,是著名学者蔡邕之女,文化素养很高,命运凄苦,与李清照近似,可惜只存《悲愤诗》一首。被郭沫若先生热捧的《胡笳十八拍》,作者迄今仍存争议。唐代最著名的女诗人鱼玄机和薛涛,虽然身世凄凉,诗也写得不错,但无论文化素养或作品格调,都难以和李清照比肩。自此以降,从朱淑真延及明、清时期的女诗人,就整体成就而言,与李清照相比,都有所不及。李清照的存在,是中华妇女文学史的荣耀。

吕本中二首

吕本中(1084—1145),原名大中,字居仁,寿州(今安徽淮南)人。以荫补承务郎,累迁中书舍人,兼直学士院。学者称东莱先生,赐谥文清。有《东莱诗集》《紫微词》。

采桑子

恨君不似江楼月,南北东西。南北东西。只

有相随无别离①。　　恨君却似江楼月,暂满还亏。暂满还亏。待得团圆是几时②?

【注释】

①相随,伴随。

②待得,等到。

【说明】

词写离别之情,并无深意。但构思巧妙,同样用江楼月作比喻,一贬一褒,上片恨其不似江楼月,"只有相随无别离"。下片怨其却似江楼月,"待得团圆是几时"。加之语语明白如话,自胸中自然流出,遂成名作。

减字木兰花

去年今夜。同醉月明花树下。此夜江边。月暗长堤柳暗船。　　故人何处。带我离愁江外去。来岁花前。又是今年忆去年。

【说明】

送别故人之作。陈廷焯评曰:"数十字中,纡徐反复,道出三年间事,有虚有实,运笔甚圆矣。"(《词则·别调集》)陈氏所谓有虚有实,是指上片乃记实;下片"来岁花前,又是今年忆去年",想象之词,是虚写。来岁之事,虽难逆料,却很可能。虚实相间,韵味无穷。

赵　鼎二首

赵鼎(1085—1147),字元镇,解州闻喜(今山西闻喜)人。官至御使中丞、尚书右仆射,同中书门下平章事。与秦桧论和议不合,贬岭南,不食而卒。孝宗继位,追谥忠简。有《得全集》。

点绛唇　春愁

　　香冷金炉,梦回鸳帐余香嫩[1]。更无人问。一枕江南恨[2]。　　消瘦休文,顿觉春衫褪[3]。清明近。杏花吹尽。薄暮东风紧[4]。

【注释】
[1]余香嫩,余香淡淡。
[2]"一枕"句,岑参《春梦》:"枕上片时春梦中,行尽江南数千里。"
[3]休文,沈约字。沈约曾自称病后消瘦,腰围暗减。春衫褪,春衣宽大了。东风紧,东风劲峭。

【说明】
　　词写春日相思之情,风格含蓄蕴藉,婉丽缠绵,受到前人很高评价。陈廷焯认为本词:"凄艳似飞卿,芊雅似同叔。"(《词则·闲情集》)但是否也寄托了词人政治上受到打击后的苦闷心情,不妨作此推想。

鹧鸪天　建康上元作[1]

　　客路那知岁序移。忽惊春到小桃枝[2]。天涯海角悲凉地,记得当年全盛时[3]。　　花弄影,月流辉。水晶宫殿五云飞[4]。分明一觉华胥梦,回首东风泪满衣[5]。

【注释】
[1]靖康之变后,宋高宗仓皇南逃,渡江驻跸建康,作者随驾南行,任建康知府,词作于建炎四年(1130)元宵。
[2]客路,指流亡之路。岁序,岁月节序。
[3]"天涯"句,建康离北宋首都并不遥远,但因汴京已经沦陷,归期渺

茫,故生天涯之感。全盛时,指北宋时期。

④三句写北宋时繁华之景象,宫殿之华美。

⑤华胥梦,美梦。《列子·黄帝》:"(黄帝)昼寝,而梦游于华胥氏之国。……黄帝既寤,怡然自得。"

【说明】

本词写南迁流亡途中的内心感受。上片描述当前之狼狈处境,只用"天涯海角悲凉地"一句点明。结句承上启下。下片回忆当年"全盛时",用虚笔轻轻带过,结尾又回到当前,说往事已成华胥一梦,回首当年,徒然令人悲伤流泪而已。沉郁悲痛,情见乎词。况周颐《蕙风词话》卷二评论说:"赵忠简词……清刚忱至,卓然名家。故君故国之思,流溢行间句里,如《鹧鸪天·建康上元作》。"

向子䛊二首

向子䛊(1085—1152),字伯恭,自号芗林居士,开封人,南渡后徙居临江(今江西清江)。以恩荫补官,历徽猷阁直学士,户部侍郎。以忤秦桧致仕。有《酒边词》。

阮郎归　绍兴乙卯大雪行鄱阳道中①

江南江北雪漫漫。遥知易水寒②。同云深处望三关,断肠山又山③。　天可老,海能翻。消除此恨难④。频闻遣使问平安。几时鸾辂还⑤。

【注释】

①绍兴乙卯,宋高宗绍兴五年(1135),作者在是年由江州知州改任江

东转运使,途经鄱阳。

②易水寒,荆轲刺秦王,临行作《易水歌》,其词曰:"风萧萧兮易水寒,壮士一去兮不复还。"易水在今河北省。

③同云,《诗经·小雅·信南山》:"上天同云,雨雪雰雰。"朱熹《诗集传》:"同云,云一色也。将雪之候如此。"唐李咸用《大雪歌》:"同云惨惨如天怒,寒龙振鬣飞干雨。"三关,淤口关、益津关、瓦桥关,合称三关,均在河北境内。

④此恨,指徽、钦二帝被掳北上之恨。犹如岳飞《满江红》所言"靖康耻"。

⑤频闻遣使,宋高宗四年正月、五年五月分别派遣使者章谊、何藓等人赴金国,通问二帝,与金人交涉无果。鸾辂,帝王车驾,此指徽、钦二帝。

【说明】

冯煦《蒿庵词论》曰:"《酒边词》绍兴乙卯大雪行鄱阳道中《阮郎归》一阕,为二帝在北作也。眷恋旧君,与鹿虔扆之'金锁重门',谢克家之'依依宫柳'同一词旨。"自从汉武帝"罢黜百家,独尊儒术"以后,树立了君主的绝对权威。先秦孟子那种"民为贵,社稷次之,君为轻"的民本思想,一千年来已被淘洗殆尽。在广大士大夫的心目中,君主就是国家的象征。本词就是通过怀念旧君、钦二帝,抒发词人的家国之痛。虽然徽、钦二帝不算好皇帝,但他们做了俘虏,北方广大土地沦丧,人民成了亡国奴,实际上是一回事。岳飞《满江红》说:"靖康耻,犹未雪。臣子恨,何时灭。"作者也说:"天可老,海能翻,消除此恨难。"都表现了极度的悲愤之情,也表现了强烈的忠君之情。在当时的历史条件下,忠君和爱国是同一件事情。

秦楼月(忆秦娥)

芳菲歇。故园目断伤心切①。伤心切。无边烟水,无穷山色。　　可堪更近乾龙节。眼中泪尽空啼血②。空啼血。子规声外,晓风残月③。

【注释】

①故园,故乡。作者河南人,此时河南已被金国占领。

②乾龙节,宋钦宗赵桓生日,在四月己酉(十三日)。

③柳永《雨铃霖》:"杨柳岸,晓风残月。"

【说明】

词写思乡之情,作者的家乡河南已经成为沦陷区,所以思乡也就是怀念故国。下片从思乡过渡到思怀旧君。此时钦宗赵桓生日乾龙节已近,而钦宗本人却已成金人俘虏,故词人悲痛异常,"眼中泪尽空啼血",就是这种悲痛心情的写照。

蔡 伸二首

蔡伸(1088—1156),字伸道,自号友古居士。莆田人。蔡襄之孙。政和五年进士,官至左中大夫。有《友古词》。

柳梢青

数声鶗鴂。可怜又是,春归时节①。满院东风,海棠铺绣,梨花飘雪②。　　丁香露泣残枝,算未比、愁肠寸结③。自是休文,多情多感,不干风月④。

【注释】

①鶗鴂暮春啼鸣,故曰"春归"。

②铺绣,指海棠花落遍地。

③未比,比不上、不如。

④沈约,字休文。不干,无关。

又

　　子规啼月。幽衾梦断,销魂时节①。枕上斑斑,枝头点点,染成清血②。　　凄凉断雨残云,算此恨、文君更切③。老去情怀,春来况味,那禁离别。

【注释】

①啼月,李白《蜀道难》:"又闻子规啼夜月,愁空山。"销魂时节,谓春末。毛熙震《清平乐》:"正是销魂时节,东风满树花飞。"

②斑斑,泪痕。点点,桃花。黄机《乳燕飞·次徐斯远韵寄稼轩》词:"满袖斑斑功名泪,百岁风吹急雨。"真德秀《蝶恋花》:"何事枝头,点点胭脂污。"

③断雨残云,喻指爱情中断。毛滂《惜分飞》:"断雨残云无意绪。寂寞朝朝暮暮。"文君,喻称所爱女子。

【说明】

以上两首,均通过杜鹃悲鸣这一意象,抒写词人的内心感受。第一首以写景为主,表达对春天的无比眷恋;第二首抒发别离之悲情,笔致抑郁沉痛,从"老去情怀"两句看,似乎不仅仅是离别之痛,还糅合了词人的身世之感。

李　甲一首

李甲,字景元,一说字重元,嘉兴华亭(今上海)人。自号华亭逸人。善画,亦工词。《全宋词》录其词九首。

忆王孙　春词

萋萋芳草忆王孙。柳外楼高空断魂①。杜宇声声不忍闻。欲黄昏。雨打梨花深闭门。

【注释】

①"萋萋"句,用淮南小山《招隐士》句意,写相思之情。楼高,高楼。指代高楼之思妇。曹植《七哀》:"明月照高楼,流光正徘徊。上有愁思妇,悲叹有余哀。"

【说明】

词写相思离别之情,但只有"忆王孙"三字说到本题,其后一句一思,一步一景,全从空处落笔。黄蓼园评曰:"高楼望远,'空'字已凄恻,况闻杜宇。末句尤比兴深远,言有尽而意无穷。"

吴淑姬一首

吴淑姬(生卒年不详),当为北宋人,湖州人。家贫,貌美,慧而能诗词。黄昇《唐宋诸贤绝妙词选》录其词三首。

小重山　春愁

谢了荼蘼春事休。无多花片子,缀枝头①。庭槐影碎被风揉。莺虽老,声尚带娇羞。　　独自倚妆楼。一川烟草浪,衬云浮。不如归去下帘钩。

心儿小,难着许多愁②。

【注释】

①荼蘼(tú mí),即酴醾,春末夏初开花。刘克庄《出城二绝》:"主人叹息官来晚,谢了酴醾一架花。"

②着,安放。

【说明】

黄昇《唐宋诸贤绝妙词选》说:"吴淑姬,女流中慧黠者。有词五卷,名《阳春白雪》,佳处不减李易安也。"可惜《阳春白雪》已经佚失,《全宋词》仅录其词三首。但从仅存的三首看,其描写笔致之细腻,造语之创新,黄昇"佳处不减易安"的评价,或许并不过分。本词写春恨,所谓春恨、春愁,其实都是相思之情,只不过本词写得特别含蓄而已。全篇以写景为主,上片写庭院中所见之景,下片写登楼所见之景,篇末说"心儿小,难着许多愁",巧妙地表达了春愁之深重。《古今词话·词辨》上卷引严仁曰:"如怨如诉,自起自倒,诵之有难以为情者。非直深于意态也。"

聂胜琼一首

聂胜琼,汴京歌妓,后归李之问。《全宋词》仅存词一首。

鹧鸪天 寄李之问①

玉惨花愁出凤城。莲花楼下柳青青②。尊前一唱阳关曲,别个人人第五程③。　　寻好梦,梦难成。有谁知我此时情。枕前泪共阶前雨,隔个窗儿滴到明④。

【注释】

①梅鼎祚《青泥莲花记》载:"李之问仪曹解长安幕,诣京师改秩。都下聂胜琼,名倡也,质性慧黠,公见而喜之。李将行,胜琼送别,饯饮于莲花楼,唱一词,末句曰:'无计留春住,奈何无计随君去。'李复留经月,为细君督归甚切,遂饮别。不旬日,聂作一词以寄李云……盖寓调《鹧鸪天》也。之问在中路得之,藏于箧间,抵家为其妻所得。因问之,具以实告。妻喜其语句清健,遂出妆奁资夫取归。琼至,即弃冠栉,损其妆饰,委曲以事主母,终身和悦,无少间隙焉。"

②玉惨花愁,女子自比。莲花楼,楼名,或为妓馆。

③《阳关曲》,送别之曲。人人,对所爱者的昵称。第五程,意谓送了一程又一程。

④共,一同、一起。

【说明】

词写离别之悲痛,但是据传有一个大团圆的结局。词写得非常出色,况周颐《蕙风词话》卷一评曰:"纯是至情语,自然妙造,不假造琢,愈浑成,愈稣粹。于北宋名家中,颇近六一、东山。方之闺帏之彦,虽幽栖、漱玉,未遑多让,诚坤灵间气矣。"这样的评价当然很高,但并不过分。宋代的女词人中,很可能有一批优秀词人,但许多人由于社会地位低微,或者由于战乱,作品基本散失,令人痛心。作此推论的理由是,能够写出如此优秀的作品的词人,绝对不可能平生只写过一两首词。

乐　婉一首

乐婉,杭州妓女。生平不详,《全宋词》录词一首。

卜算子　答施

相思似海深,旧事如天远。泪滴千千万万行,更使人、愁肠断。　　要见无因见,了拚终难拚①。若是前生未有缘,待重结、来生愿。

【注释】

①了拚,舍弃。

【说明】

《全宋词》录施酒监《卜算子·赠乐婉》词一首,其辞曰:"相逢情便深,恨不相逢早。识尽千千万万人,终不似、伊家好。　　别你登长道。转更添烦恼。楼外朱楼独倚栏,满目围芳草。"词写得不错,也表露了真情。但两相比照,显然乐婉的答词写得更好。好在何处? 直抒胸臆,不用任何典故,但一片真情流溢于字里行间,颇具古乐府之风。

陈与义二首

陈与义(1090—1138),字去非,号简斋,洛阳人。绍兴中,历官中书舍人、吏部侍郎、翰林学士,官至参知政事。以诗名家,亦工词。有《无住词》。

临江仙　夜登小阁忆洛中旧游①

忆昔午桥桥上饮,坐中多是豪英②。长沟流月去无声。杏花疏影里,吹笛到天明③。　　二十余年如一梦,此身虽在堪惊④。闲登小阁看新晴。古今多少事,渔唱起三更⑤。

【注释】

①据缪钺先生考证,本词或作于宋高宗绍兴五至六年(1135—1136),当时陈与义退居湖州青墩僧舍。洛中,指作者故乡河南洛阳。

②午桥,在洛阳城南,唐代名相裴度曾筑别墅于此,与白居易、刘禹锡等人诗酒唱和。

③长沟流月,月光随波而去,亦喻时光流逝。

④虽在堪惊,人虽然活着,但历经亡国之痛,播迁之苦,故曰"堪惊"。

⑤"古今"二句,意谓古往今来之事,均付与渔唱而已。渔唱,渔歌。

【说明】

陈与义以诗名家,为江西诗派"三宗"之一。作词不多,今本《无住词》仅存词十八阕。数量虽不多,但中有名作,在当时就广为传颂,论者以为"可摩坡仙(东坡)之垒"。本篇写身世之慨,上片回忆当年洛阳旧游盛况;下片感慨目前,"二十余年"两句,写尽人间苦难,世事沧桑。结尾三句,以旷达之语,表现悲慨之情,更觉意味深长。许昂霄《词综偶评》说:"神到之作,无容拾袭。渔隐称为'清婉奇丽',玉田称为'自然而然',不虚也。"

又

高咏楚词酬午日,天涯节序匆匆①。榴花不似舞裙红。无人知此意,歌罢满帘风②。　　万事一身伤老矣,戎葵凝笑墙东。酒杯深浅去年同③。试浇桥下水,今夕到湘中④。

【注释】

①楚辞,战国时产生于楚国的一种诗体,屈原是楚辞的主要代表作家。午日,阴历五月五日,俗称端午节。酬,纪念。"天涯"句,宋高宗建炎三年(1129),作者流寓湖南、湖北一带,远离故乡,故云。

②不似,不如。五月榴花盛开,故用以比舞裙。
③戎葵,即蜀葵,俗称一丈红。凝笑,含笑。
④二句写醑酒于江水,凭吊屈原。湘中,指屈原赴死处。据说屈原投汨罗江而死,汨罗为湘江支流,在今湖南省北部。

【说明】

端阳节自伤身世,追怀屈原之作。宋高宗建炎三年(1129),金兵入侵北宋首都汴京(今河南开封),宋室南迁。陈与义避乱湖北、湖南一带。本词即作于此年端午。词人浪迹湖湘,又逢端午,自然更容易联想到诗人屈原,故篇首以高咏楚词开始,篇末以祭悼屈原作结。与此同时,词中也糅合了个人的身世之慨,感叹岁月匆匆,功业无成,充满豪迈激越之情,明显受到苏轼词风的影响。

张元幹二首

张元幹(1091—1161),字仲宗,别号芦川居士,永福(今福建永泰)人。靖康初,为李纲行营幕僚,李纲罢,亦遭贬逐。绍兴初,官将作少监。坐作词送胡铨及李纲,为秦桧所忌,除名削籍,漫游江湖以终。有《芦川词》。

浣溪沙

山绕平湖波撼城。湖光倒影浸山青。水晶楼下欲三更①。 雾柳暗时云度月,露荷翻处水流萤。萧萧散发到天明②。

【注释】

①孟浩然《临洞庭湖赠张丞相》:"气吞云梦泽,波撼岳阳城。"水晶楼,或指水中楼阁。

②流萤,比喻荷叶上水珠闪烁流动。散发,李白《宣州谢朓楼饯别校书叔云》:"人生在世不称意,明朝散发弄扁舟。"

【说明】

张元幹是主战派,他因作词送李纲及胡铨而触犯秦桧,四十一岁就被迫致仕。他的词以《贺新郎》送李伯纪丞相与《贺新郎》送胡邦衡待制二首为压卷。正如《四库总目》所说:"其词慷慨悲凉,数百年后,尚想其抑塞磊落之气。"但致仕以后词风一变,"多清丽婉转,与秦观、周邦彦可以肩随"。(同上)本词可能是作者致仕后游览吴兴时所作,在生动如画的风景描绘中,寄托了作者潇洒闲逸的心情,但从末句"萧萧散发到天明"看,又隐约透露出几丝壮志未酬的感慨。

虞美人

菊坡九日登高路。往事知何处①。陵迁谷变总成空。回首十年秋思、吹台东②。　　西窗一夜萧萧雨。梦绕中原去③。觉来依旧画楼钟。不道木犀香撼、海山风④。

【注释】

①九日,九月九日重阳节。

②陵迁谷变,《诗经·小雅·十月之交》:"高岸为谷,深谷为陵。"比喻世事变迁,此指北宋灭亡。吹台,又称繁台,在今河南开封市东南禹王台公园内。相传为春秋时师旷奏乐之台。汉梁孝王增筑曰明台。因梁孝王常按歌吹于此,故亦称吹台。阮籍《咏怀》诗之六十:"驾言发魏都,南向望吹台。"

③中原,指以洛阳至开封一带为中心的黄河中下游地区,泛指北方沦陷区。

④木犀,即木樨,桂花之别称。

【说明】

从"回首十年秋思、吹台东"句推测,词或作于靖康之变后十年左右。本词抒发故国之思,慨叹北宋灭亡的陵谷沧桑之变。作者虽因主战而遭排挤,遭陷害,以致一度身陷囹圄。但是初心不变,退居林下之后,仍旧念念不忘故国,为北宋的灭亡而痛心不已。词中"陵迁谷变""梦绕中原"等句,都明白无误地表现了词人的满腔爱国情怀。

岳 飞一首

岳飞(1103—1141),字鹏举,相州汤阴(今河南汤阴)人。南宋抗金名将。官至河南、河北诸路招讨使,枢密副使。因坚持抗金,反对和议被害。淳熙间追谥武穆,嘉定间追封鄂王。淳祐间,改谥忠武。有《岳忠武王集》。

小重山

昨夜寒蛩不住鸣。惊回千里梦,已三更①。起来独自绕阶行。人悄悄,帘外月胧明②。　白首为功名。旧山松竹老,阻归程③。欲将心事付瑶琴。知音少,弦断有谁听④。

【注释】

①不住,不停。惊回,惊醒。
②月胧明,月色朦胧。
③"白首"三句,意谓欲退隐而身不由己。唐释齐己《过西山施肩吾故

居》:"荒斋松竹老,鸾鹤自裴回。"宋刘子翚《送原仲之荆南》:"三径旧游松竹老,五湖新隐水云宽。"

④付瑶琴,寄托于瑶琴。"知音"二句用钟子期、俞伯牙典故,诉说自己心情无人理解。

【说明】

抗金名将岳飞的《满江红》慷慨激昂,忠愤填膺,已经名满天下,几乎成为古往今来爱国主义的一块标牌。但历史是复杂的,人的思想感情也是多面的。这首《小重山》却表现了岳飞思想的另一个方面:希望功成身退,归隐林泉。为什么呢?据缪钺先生分析:"岳飞抗金的志业,不但受到赵构、秦桧君臣的忌恨迫害,而同时其他的人如大臣张浚,诸将张俊、杨沂中、刘光世等,亦进行阻挠,故岳飞有曲高和寡、知音难遇之叹。"

顺便交代一个问题,自近人余嘉锡以来,就有不少学者对《满江红》的作者提出质疑,夏承焘、邓广铭等都有考辨文章论及此事。吴世昌《词林新话》更是肯定地说:"《满江红》决非飞作。"中国文学史上有关文章真伪的争辩,由来已久,从题名屈原的作品开始,比较著名的如苏武、李陵诗,李陵《答苏武书》、司空图《二十四诗品》等等,都是如此。考辨岳飞《满江红》的真伪,属于学术问题,与是否爱国无关,应该允许讨论。

韩元吉二首

韩元吉(1118—1187),字无咎,号南涧翁,许昌人,寓居信州。官至吏部尚书、龙图阁学士。封颍川郡公。有《南涧诗余》。

好事近　汴京赐宴闻教坊乐有感①

凝碧旧池头,一听管弦凄切②。多少梨园声在,总不堪华发③。　杏花无处避春愁,也傍野烟发④。惟有御沟声断,似知人呜咽⑤。

【注释】

①宋孝宗乾道八年(1172),韩元吉奉使赴燕京祝贺金主完颜雍生辰。次年春归,途经北宋旧都汴京,金人设宴款待。教坊乐,宋朝的宫廷音乐。

②王维《菩提寺禁裴迪来相看说逆贼等凝碧池上作音乐供奉人等举声便一时泪下私成口号诵示裴迪》:"万户伤心生野烟,百官何日更朝天。秋槐叶落空宫里,凝碧池头奏管弦。"凝碧池,在陈州门里繁台东南,唐为薮泽,宋真宗时改为池沼。

③梨园,唐明皇教习伶人之所,此指北宋宫廷音乐。

④野烟,指荒野。

⑤御沟,流经宫中的沟渠。

【说明】

本词化用王维诗意境,抒发自己的黍离麦秀之悲。作者写作本词时的处境,虽然与王维不同,王维是身为俘虏,而作者是作为使者,但两人的感受,却大同小异。

鹧鸪天　九日双溪楼①

不惜黄花插满头。花应却为老人羞②。年年九日常拚醉,处处登高莫浪愁③。　酬美景,驻清秋。绿橙香嫩酒初浮④。多情雨后双溪水,红满斜阳自在流⑤。

【注释】

①双溪,今金华婺江。据作者《南涧甲乙稿》卷十四《极目亭诗集序》曰:"婺城临观之所凡三,中为双溪楼,西为八咏楼,东则此亭(极目亭)。皆尽见山之秀,两川贯其下,平林广野,景物万态。"

②杜牧《九日齐山登高》:"尘世难逢开口笑,菊花须插满头归。"又苏轼《吉祥寺赏牡丹》:"人老簪花不自羞,花应羞上老人头。"

③拚醉,开怀畅饮,不惜一醉。浪愁,空愁、无谓忧愁。杨万里《无题》:"渠侬狡狯何须教,说与旁人莫浪愁。"

④驻清秋,留住秋天。唐雍陶《访友人幽居》:"莎深苔滑地无尘,竹冷花迟剩驻春。"酒初浮,刚酿成的酒。

⑤红满斜阳,谓斜阳映照溪水,一片红色。

【说明】

韩元吉于淳熙元年(1174)和五年(1179)两知婺州,本词作于知婺州时,究竟何年,难以确定。词写九日登高的情怀,两次离京就任地方官,当然也不是仕途得意之事。但作者胸怀旷达,全词调子明快,没有许多文人常有的那种幽思感慨,结尾二句,对婺州风光景物的描绘,也十分生动形象,令人心动。

朱淑真三首

朱淑真(生卒年不详),自号幽栖居士,海宁人,家居钱塘(今浙江杭州)。况周颐认为,淑真与魏夫人为词友,应为北宋人无疑(《蕙风词话》卷四)。嫁为市井妇,悒郁寡欢。工诗词,有《断肠词》。

生查子

年年玉镜台,梅蕊宫妆困①。今岁未还家,怕见江南信②。　　酒从别后疏,泪向愁中尽③。遥想楚云深,人远天涯近④。

【注释】

①玉镜台,梳妆台。梅蕊宫妆,用寿阳公主典,言懒于梳妆打扮。

②江南信,指丈夫来信。

③酒疏,酒喝得少了。

④楚云深,或指丈夫所在处。"人远"句,言离人比天涯更远,这是心理距离。

【说明】

相思怀人之作。上片从"年年"说到"今岁";从懒于梳妆,讲到怕见来信,为什么?因为担心又不归来的消息。下片进一步抒发"泪向愁中尽",极言相思之痛;"人远天涯近"表达相思之切。本词风格沉痛,与李清照可有一比,唯"骨韵不及耳"。朱淑真是宋代成就仅次于李清照的女词人。陈廷焯评论说:"朱淑真词,风致之佳,情词之妙,真可亚于易安。宋妇人能诗词者不少,易安为冠,次则淑真,次则魏夫人。"(《词坛丛话》)又说:"朱淑真词,才力不逮易安,然规模唐五代,不失分寸。"(《白雨斋词话》卷二)

蝶恋花　送春

楼外垂杨千万缕。欲系青春,少住春还去①。犹自风前飘柳絮。随春且看归何处②。　　绿满山川闻杜宇。便做无情,莫也愁人苦③。把酒送春春不语。黄昏却下潇潇雨④。

【注释】

①欲系青春,想留住春光。住,停留。
②犹自,仍旧。
③便做,纵使。莫也,不要。
④潇潇,雨声。

【说明】

本篇借伤春而感怀身世。从"犹自风前飘柳絮,随春且看归何处"二句可见。下片送春,满纸愁情。结尾二句,从欧阳修《蝶恋花》"泪眼问花花不语,乱红飞过秋千去"化出,表达对春天的无比留恋。朱淑真也是一位"伤心人",她的词写得悲忧深婉,情致缠绵,但为什么陈廷焯认为不如李清照呢?除了家庭背景、文化素养等因素之外,主要原因是经历不同。从表面看,李清照词和朱淑真相仿,多写伤春悲秋之感,离别相思之愁。但是李清照身历国破家亡之痛、身世流离之悲,因此她的词比朱淑真不仅"骨韵"更高,感情也更加沉痛。王国维说"天以百凶成就一词人",真不易之论也。

减字木兰花　春怨

独行独坐。独倡独酬还独卧①。伫立伤神。无奈轻寒着摸人②。　　此情谁见。泪洗残妆无一半。愁病相仍。剔尽寒灯梦不成③。

【注释】

①倡酬,即唱和。一人首唱,他人相和。《诗经·郑风·萚兮》:"倡余和女(汝)。"独倡独酬,自唱自酬。
②伫立,久立。着摸,撩拨、沾惹。
③相仍,相继。剔,挑、拨。

【说明】

词写孤独寂寞之情,起二句连用五个"独"字,就为全词奠定了感伤的基调。接下去"伫立伤神""此情谁见""愁病相仍",反复诉说自己的痛苦和悲伤,但却并未说破真正的原因——春怨,也就是春天相思怀人之愁。笔致含蓄无尽。

袁去华一首

袁去华(生卒年不详),字宣卿,江西奉新人。宋高宗十五年(1145)进士,曾官善化、石首等地知县,有《宣卿词》。

虞美人　七夕悼亡

娟娟缺月梧桐影。云度银潢静①。夜深檐隙下微凉。醒尽酒魂何处、藕花香②。　鹊桥初会明星上。执手还惆怅③。莫嗟相见动经年。犹胜人间一别、便终天④。

【注释】

①苏轼《卜算子》:"缺月挂疏桐,漏断人初静。"银潢,银河。

②檐隙,屋檐下。江淹《杂体诗·陶征君潜田居》:"归人望烟火,稚子候檐隙。"

③鹊桥,韩鄂《岁华纪丽》卷三引《风俗通》:"织女七夕当渡河,使鹊为桥。"

④经年,牛郎织女一年一度相会。终天,终身。

【说明】

追悼亡妻之作。本词最大的特点是在构思上的创新。秦观《鹊桥仙》:"金风玉露一相逢,便胜却、人间无数。"本篇也说:"莫嗟相见动经年。犹胜人间一别、便终天。"少游词辞藻华丽;本词用词古朴,说牛郎织女尚能一年一聚,远不及自己终天离别之痛。同样构思新颖,本词却沉痛无比。

陆　游六首

陆游(1125—1210)字务观,晚号放翁,山阴(今浙江绍兴)人。孝宗时,赐进士出身,任枢密院编修。中年入蜀,知夔、严二州,以宝章阁待制致仕。诗为南宋四家之一,有《剑南诗稿》《放翁词》。

卜算子　咏梅

驿外断桥边,寂寞开无主①。已是黄昏独自愁,更着风和雨②。　　无意苦争春,一任群芳妒③。零落成泥碾作尘,只有香如故④。

【注释】

①驿外,驿站之外。无主,无人养护、欣赏。

②更着,又加。

③争春,在春天与其它花争美。群芳,众花。

④碾,碾压。

【说明】

本篇为陆游名作,名为咏梅,实际乃托物言志,表现自己不幸命运和高洁情怀。陆游的不幸,原因就在于他是一位坚定的主战派,一个热烈的爱国者。在以帝王为首的主和派占优势的南宋朝廷,他不断受到排挤打击,就像断桥边那棵孤独的梅花,在风雨中苦苦挣扎。但是陆游始终坚持自己的理想,虽然历经劫难而至死不渝;正如梅花虽然零落成泥,依旧芳香如故。这就是本词的象征意义。所以陈廷焯评论说:"寓意高远,笔力高绝。此种地步不仅秦、柳不能到,即求之唐宋诸名家亦不能到。"(《云韶集》卷六)给出了极高评价。

鹊桥仙　夜闻杜鹃

茅檐人静,蓬窗灯暗,春晚连江风雨①。林莺巢燕总无声,但月夜、常啼杜宇②。　催成清泪,惊残孤梦,又拣深枝飞去③。故山犹自不堪听,况半世、飘然羁旅④。

【注释】
①蓬窗,草窗。
②杜宇,杜鹃。李白《蜀道难》:"又闻子规啼夜月,愁空山。"
③杜鹃鸟啼声悲苦,又于月夜啼鸣,故有"催泪、惊梦"之言。
④故山,故乡。

【说明】
本词当在蜀中闻杜鹃有感而作。上片写月夜闻啼鹃,下片写鹃啼之声,引发词人悲苦之情。陆游离开蜀地,年已五十四岁,故有"半世羁旅"之叹。冯金伯《词苑萃编》引《词统》语云:"去国怀乡之感,触绪纷来,读之令人于邑。"

诉衷情

当年万里觅封侯。匹马戍梁州①。关河梦断何处,尘暗旧貂裘②。　胡未灭,鬓先秋。泪空流③。此生谁料,心在天山,身老沧洲④。

【注释】
①当年,宋孝宗乾道八年,王炎宣抚川、陕,驻军南郑(今陕西汉中)。陆游曾为其幕僚,曾多次到过前线。梁州,指陕西汉中一带。万里觅封

侯,《后汉书·班超传》:"家贫,常为官佣书以供养,久劳苦。尝辍业投笔叹曰:'大丈夫无他志略,犹当效傅介子、张骞立功异域,以取封侯,安能久事笔砚间乎?'"

②梦断,梦醒,指自己的愿望落空。"尘暗"句,用苏秦典故,《战国策·秦策》:"(苏秦)说秦王书十上,而说不行。黑貂之裘敝,黄金百斤尽,资用乏绝,去秦而归。"

③胡,古代对西北少数民族的称呼,词中指金人。鬓先秋,鬓发先白。

④天山,指抗金前线。沧州,隐居之地。

【说明】

本词作于淳熙八年(1181)至十二年(1185),诗人家居山阴之时。陆游不仅是一位热烈的爱国者,也是一位胸怀壮志,渴望以实际行动报效国家的人。他终生念念不忘的一件事,就是抗击金人,收复失地。但是在主子苟安、权奸当道的南宋,他始终难以实现自己的理想。本词的主旨非常明确,就是词中所说的"胡未灭,鬓先秋"。就是"心在天山,身老沧洲"。激愤之情,溢于言表。

渔父(五首选二)

镜湖俯仰两青天。万顷玻璃一叶船①。拈棹舞,拥蓑眠。不作天仙作水仙②。

【注释】

①两青天,比喻水天清澈。

②水仙,越地多水,作者每自称水仙。如《剑南诗稿》卷六十三《舟中作》:"烟波四万八千顷,造物推排作水仙。"又卷七十六《书兴》:"湖桥酒美能来醉,一棹何妨作水仙。"

又

湘湖烟雨长莼丝。菰米新炊滑上匙①。云散

后,月斜时。潮落舟横醉不知②。

【注释】

①湘湖,在今浙江杭州萧山西,盛产莼菜。菰米,菰,俗称茭白,菰米就是菰所结的种子,又称雕胡米。杜甫《秋兴》之七:"波漂菰米沉云黑,露冷莲房坠粉红。"

②月斜时,月亮西斜之时。

【说明】

两首词都作于陆游退居山阴旧居之时,描写词人潇洒闲逸的生活与心情,风格秀丽清新。唐圭璋先生说:"放翁词有豪放与闲适两面。此特其闲适一面,颇令人有翛然出世之想。"(《读词札记》)唐先生所言甚是。

钗头凤①

红酥手。黄縢酒。满城春色宫墙柳②。东风恶。欢情薄。一怀愁绪,几年离索。错错错③。

春如旧。人空瘦。泪痕红浥鲛绡透④。桃花落。闲池阁。山盟虽在,锦书难托。莫莫莫⑤。

【注释】

①本词是否为陆游所作,目前学界认识存在分歧。

②黄縢酒,宋代官酒,此指美酒。

③恶,可憎。离索,离别、分离。

④浥(yì),湿润。

⑤陈陶《关山月》:"青冢曾无尺寸归,锦书多寄穷荒骨。"

【说明】

周密《齐东野语》卷一:放翁钟情前室。陆务观初娶唐氏,闳之女也,于其母夫人为姑侄。伉俪相得,而弗获于其姑。既出,而未忍绝之。则为别馆,时时往焉。姑知而掩之,虽先知挈去,然事不得隐,竟绝之,亦人伦之变也。唐后改适同郡宗子士程。尝以春日出游,相遇于禹迹寺南之沈

·209·

氏园。唐以语赵,遣致酒肴。翁怅然久之,为赋《钗头凤》一词,题园壁间云:"(词略)……实绍兴乙亥岁也。翁居鉴湖之三山,晚岁每入城,必登寺眺望,不能胜情。尝赋二绝云:"梦断香销四十年,沈园柳老不飞绵。此身行作稽山土,犹吊遗踪一怅然。"又云:"城上斜阳画角哀,沈园无复旧池台。伤心桥下春波绿,曾是惊鸿照影来。"盖庆元己未岁也。未久,唐氏死。至绍熙壬子岁,复有诗。序云"禹迹寺南有沈氏小园,四十年前,尝题小词一阕壁间。偶复一到,而园已三易主,读之怅然。"诗云:"枫叶初丹槲叶黄,河阳愁鬓怯新霜。林亭感旧空回首,泉路凭谁说断肠。坏壁题词尘漠漠,断云幽梦事茫茫。年来妄念消除尽,回向蒲龛一炷香。"又至开禧乙丑岁暮,夜梦游沈氏园,又两绝句云:"路近城南已怕行,沈家园里更伤情。香穿客袖梅花在,绿蘸寺桥春水生。""城南小陌又逢春,只见梅花不见人。玉骨久成泉下土,墨痕犹锁壁间尘。"沈园后属许氏,又为汪之道宅云。关于此事,陈鹄《耆旧续闻》、刘克庄《后村诗话》、叶申芗《本事词》都有记载,以"野语"记载最为详尽。但从清人吴骞《拜经楼诗话》开始,就不断有人对此提出疑问,今人吴熊和先生曾写专文《陆游钗头凤本事质疑》一文,详辩其事,言之凿凿。其实在漫长的中国文学史上,从屈原、宋玉的作品开始,到苏武、李陵的《赠别》,卓文君的《白头吟》,班婕妤的《团扇》,蔡文姬的《悲愤诗》《胡笳十八拍》,以至杜牧的《清明诗》,岳飞的《满江红》,其作者的真伪,一直存在争论。但是这并不影响上述作品在文学史上的存在,以至众口传诵,流传至今。陆游的《钗头凤》也是如此。

唐 琬一首

唐琬(1128—1156),又名婉,字蕙仙,越州山阴(今浙江绍兴)人,陆游前妻,因婆婆不满,被迫离异。后改嫁赵士程。

钗头凤

世情薄。人情恶。雨送黄昏花易落。晓风干。泪痕残。欲笺心事,独语斜栏①。难难难。

人成各。今非昨。病魂常似秋千索②。角声寒。夜阑珊。怕人寻问,咽泪装欢③。瞒瞒瞒。

【注释】

①笺,写信。独语,自言自语。

②人成各,两人分离。各,各自。"病魂"句,意谓心神不定,一如秋千索之摇摆。

③寻问,询问。

【说明】

本篇是对陆游《钗头凤》词的回答,似乎比陆游的原作更加委婉曲折,哀怨缠绵,这是由两人不同的社会地位和处境所决定的。在漫长的封建时代,妇女的地位十分低微,这是中华文化中最大的不公之一。从汉代开始就有所谓"七出之条",唐宋以后还被正式写入了律法。虽然唐琬被逐出家门后尚可改嫁,但她的顾虑肯定比陆游更多,因而其内心的悲痛也较陆游更加深沉。两首《钗头凤》背后所隐藏的悲剧故事,与汉乐府《孔雀东南飞》十分相似,结局却有点不同。前者是以双双殉情结束,而陆游和唐琬是以两首词来表达自己的悲痛。不过唐氏不久就郁郁病故,而放翁对这段情缘也终身难忘,直到晚年还写了不少沉痛的诗歌来抒发自己的悲怀。

范成大三首

范成大(1126—1193),字致能,号石湖居士,苏州吴县(今江苏苏州)人。宋高宗绍兴二十四年(1154)进士。官至四川制置使。淳熙五年,除参知政事,仅二月而罢。有《石湖词》。

忆秦娥

楼阴缺。栏杆影卧东厢月①。东厢月。一天风露,杏花如雪。　　隔烟催漏金虬咽。罗帏暗淡灯花结②。灯花结。片时春梦,江南天阔③。

【注释】

①楼阴缺,楼阴缺处。"栏杆"句,月照东厢,栏杆的影子静卧在地面。

②金虬(qíu)咽,更漏声呜咽。金虬,铜制的龙头形漏壶。李商隐《深宫》:"玉壶传点咽铜龙。"灯烛结花,预示有喜讯。

③"片时"二句写梦境。岑参《春梦》:"枕上片时春梦中,行尽江南数千里。"

【说明】

范成大以诗名世,与陆游、杨万里、尤袤并称"中兴四家"。词亦平和婉美,今本《石湖词》存词一○三首,以小令居多。本词写思妇春日怀人,上片写春天月夜景色,下片抒思妇怀人情思。结二句化用古人诗句,逗出相思怀人之意。笔致空灵深婉,"不言愁而愁随梦远矣"。

眼儿媚　　萍乡道中乍晴,卧舆中困甚,小憩柳塘①

酣酣日脚紫烟浮。妍暖试轻裘②。困人天色,醉人花气,午梦扶头③。　　春慵恰似春塘水,一片縠纹愁④。溶溶泄泄,东风无力,欲皱还休⑤。

【注释】

①萍乡,今江西萍乡市。舆,马车。憩,休息。

②酣酣,形容日光明亮而温暖。日脚,照到地面的阳光。杜甫《羌

村》:"峥嵘赤云西,日脚下平地。"裘,皮袄。

③扶头,扶头酒,易醉之酒。白居易《早饮湖州酒寄崔使君》:"一榼扶头酒,泓澄泻玉壶。"

④春慵,春困。縠纹,微波。溶溶泄泄,流动貌。

【说明】

据范成大《骖鸾录》,本词作于宋孝宗乾道九年(1173)正月。乾道七年(1171),范成大以集英殿修撰出知静江府(今广西桂林),兼广西经略安抚使,九年(1173)三月,抵达任所桂林,词即作于赴任途中。词写所见早春景象以及自身的感受,于平和淡远中见真情。黄昇评曰:"词意清婉,咏味之如在画图中。"王闿运评曰:"自然移情,不可言说,绮语中仙语也。"都给出极高评价。

南柯子

怅望梅花驿,凝情杜若洲①。香云低处有高楼。可惜高楼、不近木兰舟。　　缄素双鱼远,题红片叶秋②。欲凭江水寄离愁。江已东流、那肯更西流。

【注释】

①梅花驿,寄送信件的驿站,用陆凯与范晔典故。杜若洲,生长杜若的水中小岛。《楚辞·九歌·湘君》:"采芳洲兮杜若,将以遗兮下女。"

②汉乐府《饮马长城窟行》:"客从远方来,遗我双鲤鱼。呼儿烹鲤鱼,中有尺素书。"后因用双鱼指代书信。题红,也指书信。用唐人红叶题诗典故。

【说明】

词写相思怀人之情。据说本篇是词人自己的得意之作。词的上片抒离别之情,下片言相思之意。俞陛云先生曰:"高楼而移傍兰舟,东流而挽使西注,皆事理所必无者,借以为喻,见虚愿之难偿。"高楼不可能"傍兰舟",东流也不可能"更西流",用以表达词人愿望落空的惆怅心情,可以达到意在言外的效果。

杨万里二首

杨万里(1127—1206),字廷秀,号诚斋,吉水人。官至秘书监兼实录院检讨官。开禧二年卒,年八十。谥文节,赠光禄大夫。有《诚斋集》。诗作丰富,号诚斋体。作词不多,《全宋词评注》录其词八首。

好事近　七月十三日夜登万花川谷望月作

月未到诚斋,先到万花川谷①。不是诚斋无月,隔一林修竹。　如今才是十三夜,月色已如玉。未是秋光奇绝,看十五十六②。

【注释】

①诚斋,杨万里自号诚斋野客。词中指其室名。万花川谷,杨万里在江西老家吉水的一座园林。

②如玉,形容月光皎洁。"未是"二句,意谓等到月半,月光将更加明媚。

【说明】

词写月亮,却只有"月色明如玉"一句直接描写月亮,其余七句都是旁敲侧击,衬托想象,但又无不与月亮有关。这种写法很特别,而"特别"或许就是词人所追求的艺术效果。

昭君怨　咏荷上雨

　　午梦扁舟花底。香满西湖烟水[①]。急雨打篷声。梦初惊。　　却是池荷跳雨。散了真珠还聚[②]。聚作水银窝。泻清波。

【注释】

①午梦,午睡。花底,指荷花丛中。西湖,今杭州西湖。

②跳雨,雨点溅起。苏轼《六月二十七日望湖楼醉书》:"黑云翻墨未遮山,白雨跳珠乱入船。"

【说明】

钱锺书《谈艺录》论陆游与杨万里诗说:"放翁善写景,诚斋擅写生。"在这首词中,词人把写生的技巧运用到了极致。词的副题是《咏荷上雨》,但上片并未涉及写生的对象,而从午梦被雨声惊醒说起,自然过渡到下片。下片才聚焦描写对象,寥寥数语,便把荷上雨珠的样子写得极其生动形象,真是神来之笔,不愧写生高手。

李　泳一首

　　李泳(生卒年不详),字子永,号兰泽。扬州人。宋孝宗淳熙中,曾为溧水知县。《全宋词》录其词三首。

定风波　感旧

　　点点行人趁落晖。摇摇烟艇出渔扉[①]。一路水香流不断。零乱。春潮绿浸野蔷薇②。　　南去北来愁几许,登临怀古欲沾衣。试问越王歌舞地。佳丽。只今惟有鹧鸪啼③。

【注释】

①渔扉,渔舟。陆游《渔扉》:"湖上千峰翠作围,正应佳处着渔扉。"

②绿浸,浸在绿水中。野蔷薇,又名刺蘼,五月间开白花,其味芬芳。

③李白《越中览古》:"越王勾践破吴归,义士还家尽锦衣。宫女如花满春殿,只今惟有鹧鸪飞。"此化用李白诗意。

【说明】

副题"感旧",实际上是怀古。上片记沿途之所见,"一路水香"三句,是词中警策,描写江南水乡景色,生动形象,妙不可言。下片发怀古之幽思,化用李白诗意,笔法流畅,感慨深沉。

沈端节一首

沈端节(生卒年不详),字约之,吴兴(今浙江湖州)人,寓居溧阳。历官芜湖县令,提举江东茶盐。宋孝宗淳熙三年(1176)知衡州。有《克斋词》。

虞美人

去年寒食初相见。花上双飞燕。今年寒食又花开。垂下重帘不许、燕归来。　　隔帘听燕呢喃语。似说相思苦。东君都不管闲愁。一任落花飞絮、两悠悠①。

【注释】

①东君,春神。

【说明】

相思怀人之作。上片以去年和今年对比,不许燕归来,怕引起相思之痛。下片仍从"双燕"落笔,说帘外双燕总是不肯离去,它们的呢喃细语,仿佛在诉说无尽的相思之苦。结尾三句似在埋怨东君对此不理不睬,一任春天无情地离去,落花飞絮,象征爱情无望。《四库总目》说,沈端节词"吐属婉约,颇具风致",本篇可为代表。

张孝祥二首

张孝祥(1132—1169),字安国,号于湖居士,和州乌江(今安徽和县)人。宋高宗绍兴二十四年(1154)举进士第一。孝宗朝,累迁中书舍人,直学士院,领建康留守。以显谟阁直学士致仕。卒年三十九岁。有《于湖词》。

浣溪沙

霜日明霄水蘸空。鸣鞘声里绣旗红①。淡烟衰草有无中②。　　万里中原烽火北,一尊浊酒戍楼东。酒阑挥泪向悲风③。

【注释】

①明霄,明朗的天空。水蘸空,天空仿佛被水沾湿,形容水势浩大,水天相接。鸣鞘,挥鞭作声。李白《行行游且猎篇》:"金鞭拂雪挥鸣鞘,半酣

呼鹰出远郊。"

②有无中,隐隐约约,似有若无。王维《汉江临泛》:"江流天地外,山色有无中。"

③中原,指北方广大沦陷区。烽火,边地报警设施。戍楼,边防驻军的瞭望楼。挥泪,洒泪。

【说明】

一本有副题"荆州约马奉先登城楼观",据此推断,本词当作于宋孝宗乾道四年(1168),作者任知荆南府兼荆湖北路安抚使之时。词写登楼北望中原的感慨,信笔挥洒,一气呵成。张孝祥与辛弃疾一样,是南宋著名的爱国词人。陈廷焯曰:"张安国词,热肠郁思,可想见其为人。"(《白雨斋词话》卷一)可惜英年早逝,不能尽展其才力。

西江月　题溧阳三塔寺①

问讯湖边春色,重来又是三年②。东风吹我过湖船,杨柳丝丝拂面。　世路如今已惯,此心到处悠然③。寒光亭下水如天。飞起沙鸥一片④。

【注释】

①据陈长明先生考证,三塔湖,一名梁城湖,在溧阳西七十里。三塔寺乃傍湖而建,寒光亭亦在湖边。塔、亭和寺庙如今均已湮灭。

②三年,此前三年的秋冬之交,词人曾经到过三塔寺,并且写下七绝二首。

③世路,人生之路,主要指仕途。悠然,安闲貌。陶渊明《饮酒》:"采菊东篱下,悠然见南山。"

④水如天,水天相接。沙鸥,杜甫《旅夜书怀》:"飘飘何所似,天地一沙鸥。"

【说明】

据宛敏颢《张孝祥年谱》考证:"宋高宗绍兴三十二年(1162),张孝祥自建康还宣城,经丹阳,作《西江月》。……孝祥自绍兴二十九年(1159)为汪澈劾罢后可能曾经此湖,所以说'重来又是三年'。"词写重经三塔湖的感受。词人在历经仕途风波之后,有了一种豁然开朗的感悟,所以说"世路如今已惯,此心到处悠然"这两句,便是全词的主旨。

赵长卿一首

赵长卿,自称仙源居士,宋宗室。高宗、孝宗时在世。南渡后寓居南丰。有《惜香乐府》九卷。

临江仙　暮春

过尽征鸿来尽燕,故园消息茫然。一春憔悴有谁怜。怀家寒食夜,中酒落花天①。　　见说江头春浪渺,殷勤欲送归船。别来此处最萦牵②。短篷南浦雨,疏柳断桥烟③。

【注释】

①中酒,醉酒。杜牧《睦州四韵》:"残春杜陵客,中酒落花前。"

②见说,听说。李白《送友人入蜀》:"见说蚕丛路,崎岖不易行。"萦牵,牵挂。

③断桥,古称段家桥,在杭州西湖之东,北山路与白堤交界处。

【说明】

怀念故乡之作。上片写怀乡。作者是赵宋宗室,其怀乡当然就是怀念故国。下片痛离别,从末句"疏柳断桥烟"推测,本词可能写于离开临安之时,为何离开?原因不明。全词笔致自然流畅,一气呵成,是《惜香乐府》中写得较好的作品之一。

赵汝愚一首

赵汝愚(1140—1196),字子直,饶州(今江西上饶)人。赵宋宗室。宋孝宗乾道二年(1166)进士,官至右丞相。在位仅半年,遭韩侂胄排挤,出知福州,寻谪永州安置,卒于途中。谥忠定。《全宋词评注》录其词一首。

柳梢青　西湖

水月光中,烟霞影里,涌出楼台。空外笙箫,云间笑语,人在蓬莱①。　　天香暗逐风回。正十里、荷花盛开②。买个扁舟,山南游遍,山北归来。

【注释】
①蓬莱,传说中的海外仙岛,指代杭州西湖。
②宋之问《灵隐寺》:"桂子月中落,天香云外飘。"又柳永《望海潮》:"有三秋桂子,十里荷花。"

【说明】
词写西湖美景,笔法异常简洁。据周密《武林旧事》记载,此词题于当时最繁华热闹的酒肆"丰乐楼"壁上,与吴文英的《莺啼序》等,一时为人传诵。

辛弃疾八首

辛弃疾(1140—1207),字幼安,号稼轩居士,济州历城(今山东济南)人。历官浙东安抚使,龙图阁待制,进枢密都承旨,未受命而卒。有《稼轩长短句》。

鹧鸪天　鹅湖归病起作①

枕簟溪堂冷欲秋。断云依水晚来收②。红莲相倚浑如醉,白鸟无言定自愁③。　　书咄咄,且休休。一丘一壑也风流④。不知筋力衰多少,但觉新来懒上楼⑤。

【注释】

①据邓广铭先生考证,此词约作于宋孝宗淳熙十六年至十八年之间(1186—1188),辛弃疾投闲置散,隐居江西上饶之时。鹅湖,山名,在江西铅山东北。山上有湖,因东晋人龚氏曾居山养鹅而得名。

②枕簟溪堂,安放枕席在溪堂休养。溪堂,溪边堂屋。依水,傍水。

③浑如,直似,简直像。无言,鸟不鸣。

④书咄咄,刘义庆《世说新语·黜免》:"殷中军(浩)被废,在信安,终日恒书空作字。扬州吏民寻义逐之,窃视,唯作'咄咄怪事'四字而已。"且休休,且休官归隐。唐末司空图隐居中条山,建休休亭,并作《休休亭记》曰:"盖量其才一宜休,揣其分二宜休,耄且聩三宜休;又少而惰,长而率,老而迂,是三者皆非济时之用,又宜休也。"《世说新语·品藻》:"明帝问谢鲲:'君自谓何如庾亮?'答曰:'端委庙堂,使百官准则,臣不如亮;一丘一

壑,自谓过之.'"一丘一壑,指弃官归隐,纵情山水。

⑤"不知"二句,糅合刘禹锡《秋日书怀寄白宾客》"筋力上楼知",又常建《太公哀晚遇》"臣老筋力衰"。薛逢《酬牛秀才登楼见示》"心烦懒上楼"数诗,自叹年岁渐老,体力衰退。

【说明】

感怀身世之作。上片写景,但从"浑如醉""定自愁"六字,已经隐隐透露出作者的心情。下片转入言情,先以东晋殷浩和唐代司空图的典故,抒写自己的激愤不平,笔法简洁含蓄。接下来又用南朝谢鲲典故,表明既然不能有所作为,那就只能纵情山水,自我排遣了。不过,辛弃疾的积极用世之情,毕竟难以压抑,故末二句"筋力衰""懒上楼",表面回应副题"病起",实际上慨叹年华老大,恐怕不能继续为朝廷效力,言外有无穷遗憾。本词在抒情方式上的主要特点,是以旷达洒脱的语言,表达内心的激愤不平,这是人生阅历丰富和艺术风格成熟的表现。所以陈廷焯评论说:"信笔写去,格调自苍劲,意味自深厚,不必剑拔弩张,洞穿已过七孔,斯为绝技。"(白雨斋词话)卷一)辛弃疾作词极其认真刻苦,据岳珂《桯史》记载,他"有所作,辄数十易稿,累月未竟"。他也的确有"时时掉书袋"的癖好,在作品中大量使用典故,或变化糅合前人成句,用以表达自己的思想感情。由于作者才高而气盛,加之感情丰沛,往往不见其滞涩,反而显得厚重含蓄,耐人寻味。本篇就是一个典型例子。

蝶恋花　戊申元日立春席间作①

谁向椒盘簪彩胜。整整韶华,争上春风鬓②。往日不堪重记省。为花长把新春恨③。　　春未来时先借问。晚恨开迟,早又飘零近④。今岁花期消息定。只愁风雨无凭准⑤。

【注释】

①戊申元日,宋孝宗淳熙十五年(1188)正月初一,正逢立春。词作于

此日宴席上。

②椒盘,古代习俗,正月初一用盘进椒,和酒而饮。簪,插戴。彩胜,即幡胜。古人每于立春日剪彩绸为春幡,插于人们头鬓,或系于花枝,以示迎春。陈师道《立春致语口号》:"鬓边彩胜年年好。"整整,完整。韶华,春光。初一即是立春,故曰"整整韶华"。

③记省,记忆。春光易逝,繁花易谢,春始至即愁其逝,花未开已恐其谢,故而恨及新春。

④既盼春花早开,又恐花开易谢。

⑤立春已到,花期已定,但是又愁风雨搅乱了花期。

【说明】

托物言怀之作,爱春、迎春、惜春、怕春、愁春,面面都写到了,短短数十字的一首小词,却写得如此委婉曲折,反复缠绵,其中却有寄托。陈廷焯《白雨斋词话》评论说:"结拍两句,盖言荣辱不定,迁谪无常,言外有多少哀怨,多少疑惧。"此评可谓得其要旨。

南乡子　登京口北固亭有怀①

何处望神州?满眼风光北固楼②。千古兴亡多少事,悠悠。不尽长江滚滚流③。　年少万兜鍪。坐断东南战未休④。天下英雄谁敌手?曹刘。生子当如孙仲谋⑤。

【注释】

①北固亭,在江苏镇江市东北北固山上,面临长江,又名北顾亭。

②神州,原指中国,此处指当时北方广大沦陷区。

③"千古"三句意谓,千古兴亡之事,犹如长江之水,不尽东流。

④"年少"句,指三国孙权,孙权继孙策为吴主时,年方十九岁。兜鍪(dōu móu),头盔,指代士兵。坐断,占据。

⑤敌手,对手。曹、刘,曹操和刘备。《三国志·孙权传》注引《吴历》:

"公(曹操)见舟船、器仗、军伍整肃,喟然叹曰:'生子当如孙仲谋,刘景升(刘表)儿子(刘琮)若豚犬耳。'"仲谋,孙权字。

【说明】

宋宁宗嘉泰四年(1204)至五年(1205),辛弃疾已六十五岁高龄,出任镇江知府。词写于次年。镇江位居长江要冲,也是当时抗金的前哨阵地。作者登楼怀古,豪情勃发,创作了两首震铄古今的名作,本篇即为其中之一。(另一首是慢词《永遇乐·京口北固亭怀古》)。词中借古讽今,赞颂了敢于以弱抗强的孙仲谋,暗中讽刺批评了当时的投降派。全词风格豪迈,感慨深沉,是辛弃疾词中佳作。

丑奴儿　书博山道中壁[①]

少年不识愁滋味,爱上层楼。爱上层楼。为赋新词强说愁[②]。　　而今识尽愁滋味,欲说还休。欲说还休。却道天凉好个秋[③]。

【注释】

①《丑奴儿》,通称《采桑子》。博山,在今江西上饶广丰县西北二十余里,因形似香炉,故名博山,为当地名胜。辛弃疾赋闲居住信州(今江西上饶),多次到过博山。

②强说愁,即无病呻吟之意。强,勉强。

③欲说还休,欲言又止。

【说明】

本词寓深沉于浅淡之中,似淡而实深。采用前后对比写法,以一个"愁"贯穿全篇,说尽平生心事。少年时代,人生阅历尚浅,实无深愁而强说愁;而今历尽人生种种艰难苦恨,满腹深愁而无从说起,所以不如不说,只能顾左右而言他,说些无关痛痒的话,例如秋天天气不错之类。这种悲哀非饱经沧桑者,不易理解。

青玉案　元夕

东风夜放花千树。更吹落、星如雨[①]。宝马雕车香满路。凤箫声动,玉壶光转,一夜鱼龙舞[②]。

蛾儿雪柳黄金缕。笑语盈盈暗香去[③]。众里寻他千百度。蓦然回首,那人却在,灯火阑珊处[④]。

【注释】

①"东风"三句,写元宵节夜间花灯、焰火之胜。花千树,形容花炮初放,如千树花开。星如雨,比喻焰火降落,如银星万点。张鷟《朝野佥载》:"睿宗先天二年十五、十六夜,于京师安福门外作灯轮高二十丈,衣以锦绮,饰以金玉,燃五万盏灯,簇之如花树。"

②"宝马"句,唐郭利贞《上元》:"倾城出宝骑,匝路转香灯。"凤箫声动,指音乐响起。玉壶,比喻月亮。朱华《海上生明月》:"影开金镜满,轮抱玉壶清。"鱼龙,鱼形、龙形彩灯。

③蛾儿、雪柳,古代妇女头上所戴装饰品,一般用彩绸或彩纸制成。周密《武林旧事·元夕》:"元夕节物,妇人皆戴珠翠、闹蛾、玉梅、雪柳。"黄金缕,蛾儿、雪柳皆以金线为饰。暗香,指妇女身上散发的香气。

④千百度,无数次。蓦然,忽然。那人,词人属意之人。阑珊,稀落。

【说明】

这是辛弃疾的名篇之一,写京城临安元宵之夜的繁华景象,而词人所追慕的却是一个幽独的美人,这个美人,其实就是作者自己。本词的写法非常新颖出奇,上片用比喻夸张手法,极力描摹都城元夕的繁华热闹景象。下片写观灯女子逐渐离去,而在这罗绮如云的地方,却不见词人所追慕者,但是偶一回头,却在灯火阑珊处发现了"那人"。梁启超认为,"那人"就是作者自己。本词乃辛弃疾"自怜幽独,伤心人别有怀抱"。这位不同凡俗,自甘寂寞,而又有几分迟暮之感的美人,很可能就是作者宁受冷落,也不愿同流合污的高洁情怀之寄托。王国维《人间词话》曾经把后三句加以引申,比喻为古今"成大事业、大学问者"的第三重境界,使得本词的深厚内涵更被人们所重视。

破阵子　为陈同甫赋壮语以寄①

醉里挑灯看剑,梦回吹角连营②。八百里分麾下炙,五十弦翻塞外声。沙场秋点兵③。　马作的卢飞快,弓如霹雳弦惊④。了却君王天下事,赢得生前身后名。可怜白发生⑤。

【注释】

①陈亮(1143—1194),字同甫,号龙川,浙江永康人,为辛弃疾挚友,二人同为主战派,其词风豪迈亦酷似稼轩。

②挑灯,拨亮灯。梦回,梦醒。

③八百里,指牛。《世说新语·汰侈》:"王君夫有牛名'八百里驳'。"麾下,部下。炙(zhì),烤熟的肉。此句言把烤熟的牛肉分给部下。五十弦,指瑟,古代的瑟有五十弦。翻,演奏。塞外声,塞外的悲壮乐曲。点兵,检阅军队。

④的卢,额头有白色斑块的马,据说是一种不吉利的"凶马"。词中泛指骏马。霹雳,雷声,词中比喻弓弦的响声。《北史·长孙晟传》:"突厥之内,大畏长孙总管。闻其弓声,谓为霹雳。"

⑤了却,完成。天下事,指收复中原之事。赢得,博得,获得。可怜,可惜。

【说明】

辛弃疾虽然以词名世,但是与多数词人不同,他一生参加过许多实际战斗,并立下了赫赫战功。在这首赠友人的"壮词"中,作者以生动的笔墨,描写了当年的军旅生活和战斗场景,感情豪迈,气象雄阔。前七句大概都是回忆,但是最后三句突然一转,回到了现实。现实是什么呢? 现实是"了却君王天下事,赢得生前身后名"的夙愿不仅没有实现,而词人自己却已经老迈,只能留下无穷的遗憾。

菩萨蛮　书江西造口壁①

郁孤台下清江水。中间多少行人泪②。西北望长安。可怜无数山③。　　青山遮不住。毕竟东流去④。江晚正愁余。山深闻鹧鸪⑤。

【注释】

①造口,造口镇,在今江西万安西南六十里,或称皂口。罗大经《鹤林玉露》卷四:"南渡之初,虏人追隆祐太后御舟至造口,不及而还。幼安由此起兴。"

②行人,指流离到南方的难民。二句追述当年金兵侵扰赣西南地区,致使人民流离失所的惨状。

③"西北"二句,西北边是京城,可惜被重重山岭所遮隔。长安,指代北宋首都汴京。

④"青山"二句,意谓群山难以阻挡流水,它毕竟依旧滔滔汩汩,向东流去。

⑤愁余,余愁。《楚辞·湘夫人》:"帝子降兮北渚,目渺渺兮愁余。"鹧鸪鸣声悲切,犹曰:"行不得也哥哥。"《鹤林玉露》卷四:"'闻鹧鸪'之句,谓恢复之事行不得也。"即对朝庭主和表示失望。

【说明】

宋孝宗淳熙三年(1176),辛弃疾任江西提点刑狱,驻节赣州,本词作于此时。上片即景言情,回忆往事,凭吊古迹,联想到当年金兵南侵时所造成的历史悲剧。"西北"二句,可能是写流亡至此的南宋君臣心情:故乡已经遥隔群山,借此抒发词人怀念故国、渴望收复中原失地的愿望。下片回到当前。"青山"两句写景,未必有何寄托。末尾两句从屈原《湘夫人》取意,以闻鹧鸪之声作结,抒写词人登台怀古的惆怅心情,也可能有暗示人生途路艰难,国家形势危急之意。

浪淘沙　山寺夜半闻钟①

身世酒杯中。万事皆空②。古来三五个英雄。雨打风吹何处是,汉殿秦宫③。　　梦入少年丛。歌舞匆匆④。老僧夜半误鸣钟。惊起西窗眠不得,卷地西风⑤。

【注释】
①本篇也可能作于闲居上饶期间。山寺,山中寺庙。
②"身世"二句,意谓平生事业理想都未实现,只能借酒浇愁。
③"古来"三句意谓,自古以来,英雄人物本就寥寥可数,但是他们以及汉殿秦宫,也都在历史的风雨中消失殆尽。
④"梦入"二句意谓,梦中又回到了少年时代,正匆匆忙忙地享受歌舞之乐。
⑤误鸣钟,打错了钟。夜半本不该打钟,故曰"误"。惊起,词人被钟声惊醒。

【说明】
上片怀古思今,感慨身世。下片记梦(实际是回忆),以及梦醒后的悲慨,照应副题"山寺夜半闻钟"。梦中欢乐是为了反衬如今悲慨而写的,故而一笔带过,所以结尾又回到了"卷地西风"的悲秋之感。陈廷焯评曰:"沉郁顿挫中,自觉眉飞色舞。笔力雄大,辟易千人。结数语,如闻霜钟,如听秋风,读者神色都变。"(《云韶集》卷五)给予极高评价。

程　垓二首

程垓(生卒年不详),字正伯,眉山人。生平无考。杨慎《词品》称其为"东坡中表之戚",近人梁启超、况周颐已辨其误。有《书舟词》。

卜算子

独自上层楼,楼外青山远。望到斜阳欲尽时,不见西飞雁①。　独自下层楼,楼下蛩声怨。待到黄昏月上时,依旧柔肠断②。

【注释】

①王粲《登楼赋》:"登兹楼以四望兮,聊暇日以消忧。""不见"句,言音信全无。

②蛩声,蟋蟀的鸣声。王安石《五更》:"只听蛩声已无梦,五更桐叶强知秋。"

【说明】

程垓是四川眉山人,毛晋《书舟词跋》与《四库总目》都说程垓是苏轼中表兄弟,这是莫大的误会。事实是程垓的祖父程正辅与苏轼为中表兄弟,说起来也有点沾亲带故。不过程垓与苏轼相距一百余年,时代不同了,二人的词风也截然不同。苏轼词豪放旷达,程垓词清便流畅,正如陈廷焯所言:"两人词一洪一纤,一深一浅,如冰炭之不相入。"不过在同时代词人中,程垓的词也是有特色的。清人冯煦《蒿庵论词》说:"程正伯凄婉绵丽,与草窗所录《绝妙好词》家法相近,故是正锋。"本词描写女子的相思情怀,构思巧妙而自然,地点只限于楼上和楼下,时间只限于黄昏至月上。楼上是远眺而一无所见,楼下则久等而亦无所获,终究以深深的失望而告终。余意绵绵不绝。

南乡子

几日诉离尊。歌尽阳关不忍分①。此度天涯真个去,销魂。相送黄花落叶村②。　斜日又黄昏。萧寺无人半掩门③。今夜粉香明月泪,休论。只要罗巾记旧痕④。

【注释】

①《阳关》,《阳关三叠》,别离之曲。

②真个,当真。苏轼《书李世南所画秋景二首》:"扁舟一棹归何处?家在江南黄叶村。"

③萧寺,佛寺。

④旧痕,指泪痕。

【说明】

词写离别相思之情。上片言依依惜别之情,下片抒孤寂怀人之意。从末三句看,词人惜别的乃是一位女子。笔法自然流畅,感情悱恻缠绵,令人味之无尽。

章良能一首

章良能(?—1214),字达之,浙江丽水人。宋孝宗淳熙五年(1178)进士,除著作佐郎。宁宗朝,官至参知政事,卒谥文庄。《全宋词》仅录其词一首。

小重山①

柳暗花明春事深。小阑红芍药、已抽簪②。雨余风软碎鸣禽。迟迟日,犹带一分阴③。　　往事莫沉吟。身闲时序好、且登临④。旧游无处不堪寻。无寻处、惟有少年心⑤。

【注释】

①一作张颖词。

②抽簪,含苞。

③雨余,雨后。碎鸣禽,鸣禽声细碎。杜荀鹤《春宫怨》:"风暖鸟声碎,日高花影重。"迟迟日,指春天。《诗经·豳风·七月》:"春日迟迟。"朱熹集传:"迟迟,日长而暄也。"暄,温暖。

④沉吟,回忆深思。时序,时节。

⑤不堪寻,不可寻。少年心,少年时的心情。

【说明】

本词感叹年华易逝,青春难再。上片描写暮春景色,生动传神;下片回忆往事,喟叹深沉,尤其结尾二句,令人吟味不尽。周密《齐东野语》说:"外大父文庄章公间作小词,极有思致。"可惜作品大多佚失,仅剩此一阕。

刘　过二首

刘过(1154—1206)字改之,号龙州道人,吉州太和(今山西泰和)人。辛弃疾帅淮,曾招置幕下。后放浪江湖以终。有《龙洲词》。

唐多令　安远楼小集,侑觞歌板之姬黄其姓者,乞词于龙洲道人,为赋此《唐多令》。同柳阜之、刘去非、石民瞻、周嘉仲、陈孟参、孟容,时八月五日也①。

芦叶满汀洲。塞沙带浅流。二十年、重过南

楼。柳下系船犹未稳,能几日、又中秋[②]。　　黄鹤断矶头。故人今在否?旧江山,浑是新愁[③]。欲买桂花同载酒,终不似、少年游。

【注释】

①安远楼,即武昌南楼,在武昌西南黄鹤山上。

②系船犹未稳,犹言停船未久。能几日,没几天。

③黄鹤断矶头,黄鹤山西边有黄鹤矶,黄鹤楼即在其上,面临长江。矶,临江的山崖。"旧江山"句,《世说新语·言语》:"……周侯(周顗)中坐而叹曰:'风景不殊,正自有山河之异。'皆相视流泪。"新愁,家国之恨。

【说明】

黄昇《花庵词选》说:"改之,稼轩之客。词多壮语,盖学稼轩者也。"可见刘过属于豪放派词人。不过刘过词也不是一味豪放,像这首传唱一时的《唐多令》,就表现了刘过词风俊爽的一面。

作者小序说,词是小集时书赠一位黄姓歌姬的。但全词的内容却与偎红倚翠并无关涉,而多感怀身世,慨叹时事之语。上片以写景发端,写登楼之所见,从萧疏的景物中见出词人的悲凉心境。下片直接抒情,胜地重游,目睹旧友零落,山河破碎,所以说"旧江山、浑是新愁"。最后词人感叹说,纵使买花载酒,但物是人非,终难觅少年时代的乐趣,一结无比苍凉。潘龙游评论说:"情极畅,语极俊,韵极协,而音调绝无扭造之迹,多是改之得意笔也。"(《古今诗余醉》卷十一)据冯金伯《词苑萃编》记载:"刘此词,楚中歌者竞唱之。"足见当时流传很广。

四字令(醉太平)

情深意真。眉长鬓青。小楼明月调筝。写春风数声[①]。　　思君忆君。魂牵梦萦。翠销香暖云屏。更那堪酒醒[②]。

【注释】

①写春风,表达春情。

②翠销,形容女子形容憔悴。

【说明】

词写女子春日相思之情,笔法简洁含蓄,描写细腻生动。艺术上非常成功。刘过曾为辛弃疾幕僚,他的词着意学稼轩体,但是没有学得很好,未得其沉郁而往往失之粗豪,陈廷焯批评说:"改之全学稼轩皮毛。……即以艳体论,亦是下品,盖叫嚣淫冶,两失之矣。"这种批评未免过于苛严,与事实也不尽相符。刘过学稼轩的豪放词,一般都不成功,但也有例外,如上选《唐多令》,连陈廷焯自己也认为:"词意凄感而语调浑成,似此亦升稼轩之堂矣。"他的婉约词,也每有佳作,如慢词之《贺新郎》(老去相如倦)以及本篇,都写得清丽芊绵,情深一往,从艺术上看,是相当成功的作品。

姜　夔五首

姜夔(生卒年不详),字尧章,自号白石道人,饶州鄱阳(今江西鄱阳)人。试进士不第,遂终身未仕,流寓苏、杭、皖、湘、鄂一带。工诗词,尤以词名家。有《白石道人歌曲》。

点绛唇　丁未冬过吴淞作①

燕雁无心,太湖西畔随云去②。数峰清苦。商略黄昏雨③。　第四桥边,拟共天随住④。今何许。凭阑怀古。残柳参差舞⑤。

【注释】

①丁未,宋孝宗淳熙十四年(1187),作者自湖州道经吴淞赴苏州。吴淞,即今江苏吴江。

②燕雁,从北方飞向南方的雁。燕,河北旧为燕国,这里泛指北方。二句有自喻之意。

③清苦,形容寒山的荒寂。商略,商量,引申为酝酿。

④第四桥,一名甘泉桥,在吴江城外。天随,唐代隐逸诗人陆龟蒙,自号天随子,其故宅在松江上甫里。白石每以陆龟蒙自比,如《除夜自白石归苕溪诗》:"三生定是陆天随,又向吴松作客归。"又《三高祠》:"沉思只羡天随子,蓑笠寒江过一生。"

⑤今何许,如今何在。参差,不齐貌。

【说明】

姜夔是宋代婉约派词人的重要代表之一,上承柳、周之余绪,下开吴、张之风气,是承前启后的关键人物。前人对白石词的赞誉,可谓无以复加。张炎《词源》就赞叹道:"姜白石如野云孤飞,去留无迹。"刘熙载《艺概》也说:"姜白石词幽韵冷香,令人挹之不尽。"冯煦《蒿庵论词》认为:"白石为南渡第一人,千秋定论,无俟扬榷。"陈廷焯《词则》也说:"白石词清虚骚雅,前无古人,后无来者,真词中之圣也。"不过王国维则认为:"古今词人格调之高,无如白石。惜不于意境上用力,故觉无言外之味,弦外之响,终不能与于第一流之作者也。"(《人间词话》)王国维的评论,可能相对客观。

关于本篇,夏承焘先生认为:"淳熙十四年(1187)丁未春,白石尝以杨万里介,往苏州见范成大,此词或冬间自湖州再往,道经吴淞作。"(《姜白石词编年笺校》)词以燕雁自比,抒写江湖漂泊之慨和怀古归隐之情。陈廷焯评论说:"白石《点绛唇》一曲,通首只写眼前景物,至结处云:'今何许,凭栏怀古,残柳参差舞。'感时伤事,只用'今何许'三字提唱,'凭栏怀古'下,仅以'残柳'五字咏叹了之。无穷哀感都在虚处,令读者吊古伤今,不能自已,洵推绝调。"给予绝高评价。

踏莎行　自沔东来，丁未元日至金陵，江上感梦而作①

燕燕轻盈，莺莺娇软，分明又向华胥见②。夜长争得薄情知，春初早被相思染③。　　别后书辞，别时针线，离魂暗逐郎行远。淮南皓月冷千山，冥冥归去无人管④。

【注释】

①宋孝宗淳熙十四年丁未(1187)元旦，作者从沔州(今湖北汉阳)东往浙江湖州途经金陵(今江苏南京)，感梦而作。

②燕燕、莺莺，喻指所爱女子。苏轼《张子野年八十五尚闻买妾述古令作诗》："诗人老去莺莺在，公子归来燕燕忙。"华胥，指梦中。《列子·黄帝》："(黄帝)昼寝而梦，游于华胥氏之国。"

③争得，怎得。薄情，薄情郎，对男子的昵称。

④淮南，指合肥，宋代属淮南路。皓月，明月。按据夏承焘考证，白石在合肥有一位情人，许多作品都是为她而写。

【说明】

这是一首爱情词。上片写梦中见到情人，她体态轻盈如燕子，语音娇软如春莺。"夜长"两句，通过梦中女郎的口吻，叙述词人对爱人的脉脉深情。下片"别后"三句写醒后回忆，别后的书信，行前的针线，今夜又在梦中来到我身边，这一切都引人无限怀想。末二句，词人痴情地设想，当她归去之时，独自经过淮南冷月千山的情景。王国维又说："白石之词，余所最爱者，亦仅二语，曰'淮南皓月冷千山，冥冥归去无人管'。"(《人间词话》)王国维批评白石词"有格而无情"，像这首词，缠绵悱恻，一往情深，岂无情者所能作！

鹧鸪天　元夕有所梦①

肥水东流无尽期。当初不合种相思②。梦中

未比丹青见,暗里忽惊山鸟啼③。　　春未绿,鬓先丝。人间别久不成悲④。谁教岁岁红莲夜,两处沉吟各自知⑤。

【注释】

①本词作于宋宁宗庆元三年丁巳(1197)元宵之夜。

②肥水,源出安徽合肥紫蓬山,后分为二,其一东流入巢湖,另一西北至寿县入淮河。水流无尽,象征情思绵绵不断。不合,不该。种相思,结下情缘。

③未比,不如。丹青,图画。梦境迷离,所以这么说。忽惊,忽然被(山鸟啼声)惊醒。

④鬓先丝,鬓发先白。

⑤红莲夜,元宵夜。红莲指灯。周邦彦《解语花·元宵》:"露浥红莲,灯市光相射。"两处沉吟,词人与情人身处两地,彼此相思。

【说明】

据夏承焘考证,此词作于杭州,此时白石已经四十多岁,距合肥初遇,已经二十余年。

本词怀念合肥初恋情人。上片抒相思之情,以东流无尽的肥水起兴,比喻自己的相思绵绵无尽。"当初"句,以怨悔语抒深情,倍觉沉痛。三四句言因相思入梦,而梦境迷离,反不如图画真切。"暗里"句又说,短短春梦,又被啼鸟惊醒,令人恨恨。抒情于尺幅之内,却极尽波折之能事。下片诉离别之悲。先从自身羁旅漂泊,年华老大说起。"别久不成悲",是极沉痛语,正言悲痛之深沉难遣。结尾两句,点明元夕,兼明双方相思之意。先师唐圭璋先生评论说:"以劲峭之笔,写缱绻之深情,一种无可奈何之苦,令读者难以为怀。"(《唐宋词简析》)

又　正月十一日观灯①

巷陌风光纵赏时。笼纱未出马先嘶②。白头

居士无呵殿,只有乘肩小女随③。　　花满市,月侵衣。少年情事老来悲④。沙河塘上春寒浅,看了游人缓缓归⑤。

【注释】

①据周密《武林旧事》卷二记载,在元宵灯会之前,"迤逦试灯,谓之预赏"。

②巷陌,街道。纵赏,纵情观赏。笼纱,蒙纱灯笼。此句写豪贵人家赏灯之景象。

③白头居士,词人自称。呵殿,意即前呼后拥。"唯有"句,意谓与豪贵人家不同,自己唯有坐在肩上的小女相随相伴。黄庭坚:《陈留市隐》:"乘肩娇小女,邂逅此生同。"

④花,花灯。少年情事,大概指少年时代与合肥情侣之事,数日以后,词人有同调词,副题为"元夕有所梦",中有句云:"淮水东流无尽期,当初不合种相思。"

⑤沙河塘,在钱塘县南五里,当时为赏灯佳处。苏轼《虞美人》云:"沙河塘里灯初上。"白石诗云:"沙河云合无行处,惆怅来路已迷。"

【说明】

本篇记叙元夕前数日预赏观灯情景。上片以豪贵人家与白头居士作对比,既有孤芳自赏之意,又有年华老大之悲,而"乘肩小女"句,虽寄寓几分寂寞,也使人感到更多温馨。下片乐尽而悲来。灯市繁华景象,反而引起词人对少年情事的追忆,因而心生悲感。结尾二句写夜深灯歇,游人逐渐散去,在平淡的叙述中,也稍稍流露几分落寞之意。

小重山令　赋潭州红梅①

人绕湘皋月坠时。斜横花树小,浸愁漪②。一春幽事有谁知?东风冷、香远茜裙归③。　　鸥去昔游非。遥怜花可可,梦依依④。九疑云杳断魂

237

啼。相思血,都沁绿筠枝⑤。

【注释】

①据夏承焘先生考证,本词作于宋孝宗淳熙十三年(1186),作者客居潭州(今湖南长沙)时。其地盛产红梅。

②湘皋,湘水边。月坠,月落。横斜花树,指红梅。漪,水的波纹。林逋《山园小梅》:"疏影横斜水清浅,暗香浮动月黄昏。"三句化用林逋诗意,抒写愁思。

③幽事,幽隐之事,指爱情。茜裙,红色裙子,指代红梅。

④鸥去,鸥鸟离去,比喻游伴星散。《列子·黄帝》:"海上之人有好鸥鸟者,每旦之海上,从鸥鸟游,鸥鸟之至者百住而不止。"可可,可爱。

⑤三句借用娥皇、女英典故,抒说内心悲愁。九疑即九嶷山,在今湖南宁远县,相传为舜之葬地。《史记·五帝本纪》:"舜葬于江南九嶷。"沁,渗透。绿筠,绿竹。杜甫《湘夫人祠》:"苍梧恨不浅,染泪在丛筠。"

【说明】

本词是托物言怀之作,既写梅,又写人,人与梅合写,浑成一片。上片寓情于景,以景为主。先写赏梅之久,继写梅花姿态,再写自己心情,最后归结到红梅。下片借景言情,以情为主。"鸥去"三句,言情人离散,唯有梦中相见。末三句用湘妃典故抒写悲情,再归结到梅花。俞陛云评曰:"梅苑人归,蘅皋月冷,感怀吊古,愁并毫端。其凄丽之致,颇类东山、淮海。"

俞国宝一首

俞国宝(生卒年不详),临川(今江西抚州)人。淳熙中为太学生,因于西湖酒肆题《风入松》词,为高宗所赏,即日命官。

风入松[①]

一春长费买花钱。日日醉湖边[②]。玉骢惯识西湖路,骄嘶过、沽酒楼前[③]。红杏香中箫鼓,绿杨影里秋千。　　暖风十里丽人天。花压鬓云偏[④]。画船载取春归去,余情寄、湖水湖烟。明日重扶残醉,来寻陌上花钿[⑤]。

【注释】

①《武林旧事》卷三:"一日,御舟经断桥,桥旁有小酒肆,颇雅洁,中饰素屏,书《风入松》一词于上。光尧(宋高宗)驻目,称赏久之,宣问何人所作,乃太学生俞国宝醉笔也。其词云:'一春长费买花钱。……'上笑曰:'此词甚好,但末句未免儒酸。因为改定云'明日重扶残醉',则迥不同矣。即日命解褐云。"

②买花,语涉双关,兼春花与歌妓而言。

③玉骢,白马。

④丽人天,指春天。杜甫《丽人行》:"三月三日天气新,长安水边多丽人。"花压鬓云偏,意谓头上戴花甚多,把鬓发压偏了。

⑤陌上花钿,路上遗留的妇女饰物,借指丽人遗踪。

【说明】

隆兴二年(1164),宋、金签订"隆兴和议",此后三十年双方无战事。南宋王朝偏安江左,首都临安更是一片繁华。本词正是描写临安春天的妍丽风光与繁华景象。上片作者先从自己的浪漫生活写起,说整个春天都出入于歌楼酒馆,大把花钱。来的次数多了,连马也熟悉了道路,嘶叫着跑过酒楼门前。下片紧承前意,继续渲染湖边繁华热闹景象,和风拂煦,美女如云,个个打扮得非常美丽。"画船"三句,写日暮游人散去,只剩下清冷的"湖水湖烟"。结尾两句说,明天还要再来寻欢作乐,回应开头"日日醉湖边"。

这首词风格绮丽,情致浓郁,又经皇上御笔修改,当时广为传颂。元人方回说:"《风入松》词万口传,翻成余恨寄湖烟。"(《涌金门城望》)林升诗也说:"暖风吹得游人醉,直把杭州作汴州。"(《题临安邸》)都讽刺批评了南宋君民醉生梦死的享乐生活,本词也正是当时现实的反映。

史达祖二首

史达祖(1163—?),字邦卿,号梅溪,汴(今河南开封)人。韩侂胄当国,曾为堂吏,颇受宠信。韩败,受黥刑,以贬死。有《梅溪词》。

杏花天　清明

软波拖碧蒲芽短。画桥外、花晴柳暖①。今年自是清明晚。便觉芳情较懒②。　　春衫瘦、东风翦翦。过花坞、香吹醉面③。归来立马斜阳岸。隔岸歌声一片。

【注释】

①蒲,多年生草本植物,生池沼中,高近两米。根茎长在泥中,可食。叶长而尖,可编席、制扇,夏天开黄花。杜甫《哀江头》:"江头宫殿锁千门,细柳新蒲为谁绿。"

②芳情懒,赏春情意浅淡。

③韩偓《寒食》:"恻恻轻寒剪剪风,杏花飘雪小桃红。"

【说明】

史达祖因为依附权臣韩侂胄,其人品颇为后人诟病。但是他的词写得很好。毛晋《梅溪词跋》说:"姜白石称其奇秀清逸,有李长吉之韵。盖能融情景于一家,会句意于两得,岂易及耶!"《四库总目》也评论说:"达祖人不足道,而词则颇工。……清词丽句,在宋季颇属铮铮,亦未可以其人掩其文矣。"四库置评,比较公允。史达祖尤以咏物词闻名于世,他的《双双燕》《绮罗香》两词,一咏春燕,一咏春雨,描写刻画细腻传神,当时广为传颂,后人赞不绝口。虽然两首都是长调,但这一艺术特点,在他的小令中也有所表现。

本词写清明节所见所感,所见是清明时节的暮春景色,开头三句就显示出作者善于写景,工于造句的特长。表现自己的感慨,却异常含蓄,全词只有"芳情懒""春衫瘦"六字约略言及,但为何懒?为何瘦?作者并不明言。而以酒醉归来,立马斜阳,听隔岸歌声结束。为读者的想象,留下了空间。

蝶恋花

二月东风吹客袂。苏小门前,杨柳如腰细①。胡蝶识人游冶地。旧曾来处花开未②。　　几夜湖山生梦寐。评泊寻芳,只怕春寒里③。今岁清明逢上巳。相思先到溅裙水④。

【注释】

①苏小,苏小小,南齐钱塘名妓。这里是泛指。

②游冶地,游乐之处。

③评泊,思量。

④溅裙,古代风俗,元月初一至月末士女溅裳于水滨,以去除不祥。一说,谓妇女有孕至水边洗裙,分娩必易。

【说明】

词写春日情怀,不过作者并未叙述自己出游,而是想象出游。上片回忆昔日游冶之地的美丽风光,下片说自己非常想出游,但又怕春光未透,天气尚寒,不过一颗心已经飞到水边澜裙之处。写春怀而不直接写出游,只写神游,这是作者构思的巧妙之处。

卢祖皋二首

卢祖皋(约1174—1224),字申之,又字次夔,号蒲江,永嘉(今浙江温州)人。庆元五年(1199)进士。历官秘书省正字,著作佐郎,权直学士院。有《蒲江词》。

江城子

画楼帘幕卷新晴。掩银屏。晓寒轻。坠粉飘香,日日唤愁生①。暗数十年湖上路,能几度,着娉婷②。　　年华空自感飘零。拥春醒。对谁醒。天阔云闲,无处觅箫声③。载酒买花年少事,浑不似,旧心情④。

【注释】
①坠粉飘香,落花飘香。唤愁生,引起悲愁。
②着娉婷,遇见美女。
③醒(chéng),病酒。醒,酒醒。无处觅箫声,言往日情人已无音信。杜牧《寄扬州韩绰判官》:"二十四桥明月夜,玉人何处教吹箫。"
④浑不似,全不像、完全不同。

【说明】
本篇为伤春怀旧之作。上片因春去而生悲,并由此牵出一段往日情缘。下片感叹身世飘零,旧情难再,只能天天以酒浇愁。结尾两句说,年华消逝,青春不再,纵使载酒买花,已无当年豪兴。况周颐说:"卢申之《江城子》后段云云(词略)与刘龙洲词'欲买桂花同载酒,终不似,少年游'(《唐多令》),可称异曲同工。"

鹧鸪天

庭绿初圆结荫浓。香沟收拾旧梢红①。池塘少歇鸣蛙雨,帘幕轻回舞燕风②。　　春又老,笑谁同。澹烟斜日小楼东③。相思一曲临风笛,吹过云山第几重④。

【注释】

①庭绿,亭中绿树。旧梢红,指落花。

②贺铸《送毕平仲西上》:"鸣蛙雨细生梅润,扬燕风高报麦秋。"鸣蛙雨、舞燕风,均指春末夏初的风雨。

③笑谁同,无人与共。

④黄庭坚《念奴娇》:"老子平生,江南江北,最爱临风笛。"皇甫冉《送王司直》:"西塞云山远,东风道路长。"

【说明】

暮春怀人之作,上片写景,描写暮春景色生动入画;下片怀人,"春又老"三字承上启下,末二句借笛曲表达相思怀人之意,措语含蓄,意蕴悠远。据黄昇《绝妙词选》说,卢祖皋精通音律,"乐章甚工,字字可入律吕,浙人皆唱之"。

严　仁一首

严仁(生卒年不详),字次山,号樵溪,邵武人。与严羽,严参号"邵武三严"。有《清江欸乃集》,已佚。

玉楼春　春思

春风只在园西畔。荠菜花繁蝴蝶乱。冰池晴绿照还空,香径落红吹已断①。　　意长翻恨游丝短。尽日相思罗带缓②。宝奁明月不欺人,明日归来君试看③。

【注释】

①冰池,结冰的池塘。

②罗带,丝绸腰带。

③宝奁,梳妆镜匣的美称。欺人,骗人。

【说明】

在被称为"邵武三严"的严羽、严仁、严参三人中,严羽以诗歌理论著作《沧浪诗话》闻名,诗词都不算出色,严仁以词著名,可惜其词集已经失传。黄昇《中兴以来绝妙词选》说他:"极能道闺闱之趣。"从现存三十首作品看,的确如此,这也是自花间以来词的传统题材。本篇写少妇春日情思,但构思不落俗套,抒情曲折委婉,颇获前人好评。陈廷焯《白雨斋词话》评曰:"深情委婉,读之不厌百回。"俞陛云《唐五代两宋词选释》评曰:"古意深思,独标新警。"

刘克庄二首

刘克庄(1187—1269)字潜夫,号后村居士,莆田人。以荫补官,为建阳令,因诗获罪。后官至工部尚书兼侍讲,以焕章阁学士致仕。有《后村长短句》。

玉楼春　戏林推[①]

年年跃马长安市。客舍似家家似寄[②]。青钱换酒日无何,红烛呼卢宵不寐[③]。　　易挑锦妇机中字。难得玉人心下事[④]。男儿西北有神州,莫滴水西桥畔泪[⑤]。

【注释】

①戏林推,黄昇《花庵词选》题作《戏呈林节推乡兄》。林推,林姓节度推官,作者同乡,生平不详。

②跃马长安,在京城为客。长安,借指临安。"客舍"句,作客时多,居家时少。

③青钱,铜钱。日无何,每天无所事事。

④锦妇机中字,指回文诗。用晋窦滔妻子苏蕙织锦为回文璇玑图事。二句说妻子的感情真实可靠,妓女的心思难以捉摸。

⑤"男儿"二句,意谓神州西北尚未光复,男儿不必为儿女私情流泪。水西桥,刘辰翁《习溪桥记》称:在"闽之水西",为当时名桥之一。词中当指玉人所居之处。

【说明】

此篇为赠友之作。上片写林推在京城的浪漫生活。下片是规劝友人的话语,语气虽然委婉,含义却比较明白。尤其结尾,眼界开阔,慷慨激昂,表现了作者的爱国情怀。所以况周颐评论说:"后村《玉楼春》云:'男儿西北有神州,莫滴水西桥畔泪。'杨升庵谓其'壮语足以立懦',此类是也。"

临江仙　县圃种花

落魄长官江海客,少豪万里寻春[①]。而今憔悴向溪滨。断无觞咏兴,唯有簿书尘②。　手插海棠三百本,等闲妆点芳辰③。他年绛雪映红云。丁宁风与月,记取种花人。

【注释】

①长官,官吏,词中指自己。少豪,少年豪气。

②觞咏,饮酒咏诗。簿书,文书档案。

③等闲,随意。白居易《琵琶行》:"今年欢笑复明年,秋月春风等闲度。"

【说明】

本篇很可能作于词人罢官之前,任建阳知县之时,上片自叹落魄,豪气尽消。下片写种花,表面看来,似乎是无意之举,实际上仍旧表现了词人不甘沦落的奋发精神,他要在县圃里种满鲜花,把春天装扮得更加美丽,让后人不会忘记自己这位种花人。

吴　潜二首

吴潜(1195—1262),字毅夫,宜州宁国(今属安徽)人。嘉定十年(1217),举进士第一。官至参知政事,累进左丞相,封庆国公,改许国公。终为奸臣所劾,谪化州团练使,循州安置。卒于贬所。有《履斋诗余》。

糖多令　湖口道中①

白鹭立孤汀。行人长短亭。正垂杨、芳草青

青。岁月尽抛尘土里,又隔日、是清明②。　　日暮碧云生。魂伤老泪横。算浮生、较甚浮名③。万事不禁双鬓改,谁念我、此时情。

【注释】

①湖口,在今江西鄱阳湖与长江接口处。

②隔日,次日,第二天。

③较,计较。

【说明】

吴潜是南宋后期的名臣,后遭奸臣贾似道等人诬陷,流贬南荒,并遭毒害而死。从词中"行人长短亭""魂伤老泪横"等句看,本词可能作于流贬途中。上片"岁月尽抛尘土里",下片"万事不禁霜鬓改",都表现了词人对往事的追悔之情,同时也流露出激愤不平之意。《四库总目》说吴潜词"激昂凄劲,兼而有之",不过激昂之情,大多表现在他的长调之中,而在小令中,更多表现其凄劲的一面。

浪淘沙　和吴梦窗席上赠别①

家在敬亭东。老桧苍枫。浮生何必寄萍蓬②。得似满庭芳一曲,美酒千钟③。　　万事转头空。聚散匆匆。片帆稳挂晓来风④。别后平安真信息,付与飞鸿⑤。

【注释】

①吴潜任浙东安抚使,吴文英曾为其幕僚。吴文英原词已佚。

②敬亭东,敬亭山在安徽宣城县北,吴潜是安徽宣州人。吴潜抚越州时,已经年过五十,故以老桧苍松自喻。

③得似,何如。《满庭芳》,词调名,在此是泛指。

④白居易《自咏》:"百年随手过,万事转头空。"

⑤二句谓别后常来信报平安。

【说明】

词人吴文英,一生未第,游幕终身。晚年寓居越州,曾入吴潜之幕,并且得到吴潜的敬重和赏识,二人颇多唱和之作。梦窗原词已佚,从副题推测,似乎是吴潜即将离任,梦窗有赠别之作,本篇为对梦窗赠别的答词。上片"浮生"句,似有安慰梦窗之意,言离别当前不如听曲饮酒,以浣离愁。下片慨叹人生如梦,聚散匆匆,希望别后常通音问。从艺术上讲,两首词都写得不算很好,但吴潜乃一代名臣,录此以表敬意。

淮上女一首

淮上良家女子,姓名、生卒年均不详。宋宁宗嘉定年间,金兵南侵,被掳北上。途经泗州,题此词于旅舍壁间。

减字木兰花

淮山隐隐。千里云峰千里恨①。淮水悠悠。万顷烟波万顷愁②。　　山长水远。遮住行人东望眼。恨旧愁新。有泪无言对晚春。

【注释】

①云峰,指群山。

②淮水,淮河。

【说明】

以朴实无华的语言,叙述自己深沉的悲痛。"情至者文亦至",这是文学史上一条颠扑不破的规律,本词或可为一例证。

吴文英六首

吴文英(生卒年不详),字君特,号梦窗,晚号觉翁,四明(今浙江宁波)人。早岁曾供职苏州仓幕,后往来于苏、杭一带。淳祐间,入吴潜幕。景定间,曾为嗣荣王赵与芮门客。有《梦窗甲乙丙丁稿》。

浣溪沙

门隔花深梦旧游。夕阳无语燕归愁。玉纤香动小帘钩①。　　落絮无声春堕泪,行云有影月含羞。东风临夜冷于秋②。

【注释】

①"门隔"句,重门掩隔于花丛深处。"夕阳"句,用刘禹锡《乌衣巷》诗意。燕归愁,即燕愁归。玉纤,女子纤手。

②柳絮无声飘落,仿佛春天在流泪;行云遮月,好像月亮也含羞。二句语意双关。春天将尽,意味青春将逝;月也含羞,暗示女子之美。冷于秋,比秋天还冷。

【说明】

词写怀人之情,"梦旧游"三字贯穿全篇。以下写梦境,全从对方落笔。"落絮无声"句,喻女子见春去而伤心落泪。"行云有影"句,喻女子有闭月羞花之貌。结尾说春夜如秋天之寒冷。"冷"字不单写感觉,也是写心理状态,表现孤独中人内心之凄冷。刘永济先生说:"词家所说之梦,不必是真梦,而写来是真,亦写虚为实之法也。"说得不错,梦不过是一种表现手段而已,梦窗词每每用之。如《霜叶飞》之"倦梦不知蛮素",《齐天乐》之"梦不湿行云",《花犯》之"才知花梦准"等等,都是如此。陈廷焯评曰:"字字凄惊。"(《词则·闲情集》)

点绛唇　试灯夜初晴①

卷尽愁云,素娥临夜新梳洗②。暗尘不起,酥润凌波地③。　辇路重来,仿佛灯前事④。情如水。小楼熏被。春梦笙歌里⑤。

【注释】

①试灯夜,上元节前,有"试灯"之俗。

②素娥,嫦娥。雨收云散,月色明净,比喻嫦娥新梳洗。

③暗尘,灰尘。酥润,刚下过雨,所以泥土酥松湿润。凌波地,指女子行走处。

④辇路,帝王车辇经行之路,词中泛指京城大道。仿佛灯前事,使人忆起元宵灯节前的往事。

⑤情如水,柔情似水。春梦,指爱情。笙歌里,歌舞声中。

【说明】

词写试灯节怀念情人。上片写景,首句比喻异常生动贴切。"凌波"句用《洛神赋》典故,暗示旧日情事。下片回忆,由"辇路重来"引起,从"情如水"过渡到温馨旧梦。语言简约而韵味深长。尤其是下片,谭献称赞道:"'情如水'三句,足当咳唾珠玉四字。"(《词辨》)张伯驹也说:"何其风华婉约。"(《丛碧词话》)都给予很高评价。

吴文英与姜白石相似,也是一位痴情人。白石怀念合肥情侣,终生不忘,并且催生了许多爱情名篇;吴文英怀念苏州情人,也产生了许多优秀之作。这样的情况,在女子地位低微的封建社会中,并不多见,大多数情况是"多情女子薄情郎"。只要看一看唐诗、宋词中那么多思妇怨妇之辞,即可明白这一点。这种恶劣情况的形成,固然有多种原因,但与儒家文化中男尊女卑的观念深入人心,也有很大关系。从那个时代来看,白石和梦窗的"痴情",是难能可贵的。

风入松

听风听雨过清明,愁草瘗花铭①。楼前绿暗分携路,一丝柳、一寸柔情②。料峭春寒中酒,交加晓梦啼莺③。　　西园日日扫林亭,依旧赏新晴④。黄蜂频扑秋千索,有当时、纤手香凝⑤。惆怅双鸳不到,幽阶一夜苔生⑥。

【注释】
①瘗(yì),埋葬。庾信有《瘗花铭》。此句意谓怕写题咏落花的诗词。
②分携处,分手处。"一丝柳"二句,极言柔情之多。
③"料峭"二句,写别后心情。唯有醉酒做梦而已。料峭,寒冷貌。交加,交错。
④西园,在苏州,曾是词人与情侣寓居之地。这里是泛指。
⑤"黄蜂"二句是痴情语,见黄蜂频频扑向秋千索,因而引起联想:可能那上面还留有爱人纤手的余香吧。
⑥"惆怅"二句,点明所思终于未来。双鸳,女人的鞋子。

【说明】
怀念旧情之作。上篇惜春伤别,下片怀人自叹。"黄蜂"三句构思深曲,见出感情之深,思念之切。这是吴文英词"运意深远,用笔幽曲"艺术特点的一个典型例子,别人很难做到。但也由于词人过于追求这种表现方式,致使梦窗某些作品常不免晦涩难懂。但本篇整体上却相当明快流利。谭献认为:"此是梦窗极经意词,有五季遗响。'黄蜂'二句是痴语,是深语,结处见温厚。"(《谭评词辨》)

踏莎行

润玉笼绡,檀樱倚扇。绣圈犹带脂香浅①。榴心空叠舞裙红,艾枝应压愁鬟乱[2]。　　午梦千山,窗阴一箭。香瘢新褪红丝腕[3]。隔江人在雨声中,晚风菰叶生秋怨[4]。

【注释】

①润玉笼绡,身穿薄纱服装。润玉,喻指女人身体。檀樱,樱桃小口。檀,浅红色。绣圈,绣花圈饰。脂香浅,淡淡脂香。

②"榴心"句,陈与义《临江仙》:"榴花不似舞裙红。""艾枝"句,端午节以艾为虎形,或剪彩为小虎粘艾叶,戴在头上。

③午梦千山,午梦中仿佛经历了万水千山,一箭,言时间之短。箭指刻漏。红丝腕,端午节用五彩丝系在手臂上,用以避邪,又名长命缕。瘢,印痕。

④隔江人,指梦中所见情人。梦中人已消失,唯有晚风吹动菰叶发出一片愁怨之声。

【说明】

据杨铁夫《梦窗事迹考》推断,本词为端午节怀念苏州去姬感梦之作。上片以极其华丽的词藻,描写一位美貌女子端午节的装饰打扮,仿佛历历在目。后两句"榴裙""艾虎",均为节日应时的佩饰。不过刘永济先生指出,上片"犹带""空叠""应压"等词语,实际上已经表明这位美人并没有在目前,直到下片首二句才点明,原来是短短的一场春梦而已。刘先生又指出,"千山"是说"梦去甚远","一箭"是说"梦醒甚速","香瘢新褪"句除应端午节风俗外,也暗示"旧事无痕也"。

歇拍"隔江人在雨声中,晚风菰叶生秋怨"两句,寓情于景,表达词人的凄楚心情,十分动人。王国维对梦窗词评论苛刻,唯独对这两句赞赏有加。不过近人吴世昌却认为,既是端午,下片又有"晚风菰叶""秋怨",一首之中,时令错乱。这种批评近乎无理。"秋怨"不一定真指秋天。刘永济先生说得好:"'秋怨'者,凄然其如秋也。"本词也是梦窗极经意的作品,很能代表词人的艺术风格特点。

鹧鸪天　化度寺作①

池上红衣伴倚阑。栖鸦常带夕阳还②。殷云度雨疏桐落,明月生凉宝扇闲③。　　乡梦窄,水天宽。小窗愁黛淡秋山④。吴鸿好为传归信,杨柳阊门屋数间⑤。

【注释】

①化度寺,原名水云寺,在杭州江涨桥附近。这首词可能是词人寓居杭州时怀念情人之作。

②红衣,荷花。伴倚阑,陪伴倚阑之人。"栖鸦"句,王昌龄《长信秋词》:"玉颜不及寒鸦色,犹带昭阳日影来。"

③殷云度雨,浓云带来阵雨。"明月"句,谓月夜天气渐凉,扇子已闲置不用。

④乡梦窄,梦中回到故乡,但时间很短促,路途却很遥远。"小窗"句,女子的愁眉像窗前淡淡的秋山。

⑤吴鸿,吴地的鸿雁。作者此时身在杭州,而情人在苏州,故曰"传归信"。阊门,苏州城西门,为梦窗情人所居之处。

【说明】

本篇是梦窗寓居杭州时思念苏州情人的作品。上片写景,以衬托词人孤独情怀。下片言情,"乡梦窄"三句,说梦短路遥。"小窗"句,暗示梦见情人。结尾说,请鸿雁带去书信,我即将回到她的身边。本篇写景抒情明白晓畅,在梦窗词中属于疏隽之作。

唐多令

何处合成愁?离人心上秋。纵芭蕉、不雨也飕飕①。都道晚凉天气好,有明月、怕登楼②。　　年事梦中休。花空烟水流。燕辞归、客尚淹留③。垂柳不萦裙带住。漫长是、系行舟④。

【注释】

①"何处"二句,愁字由"秋"与"心"二字组成,所以说合成愁。心上秋,心中悲凉之情。"纵芭蕉"二句,语序倒置,意谓纵使不下雨,芭蕉也发出凄凉的飕飕之声。

②辛弃疾《丑奴儿》:"却道天凉好个秋。""有明月"二句,意谓风清月明,天气晴好,反而害怕登楼,因为怕触动离愁。

③年华若梦,如花落水流。客,作者自指。曹丕《燕歌行》:"群燕辞归雁南翔,……君何淹留寄他方。"

④萦,系,缠绕。裙带,指代女子。系行舟,垂柳系住行船,比喻自己滞留他乡,不能随情人相会。

【说明】

词写羁旅怀人之愁,重在怀人。上篇对秋景而生悲。首两句巧妙地设了一个字谜,这是古乐府中常用的手法,移用于词,也很新颖。接下去以"纵""都道"连接,层层递进,表达自己的愁绪。为何芭蕉不雨也飕飕,有明月也怕登楼,因为"离人心上秋"。可见写悲秋实际是抒别愁。下片直接诉说离愁之苦。往事如春梦,似轻烟,如花之落水之流,多么无奈。燕是指离人,客是指自己。从此句看,本词很可能亦为苏州情人而作。结句慨叹滞留他乡,未能随伊人同去,但表述巧妙,说柳丝没有挽住她,却总是系住我的行舟。对这首词的风格,张炎《词源》评论说:"此词疏快,却不质实,如是者集中尚有,惜不多耳。"《周批绝妙好词》却说:"词固佳,但非梦窗平生杰构。玉田心赏,特以其近自家手笔故也。……然而是极研炼出之者,看似俊快,其实深美。"按吴文英和张炎同为宋末重要词人,但二人词风不同,一疏快,一丽密,各有所长。后人各好其所好,亦无可厚非,但似乎没有必要为之强分高下。

潘牥一首

潘牥(1204—1246)，初名公筠，字庭坚，号紫岩，福建闽县(今福建福州)人。端平进士，历官太学正，通判潭州。近人辑有《紫岩词》。

南乡子　题南剑州妓馆①

生怕倚阑杆。阁下溪声阁外山。惟有旧时山共水，依然。暮雨朝云去不还②。　　应是蹑飞鸾。月下时时整佩环③。月又渐低霜又下，更阑，折得梅花独自看④。

【注释】

①叶申芗《本事词》卷下："延平乐籍中，有能墨竹草书者，潘庭坚尝眷之，为赋长短句。……潘后复过延津，再访之，其人已为豪者挈去久矣，遂复有题壁之作云：'生怕倚阑干(下略)'"南剑州，今福建南平。

②山共水，山与水。依然，如旧。"暮雨朝云"句，用楚王遇神女事，暗示旧时相识的女子已不可再遇。

③蹑飞鸾，乘坐鸾鸟。鸾，神鸟。"月下"二句，杜甫《咏怀古迹》之二："环佩空归夜月魂。"

④结尾写自己失望孤独相思之状。

【说明】

据《本事词》记载，本词为追念歌伎而作。上片从写景发端，由"生怕"二字提示，表达物是人非之慨。下片紧承"去不还"之意，想象情人已经化为仙人,乘鸾而归,这当然只是空想。结尾说在月落霜天之时,只能"折得梅花独自看",表尽寂寞无聊之状。短短小词却能写得如此回环曲折,一往情深,艺术上非常成功。所以,况周颐称赞说:"小令中能转折,便有尺幅千里之妙。"

陈允平三首

陈允平(生卒年不详),字君衡,一字衡仲,号西麓,四明(今浙江宁波)人。宋恭帝德祐时(1275),授沿海制置司参议官。入元,以人才征至大都,不受官,放还。有《西麓继周集》《日湖渔唱》等。

清平乐

凤城春浅。寒压花梢颤①。有约不来梁上燕。十二绣帘空卷②。　　去年共倚秋千。今年独倚阑干。误了海棠时候,不成直待花残③。

【注释】
①凤城,京都,此指南宋首都临安。颤,颤抖。
②梁上燕,喻指所爱女子。
③不成,莫非。

【说明】
词写春日相思怀人。陈廷焯《别调集》评曰:"怨语出于婉曲之笔,斯谓雅正。"意思是说词人以平和委婉的笔调,表达心中的怨情,这种风格,称为雅正。在《白雨斋词话》卷二又说:"陈西麓词,和平婉雅,词中正轨。"况周颐也认为:"西麓平正之作,妙能绵邈,故是家数。"(《历代词人考略》)但是周济的看法却大不相同,他在《宋四家词选目录绪论》中说:"西麓和平婉丽,最合世好。但无健举之笔,沉挚之思,学之必使生气汩丧。"并且称之为"馆阁词"。王国维则更加偏激,他把宋末词人如吴文英、史达祖、张炎、周密、陈允平等格律派词人,一概斥之为"乡愿",这种看法,显然失之偏颇。批评家各有自己的标准,但文艺的繁荣却需要各种风格并存。就宋末词坛而言,吴梦窗的丽密、张叔夏的清空、周草窗之清丽、陈西麓之平婉,正不妨并存争秀,可以长此短彼,但不可一笔抹杀。

唐多令　暮秋有感

　　休去采芙蓉①。秋江烟水空。带斜阳、一片征鸿①。欲顿闲愁无顿处,都着在、两眉峰②。　　心事寄题红。画桥流水东。断肠人、无奈秋浓③。回首层楼归去懒,早新月、挂梧桐④。

【注释】

①芙蓉,荷花。《古诗十九首》:"涉江采芙蓉,兰泽多芳草。采之欲遗谁?所思在远道。"征鸿,李清照《念奴娇》:"征鸿过尽、万千心事难寄。"

②顿,停留,稍停。着,附着。

③题红,用唐人红叶题诗典故。秋浓,秋深。

④苏轼《卜算子》:"缺月挂疏桐,漏断人初静。"

【说明】

本词托女子相思之情写词人自己感慨。上片言相思无可寄托,欲采芙蓉已无可采,欲托征鸿而无从相托,欲浣愁肠而无法排遣。下片写欲效古人红叶题诗,随流水东去,但萧瑟的秋景,又引发她的寂寞情怀,因而迟迟不愿归去。此时仰望天空,一钩新月,已出现在梧桐树稍。在平和闲婉的叙述中,把相思之意和悲秋情怀表现得既充分又含蓄。这就是陈廷焯所说的"怨语出于婉曲之笔",没有凄厉的悲叹,没有露骨的怨愤,这种境界,也不是一般人能够达到的。

南乡子

归雁转西楼。薄幸音书日日收[①]。旧恨却凭红叶去,飕飗。春水多情日夜流[②]。　　杨柳曲江头。烟里青青恨不休[③]。九十韶光风雨半,回眸。一片花飞一片愁[④]。

【注释】

①薄幸,薄情郎。

②飕飗(liú),风雨声。

③曲江,在唐代京都长安东南,为士人游赏胜地。

④杜甫《曲江》:"一片飞花减却春,风飘万点正愁人。"

【说明】

此亦女子春日怀人之作。一开头就埋怨情郎薄幸,虽有书信往来,而人已远别。故接着说"旧恨却凭红叶去",而自己的情思,也像多情流水,日夜流淌不息。下片借景言情,说眼看烟雾迷蒙中的青青杨柳,春天风雨中的片片落花,无不引起心头的愁恨。言尽而意不尽。

刘辰翁四首

刘辰翁(1232—1297),字会孟,号须溪,庐陵(今江西吉安)人。少登陆象山之门,补太学生。景定间廷试及第,因亲老请为濂溪书院山长。文天祥起兵勤王,曾短期入幕。宋亡,托迹方外,隐居于故乡庐陵山中,专事著述。有《须溪词》。

江城子　西湖感怀①

涌金门外上船场。湖山堂。众贤堂②。到几凄凉,城角夜吹霜。谁识两峰相对语,天惨惨,水茫茫③。　　月移疏影傍人墙。怕昏黄。又昏黄。旧日朱门,四圣暗飘香④。驿使不来春又老,南共北,断人肠⑤。

【注释】

①据吴企明先生考证,本篇作于元世祖至元二十一年(1284)。

②涌金门,古代杭州西城门之一。吴自牧《梦粱录》卷七:"城西门者四,曰丰豫门,即涌金。"船场,或为船码头。湖山堂,当时临安名胜。周密《武林旧事》卷五:"苏公堤第二桥旁有湖山堂。"众贤堂,即先贤堂。吴自牧《梦粱录》卷十四:"先贤堂,在西湖苏堤南山第一桥。"

③两峰,指西湖之南高峰和北高峰。吴自牧《梦粱录》卷十一:"水乐洞前名南高峰山;灵隐寺后山名北高峰山。"

④四圣,四圣堂在西湖孤山附近。吴自牧《梦粱录》卷八:"四圣延祥观,在孤山。旧名四圣堂。"

⑤"驿使"句,用陆凯寄范晔梅花诗典故,感叹南北隔绝,音信不通,令人悲痛。

【说明】

宋端宗景炎元年(1276),南宋首都临安沦陷,宋恭帝被俘。八年以后,词人携子将孙,自庐陵至临安,凭吊故都。作者从城南游到城北,在涌金门登岸,直至孤山山麓,面对熟悉的西湖风光,面对残破的故国河山,词人心中的痛感油然升起,"天惨惨,水茫茫","南共北,断人肠",这就是词人此时的所见所感。

刘辰翁是一位热烈的爱国者,南宋灭亡以后,他的词往往以直白的语言,表达自己的黍离之悲和沧桑之慨。正如《四库总目》所说:"宗邦沦覆之后,眷怀麦秀,寄托遥深,忠爱之忱,往往形诸笔墨。"况周颐也说:"或以须溪词为别调,非知人之言也。须溪词多真率语,满心而发,不加追琢,有掉臂游行之乐。其词笔多用中锋,风格遒上,略与稼轩旗鼓相当。"当然从艺术成就上看,须溪与稼轩尚有差距。

西江月　新秋写兴

天上低昂似旧,人间儿女成狂。夜来处处试新妆,却是人间天上①。　　不觉新凉似水,相思两鬓如霜。梦从海底跨枯桑,阅尽银河风浪②。

【注释】

①低昂,升降,或指日落月出。试新装,吴自牧《梦梁录》七夕:"其日晚晡时,倾城儿童女子,不论贫富,皆着新衣。"李煜《浪淘沙》:"流水落花春去也,天上人间。"

②海底跨枯桑,葛洪《神仙传》卷三《王远》:"麻姑自说云:'接待以来,已见东海三为桑田。向到蓬莱,水又浅于往昔,会时略半也,岂将复还为陵陆乎?'"

【说明】

七夕试新装,原是民间旧俗,为何却引起词人如此感慨呢?"却是人间天上"句,或有两重意思,其一是牛郎织女在天上,而凡夫俗子却在人间;其二是暗喻南宋已经灭亡,而人间儿女却依旧如醉如狂,大有"商女不知亡国恨,隔江犹唱后庭花"之情状。下片发抒内心感慨,叹息年华老去,两鬓如霜,而黍离麦秀,沧海桑田之感,又有何人理解?的确,历史上政权的存亡,朝代的更替,与普通百姓关系不大,而念念不忘亡国之痛的,只有少数重气节、有担当的士大夫,他们才是民族之魂。

柳梢青　春感

铁马蒙毡,银花洒泪,春入愁城①。笛里番腔,街头戏鼓,不是歌声②。　　那堪独坐青灯。想故国,高台月明③。辇下风光,山中岁月,海上心情④。

【注释】

①铁马蒙毡(zhān),战马披上了御寒的毡子,指侵入杭州的蒙古骑兵。铁马,犹云铁骑。银花,明亮的花灯。苏味道《正月十五夜》:"火树银花合。"泪,指烛泪。愁城,愁苦境地,借指临安,此时临安已经沦陷。庾信《愁赋》:"攻许愁城终不破。"

②番腔,外族的曲调。戏鼓,或指异族的杂戏。

③"想故国"二句,化用李后主《虞美人》"故国不堪回首月明中"句意,表达对故国和故都的怀念之情。高台,据吴企明先生考证,是指临安的观潮台。周密武林旧事卷三:"禁中例观潮于'天开图画',高台下瞰,如在指掌。"

④辇下,指京城。海上心情,据吴企明先生考证,本词约作于祥兴元年或二年。按祥兴元年(1278)南宋小朝廷虽已退守海隅崖山(今广东新会南),但尚未灭亡。次年崖山海战失败,左丞相陆秀夫背负小皇帝赵昺投海自尽,发生了十万军民跳海殉国的壮举,南宋正式灭亡。

【说明】

词写故国之思和亡国之痛。上片是想象之词,想象南宋都城临安沦陷后的景象。下片写词人自己当前所处、所念、所感。末三句辇下风光,回忆过去;山中岁月,感叹当前;海上心情,痛心南方崖山之事。对末句的理解,有人认为,乃用苏武典故,表达自己矢志守节的态度。但苏武的情况与词人大不相同,苏武处于被敌方扣留之中,而刘辰翁却仍是自由之身。不管本篇是否作于亡国之后,说"海上心情"是对南方战事的挂念,或是痛心崖山海边惨剧,都比较合理。

唐多令

丙子中秋前,闻歌此词者,即席借"芦叶满汀洲"韵①

明月满沧洲。长江一意流。更何人、横笛危

楼②。天地不知兴废事,三十万、八千秋③。　　落叶女墙头。铜驼无恙否?看青山、白骨堆愁④。除却月宫花树下,尘块莽、欲何游⑤。

【注释】

①丙子,宋端宗景炎元年(1276)。"芦叶满汀洲",乃刘过《唐多令·安远楼小集》词中首句。

②横笛危楼,赵嘏《长安秋望》:"横笛一声人倚楼。"

③三十万、八千秋,极言历劫长久,苦难深重。

④铜驼,铜铸的骆驼。多置于宫门寝殿之前。晋陆翙《邺中记》:"二铜驼如马形,长一丈,高一丈,足如牛,尾长三尺,脊如马鞍,在中阳门外,夹道相向。"

⑤月宫花树,俗传月亮中有仙人种的桂花树。块莽,广大貌。此句意谓,胡尘遍地,除了天上,人间无处可游。

【说明】

本词虽然借用刘过《唐多令》之韵,但思想内容却比刘过原词丰富深刻,风格也更加苍凉,因为作者所写不仅是个人的身世之慨,而是国破家亡的深愁大恨。上片即景言情,面对沧洲明月,浩浩江流,词人感叹道,古往今来,人世间不知经历过多少兴废之事!下片回到目前,词人问道,经过了无数次的战争和杀戮,城中的铜驼还在吗?我只看见漫山遍野的森森白骨。在残酷的战争中,除了不可能到达的月宫以外,人们又能到哪里去呢?从本词可见,作者视野开阔,不仅仅写亡国之痛,还表现出对蒙古军野蛮残暴行为的愤怒谴责。

周　密四首

周密(1232—1298),字公谨,号草窗、弁阳啸翁、泗水潜夫等。

原籍济南,迁于吴兴(今浙江湖州)。曾为临安幕府属官,充奉礼郎、两浙运司掾等。景定初为义乌令。入元不仕,与王沂孙、张炎等共结词社。有《草窗词》。

鹧鸪天　清明

燕子时时度翠帘。柳寒犹未褪香绵①。落花门巷家家雨,新火楼台处处烟②。　　情默默,恨恹恹。东风吹动画秋千③。拆桐开尽莺声老,无奈春何只醉眠④。

【注释】

①度,穿过。香绵,柳絮。

②苏轼《望江南》:"且将新火试新茶。诗酒趁年华。"

③恹恹,精神萎靡不振。

④拆桐,柳永《木兰花慢》:"拆桐花烂漫。"

【说明】

周密是宋末词坛领袖人物,当时名声超过张炎、王沂孙和陈允平。但后人多认为,他的创作成就和对后世的影响都不及张炎和王沂孙。张炎词与姜夔一起,成为清初浙西词派的宗师;而王沂孙则受到清代著名词评家陈廷焯的高度评价,成为其"沉郁说"的典范。为什么?周密学问渊博,精通格律,尤长于描写刻画,周济说他"镂冰刻楮,精妙绝伦,但立意不高,取韵不远"。近人夏敬观批评他"词才有余,词心不足"。但是言焉不详。周密宋亡不仕,在著述吟唱中度过余生,是一位有气节的士人。他的名作,大多是咏物之词,如《花犯》咏水仙,《瑶花慢》咏琼花,描摹生动传神,刻画精细入微,当时就博得一片彩声。但仔细推敲,总觉得缺少一点东西,那就是夏敬观所说的"词心"。南宋灭亡以后,弥漫于遗民士大夫中的主要心绪乃是故国之思。这在张炎、王沂孙、刘辰翁等人的作品中都表现得很明显,但在草窗的词作中,虽不能说完全没有表现(如《瑶花慢》),但比较含蓄,只是在怀旧中流露出一丝淡淡的哀愁,更多是通过描摹刻画显示技巧(如咏《西湖十景》),这是妨碍他成为第一流词家的关键之点。本篇为感春之作。上片写暮春景色,词笔如画;下片写惜春之情,平淡的语言中,流露出哀愁和无奈。

南楼令　次陈君衡韵①

　　开了木芙蓉。一年秋已空。送新愁、千里孤鸿②。摇落江蓠多少恨,吟不尽、楚云峰③。　　往事夕阳红。故人江水东。翠衾寒、几夜霜浓④。梦隔屏山飞不去,随夜鹊、绕疏桐⑤。

【注释】

①南楼令,又名"唐多令"。陈君衡,陈允平字。其原词《唐多令》已见。
②木芙蓉,又名拒霜,秋季开花。
③江蓠,香草名。屈原《离骚》:"扈江离与辟芷兮,纫秋兰以为佩。"
④翠衾,翠被。李商隐《药转》:"忆事怀人兼得句,翠衾归卧绣帘中。"
⑤三句言梦中也不能相见。

【说明】

　　名为和韵,实为送别友人之作。周密与陈允平时代相同,处境相似,同为南宋遗民,词风也有类似之处,故二人交情深厚。上片写送别,作者把陈允平比作一只心中充满愁恨的千里孤鸿,不知此行是否为奉召北上?下片忆念南方故人,但是环境险恶,路途遥远,只能在梦中或可相见。周密的作品,大多风格平和,本词却流露出浓重的悲愁,陈允平的原作也是如此,这多少表现了二人身为遗民的沉痛心情。

踏莎行　与莫两山谭邗城旧事①

　　远草情钟,孤花韵胜。一楼耸翠生秋暝②。十年二十四桥春,转头明月箫声冷③。　　赋药才高,

·264·

题琼语俊。蒸香压酒芙蓉顶④。景留人去怕思量,桂窗风露秋眠醒⑤。

【注释】

①莫仑,字予山,号两山,江都人。咸淳四年(1268)进士。入元不仕。《全宋词》录其词五首。谭,通谈。邗(hán)城,指扬州。

②孤花,韦应物《游开元精舍》:"绿阴生昼静,孤花表春余。"

③"十年"两句,用杜牧诗意,写世事沧桑。杜牧《遣怀》:"十年一觉扬州梦,赢得青楼薄幸名。"又《寄扬州韩绰判官》:"二十四桥明月夜,玉人何处教吹箫。"苏轼《西江月·平山堂》:"休言万事转头空。未转头时皆梦。"

④药,芍药。琼,琼花。扬州以产芍药、琼花闻名。蒸香,古代一种使用香料的方法;压酒,榨酒。芙蓉顶,地名,不详其所在。

⑤景留人去,风景依旧,而友人离去。

【说明】

本篇怀念扬州旧事,寄托了词人的沧桑之慨。扬州自古以来就是一个繁华的城市,但又是一个不幸的城市,历史上无数次惨遭兵燹,当然以蒙古人之两破扬州和清人的"扬州十日"最为惨烈。上片感叹美丽的扬州城早已今非昔比,"十年二十四桥春,转头明月箫声冷",集中表现了词人的感慨。下片回忆当年扬州的生活,扬州盛产琼花和芍药,历代诗人为此创作了许多名篇(包括词人自己的《瑶花慢》),但这一切都成过往,"景留人去怕思量",一觉醒来,自己依旧在桂窗秋露之中。

杏花天

金池琼苑曾经醉。是多少、红情绿意①。东风一枕游仙睡。换却莺花人世②。　　渐暮色、鹃声四起。正愁满、香沟御水③。一色柳烟三十里。为问春归那里④。

【注释】

①金池琼苑,指旧日皇家林园。红情绿意,美丽的春景。文同《约春》:"红情绿意知多少,尽入泾川万树花。"

②换却,换了。二句慨叹世事沧桑。

③御水,宫中流出的沟水。

④一色,同样。春,指代往日的美好生活。

【说明】

感旧伤今之作。上片怀念过去,"是多少、红情绿意",七字写尽往日春天之美丽。但"换却莺花人世",随着南宋政权的沦亡,这一切都已经不复存在。下片也从写景发端,在苍茫的暮色中,耳边一片啼鴂悲鸣,面对旧日王朝废弃的宫殿,词人满怀哀怨地问道:风景并没有变化,"一色柳烟三十里",然而春天到哪里去了呢?很明显,这里所说的"春",就是指自己往日的美好生活,亦指南宋没有灭亡以前临安的繁华景象。

邓 剡二首

邓剡(1232—1303),字光荐,号中斋,庐陵(今江西吉安)人。入文天祥幕,为文天祥所重。祥兴时官礼部侍郎。崖山之败,为元军所执,后放还。工词,有《中斋集》。

浪淘沙①

疏雨洗天晴。枕簟凉生。井梧一叶做秋声②。谁念客身轻似叶,千里飘零③。　　梦断古台城。月淡潮平。便须携酒访新亭④。不见当时王谢宅,烟草青青⑤。

【注释】

①此首误作文天祥词。

②秋声,秋天的各种悲凉声音。欧阳修有《秋声赋》。

③客身,做客之人。崖山(在今广东新会)失守,邓剡为元军所俘,押赴大都,至建康,以病留。故以自称。

④台城,指代南京。新亭,《世说新语·言语》:"过江诸人,每至美日,辄相邀新亭,藉卉饮宴。周侯中坐而叹曰:'风景不殊,正自有山河之异。'皆相视流泪。唯王丞相愀然变色曰:'当共戮力王室,克复神州,何至作楚囚相对!'"新亭故址在今南京市西南。

⑤王谢宅,东晋时豪贵的住宅。

【说明】

邓剡与文天祥一同被俘,被押解北上,中途因病滞留于建康,词可能作于此时。本词上片感叹身世,下片怀古伤今,"怀君忆旧,情见乎词"。(王奕清《历代词话》引《雪舟脞语》)

唐多令①

雨过水明霞。潮回岸带沙。叶声寒、飞透窗纱。堪恨西风吹世换,更吹我、落天涯②。　　寂寞古豪华。乌衣日又斜。说兴亡、燕入谁家③?惟有南来无数雁,和明月、宿芦花。

【注释】

①此首《草堂诗余》作文天祥词。

②世换,指宋朝灭亡。

③古豪华,南京为六朝古都,曾经十分繁华。王安石《桂枝香·金陵怀古》:"念往昔,繁华竞逐。"乌衣,乌衣巷,在今南京市秦淮区。东晋时为王、谢等世家大族居住之处。刘禹锡《乌衣巷》:"朱雀桥边野草花,乌衣巷口夕

阳斜。旧时王谢堂前燕,飞入寻常百姓家。"

【说明】

慨叹亡国,怀古伤今之作,感情激荡,风格苍凉。上片"堪恨西风吹世换",感叹南宋灭亡;下片用刘禹锡《乌衣巷》诗意,怀古伤今。末二句以南来雁比喻自己以及同行者。刘永济先生认为,"说兴亡,燕入谁家"句,有暗讽投靠新朝士人之意,也有此可能。

汪元量二首

汪元量(1241—?),字大有,钱塘(今浙江杭州)人。度宗时,以善琴供奉掖庭。宋亡,随三宫入燕。放还后为黄冠,自号水云子,居钱塘。有《水云词》。

唐多令　吴江中秋①

莎草被长洲。吴江拍岸流。忆故家、西北高楼②。十载客窗憔悴损,搔短鬓、独悲秋。　　人在塞边头。断鸿书寄不。记当年、一片闲愁③。舞罢羽衣尘满面,谁伴我、广寒游④。

【注释】

①吴江,吴淞江,又名松陵江、笠泽江,发源于苏州吴江,至上海汇入黄浦江东流入海。

②被,覆盖。洲,水中陆地。《诗经·周南·关雎》:"关关雎鸠,在河之洲。"《古诗》:"西北有高楼,上与浮云齐。"

③断鸿,失群孤雁。不,通否。

④广寒,月宫。

【说明】

元世祖至元二十三年(1286),遣使代祀岳渎东海,命汪元量为使者,是年汪元量到大都已经十年,词或作于此时。词写羁留异国的痛苦和对故乡的思念。"十载客窗憔悴损""记当年、一片闲愁",都明显地表现了这种心情。

一剪梅　怀旧

十年愁眼泪巴巴。今日思家。明日思家①。一团燕月照窗纱。楼上胡笳。塞上胡笳②。　　玉人劝我酌流霞。急捻琵琶。缓捻琵琶③。一从别后各天涯。欲寄梅花。莫寄梅花④。

【注释】

①汪元量于元世祖至元十三年(1276),随三宫北上大都,写作这首词时,已经过了十年。

②燕月,燕地的月亮。

③流霞,指美酒。李白《幽歌行》:"狐裘兽炭酌流霞。"捻,弹奏。

④寄梅花,用陆凯、范晔《梅花》诗典故。

【说明】

词写乡国之思和离别之悲。南宋灭亡以后,作者与三宫一同被押送至大都,至此已经十年,故开篇即有"十年愁眼"之叹。上片写思家,下片言别情。词中所称"玉人",可能是一位宫女。汪元量只是一位宫廷乐师,但作品中却表现出浓烈的亡国之痛。

章丽贞一首

章丽贞(生卒年不详),宋朝被掳北去宫女,生平无考。

长相思

吴山秋。越山秋。吴越两山相对愁。长江不尽流。　　风飕飕。雨飕飕。万里归人空白头。南冠泣楚囚①。

【注释】
①南冠,指代囚徒。

【说明】
　　北宋灭亡和南宋灭亡之时,均有大量宫女被掳北上。作者究竟属于哪一批,已不得其详。但从词中"吴山""越山""长江"等词语看,很可能是南宋宫人。词写得很好,感情真挚,情景交融。只是末二句略存疑问,既曰"归人",又泣"南冠",莫非末句是回忆,"万里"句是慨叹当前?

陶明淑一首

陶明淑(生卒年不详),南宋被掳北去宫人,生平无考。

望江南

秋夜永,月影上阑干。客枕梦回燕塞冷,角声吹彻五更寒。无语翠眉攒①。　　天渐晚,把酒泪先弹。塞北江南千万里,别君容易见君难。何处是长安②。

【注释】
①燕塞,犹言塞外。翠眉攒,皱眉。
②长安,指代南宋首都临安。

【说明】
思念故人故乡之作,上片言北地环境之荒寒冷落,因而心情悲凉。下片抒发对故人和故国的思念,情意绵绵。不用典故,直抒胸臆,是这类作品的共同特点。

周容淑一首

吴容淑(生卒年不详),南宋被掳北去宫人,生平无考。

望江南

春去也,白雪尚飘零。万里归人骑快马,到家时节藕花馨。那更忆长城①。　　妾薄命,两鬓渐星星。忍唱乾淳供奉曲,断肠人听断肠声。肠断泪如倾②。

【注释】

①藕花馨,荷花香。

②乾淳,乾道、淳熙,皆南宋孝宗年号。供奉曲,宫廷乐曲。

【说明】

北宋和南宋灭亡之时,均有大批宫女被掳北去,这些人有的沦为家奴,有的成为妓女,命运非常悲惨。本词就写作者自己留滞北方,不能回归故乡的悲哀。上片说有人万幸能够归去,下片自悲长留北地,尤其结尾三句,故国之思和身世之慨融为一体,写得无比沉痛,为许多士人所不及。

王沂孙二首

王沂孙(生卒年不详),字圣与,号碧山,又号中仙、玉笥山人,会稽(今浙江绍兴)人。入元,官庆元路学正。有《碧山乐府》,又名《花外集》。

如梦令

妾似春蚕抽缕。君似筝弦移柱①。无语结同心,满地落花飞絮②。归去。归去。遥指乱云遮处③。

【注释】

①李商隐《无题》:"春蚕到死丝方尽。"冯延巳《蝶恋花》:"谁把钿筝移玉柱。"缕,丝缕。柱,筝柱。

②结同心,古乐府《苏小小歌》:"何处结同心,西陵松柏下。"

③乱云遮处,指深山之中。

【说明】

王沂孙是宋末四大词人之一,他的词以长调为主,多托物言怀之作。在现存的六十四首词中,小令只有六首,不足十分之一。但是由于创作态度非常认真严肃,六首小令,大多都好。

本词写女子相思之痛,首二句意谓女子情深,男子薄幸。"无语"二句,一写过去,一喻当前,当年两相交好,而今唯余飞絮落花而已。结句"乱云遮处",有心态迷茫、不知所以之意。詹安泰先生认为,本词托男女之情,表君国之思,"亡国之音,迷离惝恍,不堪卒读"。

踏莎行　题草窗词卷①

白石飞仙,紫霞凄调。断歌人听知音少②。几番幽梦欲回时,旧家池馆生青草③。　　风月交游,山川怀抱。凭谁说与春知道④。空留离恨满江南,相思一夜蘋花老⑤。

【注释】

①周密,号草窗,为作者挚友。现存《草窗词》二卷,又名《蘋洲渔笛谱》。

②吴则虞先生曰:"白石指姜夔言,而假用白石先生事。按葛洪《神仙传》卷一:'白石生者,中黄丈人弟子也。至彭祖之时已年二千余岁矣。不肯修升仙之道,但取于不死而已,不失人间之乐。……常煮白石为粮,因就白石山居。时人号白石生为"隐遁仙人"。'吴先生又曰:"紫霞者,杨缵也。缵字继翁,号守斋,严陵人,居钱塘。度宗时女为淑妃,官列卿。好古博雅,善弹琴,有《紫霞洞谱》传世。"(见《绘图宝鉴》)"断歌"句,吴则虞引周密《木兰花慢》词序云:"西湖十景尚矣。张成子尝赋《应天长》十阕。余冥搜六日而词成。异日紫霞翁见之曰:'语丽矣,如律未协何?'遂相与订正,阅数月而后定。是知词不难作,而难于协律。翁往矣,赏音寂然。"碧山即用其意。

③谢灵运《登池上楼》:"池塘生春草,园柳变鸣禽。"此用其意,言梦见旧家池馆已经荒芜。

④"风月"三句,言周密词章如今已难遇知音。

⑤离恨,离别之痛,家国之恨。郑文宝《柳枝词》:"不管烟波与风雨,载将离恨过江南。"周密《水龙吟·次张斗南韵》:"怅江南望远,蘋花自采,寄将愁与。"

【说明】

在宋末格律派词人中,王沂孙和周密处境相同,词风相近,关系也最为密切,二人也互相欣赏,可称知音。在周密词集中同样有《踏莎行·题中仙词卷》一阕,对王沂孙的词作给出很高评价。王沂孙和周密,都是格律派词人,都以姜白石词为楷模,所以开头两句就说周密词格调高如白石,协律有如紫霞。接下去慨叹,这样的佳作如今赏者寥寥。"几番"二句,用谢灵运诗意,感叹周密国破家亡,流寓江南。下片"风月""山川"二句,"总括草窗之词境,亦隐以自道"(俞陛云语)。周密和王沂孙词都以咏物、写景为主要内容,但通过景物,又时时流露出故国之思和悲凄的身世之慨,这一点,王沂孙较周密更为明显。周密词集名《蘋洲渔笛谱》,故"蘋花"也可以是实指。

罗志仁一首

罗志仁(生卒年不详),字寿可,号壶秋,江西清江(今江西樟树)人。生平无考。曾作诗颂文天祥,讥讽权奸留梦炎,几遭祸。元世祖至元二十四年(1287)应荐为天长书院山长。

虞美人　净慈尼

君王曾惜如花面。往事多恩怨①。霓裳和泪换袈裟。又送鸾舆北去、听琵琶②。　　当年未削青螺髻。知是归期未③。天花丈室万缘空。结绮临春何处、泪痕中④。

【注释】

①二句言静慈尼曾为宫女,获得过君王的宠爱。

②袈裟,佛教僧尼所着法衣。

③青螺髻,女子发髻。

④天花,佛教称天界仙花。丈室,方丈之室,佛说法之处。此指僧尼修行之地。结绮、临春,陈后主所建宫观,此处指代宋王朝宫室。

【说明】

罗志仁存词七首,六首是长调,小令仅此一首。他的词充满了故国之思,本词也不例外。本词题材很特殊,作者描写一位经历沧桑巨变,最后看破红尘,出家为尼的宫女,用以寄托词人自己的亡国之痛。结尾三句表现宫女的心情,"泪痕中"三字可证,当然,宫女的心情也就是词人自己心情的写照。

蒋　捷二首

蒋捷(生卒年不详),字胜欲,号竹山,阳羡(今江苏宜兴)人。咸淳十年(1274)进士。宋亡不仕,隐居竹山。有《竹山词》。

一剪梅　舟过吴江

一片春愁待酒浇。江上舟摇。楼上帘招①。秋娘度与泰娘桥。风又飘飘。雨又萧萧②。何日归家洗客袍。银字笙调。心字香烧③。流光容易把人抛。红了樱桃。绿了芭蕉④。

【注释】

①浇,浇灭。意谓待酒消愁。招,招揽客人。

②秋娘度、泰娘桥,应为江上的两处地名,今已不详其所在。

③客袍,作客在外所著袍服。银字笙,镶银的笙。心字香,一种心形的香。

④流光,流逝的光阴。

【说明】

蒋捷虽然中过进士,但并没有做过宋朝的官,入元以后,他屡辞征辟,一直隐居不出,是一位重气节的文人。本篇通过乘船归乡的一段经历,抒发了伤春羁旅之情。上片写江行所见,下片写怀乡之感,结句感叹岁月流逝。回应开头"春愁"。末数句,造句精巧,历来为人传诵。

虞美人　听雨

少年听雨歌楼上。红烛昏罗帐①。壮年听雨客舟中。江阔云低、断雁叫西风②。　　而今听雨僧庐下。鬓已星星也③。悲欢离合总无情。一任阶前、点滴到天明④。

【注释】

①二句写少年时代听歌狎妓的浪漫生活。红烛昏暗,罗帐低垂。

②断雁,失群孤雁。叫西风,在西风中悲鸣。孤雁象征词人自己。

③僧庐,寺庙、僧舍。星星,指白发。
④总无情,一作"总无凭"。温庭筠《更漏子》:"一叶叶,一声声,空阶滴到明。"

【说明】

本词回忆感叹自己的身世,以"听雨"贯穿全篇,共分少年、中年、晚年三个阶段,层层递进,少年时代之浪漫生活,中年时代之羁旅漂泊和晚境之寂寞孤凄,一一呈现在读者面前。语言明白流畅,结构层次井然。艺术上非常成功。蒋捷与张炎、周密、王沂孙并称"宋末四家",并非浪得虚名。《四库全书总目》云:"捷词炼字精深,音词谐畅,为倚声家之矩矱。"刘熙载也说:"蒋竹山词未极流动自然,然洗炼缜密,语多获创,其志视梅溪较贞,视梦窗较清。"的确捷词或不如张炎之清空、王沂孙之沉厚,但艺术上也有自己的特色,就是《四库总目》所指出的"炼字精深,词意谐畅",刘熙载所说的"洗炼缜密,语多获创",而这种特色,也是张、王词所缺少的。

张 炎二首

张炎(1248—?),字叔夏,号玉田,晚年号乐笑翁。原籍成纪(今甘肃天水),寓居临安(今浙江杭州)。宋亡不仕,流落江湖以终。有《山中白云词》。

风入松　　陈文卿酒边偶赋

小窗晴碧飐帘波。昼影舞飞梭①。惜春休问花多少,柳成阴、春已无多。金字初寻小扇,铁衣早试轻罗②。　　园林未肯受清和。人醉牡丹坡③。啸歌且尽平生事,问东风、毕竟如何。燕子寻常巷陌,酒边莫唱西河④。

【注释】

①飐帘波,帘子被风吹动如波纹。飐,风吹动物。

②金字扇,涂金泥的扇子。铢衣,指轻细的衣服。

③牡丹坡,或为当时欣赏牡丹之处,今已不详其所在。周密《少年游》:"晓妆日日随香辇,多在牡丹坡。"

④刘禹锡《乌衣巷》:"旧时王谢堂前燕,飞入寻常百姓家。"《西河》,唐代乐曲《西河长命女》。王灼《碧鸡漫志》卷四:"《西河长命女》,崔元范自越州幕府拜侍御史,李讷尚书饯于鉴湖,命盛小丛歌,座客各赋诗送之。有云:'为公唱作《西河》调,日暮偏伤去住人。'"

【说明】

被称为"宋末四大词人"的张炎、周密、蒋捷、王沂孙,都经历了亡国之痛,他们的创作,都以长调为主,其中涌现了不少名作。小令所占比例较少,相对不受人们重视。其实他们的小令写得也很好,颇多佳作。本词写惜春之情,又融入了作者的身世之慨和亡国之恨,这一点,在词的下片表现得很明白。陈廷焯《云韶集》评曰:"音调娴雅,不落俗态,自是本色。通篇和婉,结二语略寄感慨,故自不可少。"

浪淘沙 作墨水仙寄张伯雨①

香雾湿云鬟。蕊佩珊珊。酒醒微步晚波寒②。金鼎尚存丹已化,雪冷虚坛③。　　游冶未知还。鹤怨空山。潇湘无梦绕丛兰④。碧海茫茫归不去,却在人间⑤。

【注释】

①张雨,字伯雨,钱塘人。后出家为道士,自号句曲外史。

②三句描写水仙。杜甫《月夜》:"香雾云鬟湿。"蕊佩,指水仙花瓣,珊

珊,轻盈舒缓貌。"酒醒"句,暗用曹植《洛神赋》"凌波微步"语,写水仙姿态。水仙生于秋冬,故曰"寒"。周密《花犯·水仙》:"凌波路冷秋无际。"

③金鼎,炼丹的鼎炉。虚坛,空坛。二句或言其炼丹未成,求仙难得。

④游冶,游乐。鹤怨,主人冶游不归,故云。孔稚珪《北山移文》:"蕙帐空兮夜鹤怨,山人去兮晓猿惊。"潇湘无梦,无梦到潇湘。兰,兰花。《楚辞·九歌·湘夫人》:"沅有芷兮澧有兰,思公子兮未敢言。"

⑤碧海茫茫,李商隐《嫦娥》:"碧海青天夜夜心。"

【说明】

题画之作,其本意却在借画言情。张炎与张雨同为南宋遗民,同为贵家后裔。南宋灭亡以后,张炎漂泊江湖,穷愁潦倒;张雨虽比张炎小三十多岁,最后也出家做了道士。两人的交谊一直维持到作者暮年。张炎作这幅水仙图寄赠张雨,也含有言外深意。这层意思或许是希望张雨(包括自己)能像水仙一般清高脱俗,保持气节,同时也感叹两人都难以回到过去,只能流落人间,不得不在异族统治下生活。陈廷焯《词则·大雅集》评曰:"此词命意若隐若露,而词极凄怨。每读一过,不知是《离骚》,是乐府,是杜诗?小令云乎哉。"

无名氏二首

青玉案①

年年社日停针线。怎忍见、双飞燕。今日江城春已半②。一身犹在,乱山深处,寂寞溪桥畔。

春衫着破谁针线。点点行行泪痕满。落日解

鞍芳草岸③。花无人戴,酒无人劝,醉也无人管。

【注释】

①此首一作黄公绍词。

②古代风俗,社日女子不做针线活。张籍《吴楚歌词》:"今朝社日停针线,起向朱樱树下行。"

③谁针线,意谓无人缝补。解鞍,下马。

【说明】

本词为相思怀人之作。词中抒情主体究竟是男是女,不很分明。但全词上下片都围绕"针线"这一特定意象展开,如果把抒情主人公设定为一位女子,或许比较合适。这样一来,上片除了前四句之外,下面文字都属于女子构想之词,表现了女子对男子无微不至的关怀之情。

更漏子

鬓慵梳,眉懒画。独自行来花下。情脉脉,泪垂垂。此情知为谁。　　雨初晴,帘半卷。两两衔泥新燕。人比燕,不成双。枉教人断肠①。

【注释】

①枉教人,徒然使人。

【说明】

词写女子相思之情。上片见春花而相思,下片对双燕而断肠。笔调自然流畅,构思却含蓄委婉,这也是许多无名词人的共同特点。

后 记

庚子之岁,疫情肆虐,经年闭户不出,因复读修订此前出版的《唐宋小令一千首》,决定将其删减压缩到三百首左右。原因有二:第一,对于一般读者,一千首的数量嫌多。当代社会生活节奏加快,大多数人十分忙碌,没有那么多空余阅读时间。第二,比起唐人绝句,小令词题材相对狭窄,仔细推敲起来,一千首中内容雷同,艺术上不够精到的作品,不免时时掺杂其中。删减到三百首左右,就可以把这部分作品淘汰,尽可能保留其中的精华,更方便广大读者阅读欣赏。

辛丑八月罗仲鼎补记